A gente ama, a gente sonha

Universo dos Livros Editora Ltda.
Rua do Bosque, 1589 – Bloco 2 – Conj. 603/606
CEP 01136-001 – Barra Funda – São Paulo/SP
Telefone/Fax: (11) 3392-3336
www.universodoslivros.com.br
e-mail: editor@universodoslivros.com.br
Siga-nos no Twitter: @univdoslivros

FABIANE RIBEIRO

A gente ama, a gente sonha

São Paulo
2016

UNIVERSO DOS LIVROS

Diretor editorial: **Luis Matos**

Editora-chefe: **Marcia Batista**

Assistentes editoriais: **Aline Graça e Letícia Nakamura**

Preparação: **Julian Guilherme**

Revisão: **Rinaldo Milesi e Geisa Oliveira**

Arte: **Francine C. Silva e Valdinei Gomes**

Capa: **Rebecca Barboza**

Dados Internacionais de Catalogação na Publicação (CIP)
Angélica Ilacqua CRB-8/7057

R369g

Ribeiro, Fabiane

A gente ama, a gente sonha / Fabiane Ribeiro. - São Paulo : Universo dos Livros, 2016.

336 p.

ISBN 978-85-7930-995-3

1. Literatura brasileira 2. Romance 3. Amizade I. Título

16-0452 CDD B869

Índices para catálogo sistemático: 1. Literatura brasileira

Para Gabriel Takeyama Ribeiro e
Jair José Ribeiro Junior

"Porque o nosso mundo não é o mesmo mundo de Otelo. Não se pode fazer um calhambeque sem aço, e não se pode fazer uma tragédia sem instabilidade social. O mundo agora é estável. As pessoas são felizes, têm o que desejam e nunca desejam o que não podem ter. Sentem-se bem, estão em segurança [...]. Não têm medo da morte; vivem na ditosa ignorância da paixão e da velhice; não se acham sobrecarregados de pais e de mães."

(Aldous Huxley, em *Admirável mundo novo*, 1932)

Planeta Terra, num futuro distante...

... MAS NEM TANTO.

Eu vivo e sou meu amor – sem face – por ele. É inexplicável e intimidador amar assim: com tanta intensidade e, ao mesmo tempo, com tantas dúvidas.

O CHORO ERA ALTO e estridente, fazendo com que todos os pelos de seu corpo se eriçassem, e seu cérebro tivesse vontade de irromper em milhares de caquinhos, fundindo-se à estranheza daquele cenário.

Vanessa caminhou, querendo encontrar a fonte de tamanha lamúria e tamanho sofrimento. Não poderia ser uma criança em prantos. No mínimo, tratava-se de milhares delas. Ou até algum tipo de animal em bando emitindo aquele som agonizante.

Mas não era para ser daquela forma.

Os sonhos, quando são realmente *sonhos*, devem ser felizes, certo?

Se o terror continuasse a tomar conta de seu ser, a jovem poderia acreditar que aquilo, na verdade, não passava de um pesadelo.

Contudo, olhando ao redor, parecia impossível.

Contrastando com a dura realidade na qual vivia enquanto acordada, o mundo de seu sonho era uma terra sem máquinas e robôs. Tudo ali era natureza e, não fosse o som desesperador do choro, a visão seria pura calmaria.

Ventos suaves, brisas mornas, e um coração a pulsar num ritmo lento e prazeroso, sabendo que logo encontraria seu par.

Logo encontraria o único outro coração que batia no mesmo ritmo do seu.

Acreditava nisso.

Ou melhor, parece que seu coração havia *começado a fazê-la acreditar nisso*. Era como se estivesse vivendo duas realidades distintas que se completavam.

Percebeu que, desde o primeiro sonho, passou a compreender que cada coração tem um par.

Ela podia sentir, naquele momento, naquela realidade em que estava – se é que aquilo tudo era real – que, embora seus ouvidos não captassem o pulsar de nenhum coração se aproximando, de alguma forma, a pequena máquina que pulsava no mesmo ritmo que a sua se aproximava. A sensação a acalmava e a agitava ao mesmo tempo, parecendo neutralizar momentaneamente a agonia por estar presa em uma terra de sonhos onde o desespero atormentava sua mente por causa do ininterrupto choro ao seu redor.

O som parecia vir do nada e, ao mesmo tempo, de tudo.

Sabia que, a qualquer momento, encontraria quem tanto buscava naquele sonho e, juntos, talvez, pudessem descobrir quem chorava em meio ao paraíso. Assim, tentou acalmar-se.

Nada a acalmava mais que o azul do céu.

Azul. Cor extinta da natureza há décadas na realidade em que vivia.

Que sorte tiveram os Antigos[1] por conhecerem o azul! Na verdade, tinham ainda mais sorte por não terem conhecido as redomas de proteção!

---

1 Seres humanos que habitaram o planeta Terra nos séculos anteriores à narrativa. Poderiam ser, por exemplo, as pessoas que viveram no século XXI.

Distraída com a perfeição que lhe cobria a vista, Vanessa sorriu ao constatar que *ele* se aproximava. Seu amado, o dono de seus sonhos. O cenário tornou-se ainda mais fantástico. Seus corações se reconheceram em meio à natureza cintilante e souberam, no silêncio que berrava em gritos e prantos aos seus ouvidos, que estavam no lugar exato em que deveriam estar naquele momento, naquele sonho, juntos.

Suas mãos entrelaçaram-se e eles caminharam sobre a grama.

Ela tinha razão. Juntos, seguiram as vozes para que a agonia do choro pudesse ser explicada...

Caminharam por campos e campinas verdes; deslizaram em flores silvestres e descansaram sob o céu azul.

E, no fim, chegaram a um pequeno riacho, no qual quiseram saciar a sede.

O choro, contudo, ficou ainda mais forte quando se aproximaram daquelas águas convidativas.

Espantada, Vanessa olhou para o leito do rio e constatou que o choro vinha das árvores.

Humanizadas, de forma bizarra e, se é que isso é possível, encantadoras, elas agitavam freneticamente os braços, ou melhor, os galhos, bagunçando as próprias folhas e assustando o vento; ao mesmo tempo, fendas que, como olhos na superfície de seus troncos, contraíam-se derramando grossas e pesadas lágrimas que, oriundas de centenas de árvores, fundiam-se quando encontravam a terra e formavam o riacho que corria sob os pés deles.

De suas "bocas", gritos terríveis escapavam, ecoando ao redor.

Vanessa estava aterrorizada.

Então, olhou para a face de seu amado para questionar se ele tinha alguma explicação para tudo aquilo. Se ele saberia como poderiam auxiliar as pobres criaturas.

Mais uma vez, parte de seu sonho tornou-se embaçada. Um borrão surgiu em meio à nitidez com que Vanessa contemplava tudo ao redor. Ela continuava a ver quase tudo com perfeição: as árvores chorosas, o rio de lágrimas, o céu azul. Menos a face daquele que a acompanhava.

Por ironia da vida mecânica e robótica que levava na realidade, na qual tudo era programado e controlado, ela não podia controlar o que via. Não podia ver o dono do coração que pulsava junto ao seu, como se fossem duas bombas mecânicas trabalhando em perfeita sintonia. Duas *máquinas gêmeas*.

Não sabia quem ele era ou como se chamava. Não sabia qual a explicação para o choro alto e sem fim das árvores, nem como – e se – poderia ajudá-las. As incertezas, de certa forma, envolveram-na em um abraço. Elas eram como virtudes naquele sonho, enquanto ela fugia de uma realidade regada a imperfeitas perfeições.

Parte um

Dos sonhos ao caos

Capítulo 1

Um mundo sem ar

Zildhe corria o mais rápido que suas pernas senis e seus pulmões castigados podiam suportar. Abria a boca o máximo possível, mas, em seguida, a sensação de que o ar que seu organismo necessitava não a atingia satisfatoriamente causava-lhe pânico, sufoco, desespero.

Todas as partes de seu ser pareciam gritar pelo combustível adequado, mas não, ela não conseguia fazer com que a respiração fosse satisfatória.

Estava tão perto.

Se conseguisse suportar mais... Olhou adiante na avenida para calcular a distância – três quadras.

Como o ar inalado a envenenava a cada novo passo de sua frenética corrida em luta pela sobrevivência, o resto de consciência que lhe sobrava a fez preferir prender a respiração a aspirar o ar poluído que consumia sua vida. Instante após instante.

Ela corria.

Três quadras e alcançaria um dos postos de respiração construídos pelo Maquinário para que a população da classe M,[2] da qual fazia parte, pudesse ter mais chances de sobrevivência nas avenidas não protegidas por redomas.

Sobrevivência.

Ela era uma pessoa que contribuíra para sua classe, que satisfizera todos os desejos do Maquinário, que soubera aceitar todas as condições ao longo de sua vida.

E agora sabia que, mesmo que sobrevivesse àquela corrida desenfreada para alcançar o posto de respiração mais próximo, estava condenada.

Seus pulmões estavam literalmente nos últimos suspiros e, a qualquer momento, deixariam de trabalhar, feito uma máquina que não leva mais oxigênio para sua circulação.

Feito uma máquina.

Como tudo o mais que a circundara durante toda a sua existência.

Cada um de seus dias fora vivido entre engrenagens. Cada uma de suas lembranças era tingida de cinza.

Ela estava chegando ao fim da vida predestinado a qualquer cidadão da classe M, afinal, tinha a idade exata da expectativa média de vida de seus companheiros M's. Era velha, praticamente idosa.

Já tinha 26 anos.

Esta história se passa no que restou da humanidade após séculos de destruição progressiva (e o pior: consciente) de um planeta condenado ao abismo e à autodestruição por parte da espécie que o domina. O calendário atual ultrapassa a barreira de três milênios e os erros somados durante todo esse tempo, agora, apresentam resultados alarmantes.

Enquanto a velha senhora Zildhe, da classe M, continua a correr pelas últimas três quadras que sentenciarão sua vida, a sociedade ao redor não se importa com sua luta pela sobrevivência.

Cidadãos M's e até P's (Pobres) morrem todos os dias pelas ruas sem redomas; sua corrida e seu desespero não são nada mais que *comuns*.

Ela continua, portanto, a correr pela larga avenida, ladeada por diversas construções, algumas com redomas; outras, sem. Apenas continua a correr. Sem ar...

O Maquinário, ou melhor dizendo, o "governo", algumas décadas atrás, quando a poluição atingiu níveis catastróficos e dizimou grande parte da população, incluindo alguns dos próprios membros de sua equipe, encontrou como solução a construção de redomas, que nada mais são que enormes vidros altamente resistentes, capazes de armazenar ar atmosférico puro ao redor dos edifícios.

Não querendo, contudo, desviar verba demasiada para tal medida, os membros do Maquinário, ou, como também eram conhecidos, os cidadãos da classe E (Extremamente ricos), protegeram os prédios governamentais e alguns locais de grande necessidade pública, como alguns hospitais, além de suas próprias casas, é claro.

Tanto quanto puderam, os cidadãos da classe R (Ricos) também protegeram suas moradias com redomas; entretanto, pagaram caro ao governo por essa proteção.

Assim, protegidos dos níveis alarmantes de poluição, os E's e os R's passaram a ter ainda mais vantagem na hierarquia social, e as redomas se tornaram sinônimo de segregação espacial.

Tudo isso, agregado ao fato de que doenças consideradas fatais ao longo dos séculos anteriores tinham se tornado curáveis há muito tempo, fez com que os cidadãos das duas classes mais abastadas garantissem uma expectativa média de vida de 119 anos.

A situação poderia levar ao fim das classes baixas, P e M, que não tinham a proteção e os direitos destinados às classes altas. Mas, perdê-los não seria vantajoso para o Maquinário, visto que prestavam serviços fundamentais à sociedade (que membros E ou R jamais prestariam). Portanto, muita discussão e longos anos de decisões errôneas acabaram por conduzir a uma interessante solução: os cidadãos das classes P e M, ou seja, pobres e miseráveis, passaram a fazer parte de um sistema no qual acumulavam pontos para ganharem aparelhos que poderiam garantir-lhes certa sobrevida.

Bebês e crianças ficavam nas creches governamentais protegidas por redomas, garantindo ao Maquinário que, de alguma forma, sobrevivessem.

Ao completarem 14 anos, tornavam-se aptos aos trabalhos designados pelo governo e, então, de acordo com seus desempenhos e pontos obtidos, ganhariam uma máscara respiratória, que era mais almejada, por proteger a face como um todo, ou, então, uma bombinha respiratória, que não protegeria, mas, pelo menos, levaria ar puro às suas vias respiratórias de tempos em tempos.

Insuficiente, em nada aquilo se comparava às proteções asseguradas aos cidadãos E's (que já as tinham naturalmente, apenas por nascerem nessa classe) e aos R's (que compravam tudo o que o governo disponibilizava de mais sofisticado: redomas para suas moradias, veículos devidamente protegidos, capacetes respiratórios individuais para saírem em ambientes livres e, claro, roupas práticas, que revestiam toda a superfície corporal de forma eficiente para que as indesejadas queimaduras solares não lhes ferissem a pele). Diante dos diminutos esforços do Maquinário para que as duas classes baixas não se extinguissem, aqueles cidadãos continuavam expostos à poluição, danificando progressivamente seu sistema respiratório ao longo dos anos. Além disso, recebiam a cada mês um macacão para que o utilizassem como vestimenta durante trinta dias consecutivos. Além de ser feito de material inferior aos usados pelas demais classes, um único exemplar por mês era pouco, fazendo com que feridas terríveis e queimaduras dolorosas surgissem na pele dos serviçais. Esse contexto acabou definindo às duas classes inferiores a expectativa média de vida de 26 anos – o bastante para que seus membros fossem produtivos na sociedade e, inclusive, pudessem gerar descendentes.

O ciclo, assim, prosseguia.

Um retrato daquela cidade, que era apenas mais uma em todo o novo mundo absolutamente controlado pelo Maquinário (que possuía sede em todas as localidades mundiais), mostraria a *Cidade que Nunca Dorme* – como era chamada –, coberta por um céu de cor laranja, com pontuais manchas negras, extensas avenidas com prédios públicos e residências das classes altas revestidos por redomas gigantes, contrastando com os lares das classes baixas – construções verticais altíssimas (em função do elevado número de pessoas no mundo e da consequente falta de espaço para todos) totalmente desprotegidas. O retrato ainda mostraria o excesso de pessoas, todas usando macacões finos (resistentes ou não, dependendo da classe social) que cobriam toda a extensão corporal.

Para diminuir ainda mais os índices de morte precoce dos cidadãos P's e M's, nos últimos anos, o Maquinário disponibilizara ao longo das avenidas alguns postos de respiração coletivos, com diversos capacetes respiratórios individuais.

Não era uma visão bonita. Mas funcionava.

Não era uma sociedade pós-apocalíptica. Era o próprio apocalipse.

Zildhe estava quase chegando lá. Mais alguns passos e alcançaria o posto.

O céu laranja da Cidade que Nunca Dorme (que tinha essa coloração no decorrer das 24 horas do dia – exceto durante as não raras tempestades, em que o céu ficava cinza-chumbo) agora pesava sobre seus ombros e o ar a envenenava mais a cada instante. Mesmo tendo optado por prender a respiração, não estava obtendo resultado favorável. A fadiga e o tormento a impediam de qualquer reação.

Era como se seus órgãos estivessem, finalmente, deixando de funcionar após 26 anos de um constante mergulho em uma atmosfera que lhes era nociva.

Seus olhos, teimosos, continuavam a funcionar com exatidão e, como um último presente inesperado que recebiam da vida, perceberam que o posto de respiração estava extremamente próximo. Um efêmero alento.

O posto era uma construção circular, no nível do solo, com algumas cadeiras inclinadas, no topo das quais havia uma espécie de aquário arredondado – os chamados capacetes respiratórios individuais – para que o cidadão se acomodasse e colocasse a cabeça no interior deles podendo, então, respirar ar atmosférico 100% livre de poluição.

Ela entrou na construção circular. Seu coração pulsava feroz, enquanto seus pulmões pareciam se dissolver. Era como se o mundo todo estivesse contido ali, acompanhando as últimas batidas do seu coração.

A cadeira mais próxima estava a poucos passos, entretanto, havia uma fila para sua utilização, assim como nas demais.

Seu corpo não mais resistia. Seu coração dizia-lhe adeus a cada nova batida. A força se esvaía.

Rodopiou.

Caiu ao chão.

Todos olharam para aquela cena, mas, em uma nova fração de segundos, desviaram o olhar.

Era tudo *comum*.

Aguardou enquanto os outros cidadãos respiravam aliviados no interior do capacete. Caída ao chão, rastejando, olhou para cima. Faltava pouco para sua vez, ao mesmo tempo em que uma nova fila crescia depois dela.

Esperava, arrastando-se, e ficando ainda mais desesperada ao ouvir outros P's e M's sufocarem nas filas ao redor.

A sensação era a pior possível. Indescritível. Era um sofrimento sobre-humano, em uma sociedade que, de certo modo, assim se considerava.

Por sorte, as filas andavam rapidamente, pois cada capacete era programado para que o cidadão o utilizasse apenas por segundos, para evitar aglomerações.

Então, ele poderia parar no posto de respiração seguinte, até chegar a um local seguro.

Sua vez havia chegado.

Já não havia como explicar ao seu corpo que ele estava a salvo. Pelo menos por mais um tempo, até realmente morrer sufocado. Olhou para cima e vislumbrou a cadeira à sua espera. A culpa era de seus olhos, que, por teimosia, disseram-lhe que ainda havia uma chance de sobrevivência.

Os cidadãos na fila começaram a gritar xingamentos diversos. Ela já havia perdido alguns segundos e isso poderia ser fatal para qualquer um deles.

Toda a fraqueza e todo o desespero uniram-se ao instinto de sobrevivência, que ainda a atormentava, e deram-lhe um último golpe de ousadia e força, fazendo com que conseguisse arrastar-se para a cadeira e colocar a cabeça no interior do capacete.

Foi uma sensação maravilhosa.

Os pequenos pontos de seu pulmão que ainda trabalhavam e possuíam resquícios de saúde, após anos de submissão ao ar envenenado por gases letais, estufaram-se com aquele ar puro, tão raro às células sofridas de seu parênquima.

Ela quase podia ouvir os alvéolos agradecerem por aquele suspiro tão desejado.

Sentiu o corpo todo abastecer-se de vida novamente. Parecia mágica.

Então, seus segundos acabaram e o capacete abriu para que ela desse lugar ao próximo da fila.

Aquilo, contudo, não seria possível.

Ela saiu da cadeira, sentindo ainda o corpo todo estremecer de fraqueza por ter sido torturado, e seus olhos, dessa vez, levaram-na a contemplar o corpo de um senhor da classe P, também de aproximadamente 26 anos, caído ao chão, sem vida.

Se ela tivesse desocupado seu lugar mais rapidamente, talvez tivesse poupado aquela vida; talvez tivesse poupado aquele cidadão de uma morte terrível, de um sufocamento doloroso, exatamente no instante em que ela respirava aliviada.

Cambaleando, Zildhe saiu do posto respiratório.

Ninguém se importou com o corpo daquele senhor, e logo ele foi removido pelos funcionários do posto.

Ela também, de fato, não havia se abalado. Pensou rapidamente que poderia ter tido alguma parcela de culpa, entretanto, todos ali estavam condenados. Cenas como aquela apenas serviam para manter as estatísticas.

A mulher, então, voltou a correr.

Sem dúvidas, precisava alcançar o próximo posto de respiração, até que, finalmente, pudesse chegar ao seu destino final: o Hospital dos Embriões.

Provavelmente não sairia daquele hospital com vida. Faltava pouco para que seu corpo deixasse de funcionar, após sucessivos castigos. Ela sempre soubera identificar *quando uma máquina estava pifando.*

Como não constituíra família, tinha a obrigação de gerar um filho. Havia feito a doação de seu material há algumas semanas no hospital. Agora, com a desculpa de ver o filho, que estava crescendo no Centro Gestacional, aproveitaria para passar seus últimos dias em um ambiente revestido por redoma.

Ela seria mãe. Ou não. Pensou que tecnicamente poderia não chegar a ser mãe, visto que provavelmente morreria antes que a gestação extracorpórea chegasse ao fim. Além disso, mesmo se sobrevivesse, aquele filho nunca seria seu. Ele era do *mundo,* e, como todas as demais crianças, nasceria condenado desde os primeiros suspiros.

Os pensamentos acerca do bebê que nasceria não se perpetuaram em sua mente. Família era algo de que não tinha noção. Maternidade e amor, tampouco.

Zildhe voltou a pensar em si mesma enquanto corria em direção ao hospital. A ideia do sufocamento a intimidava. Entretanto, a ideia de morrer não surtia o mesmo efeito.

Sabia que toda máquina tinha um prazo de validade.

Capítulo 2

Mar... Nos dias atuais

VANESSA ESTAVA SENTADA EM sua cama, rodeada pelas máquinas que a acompanhavam no dia a dia. Lucy a fitava com um olhar curioso, parada na outra extremidade do quarto.

– Pare de me olhar! Você tem o *dom*, Lucy, de me irritar mais que qualquer um.

A robô particular, Lucy, chateada, respondeu após um suspiro:

– Se você diz...

Dito isso, ela fechou os próprios olhos robóticos para não olhar mais para sua dona, Vanessa, o que a irritou ainda mais.

A moça levantou-se da cama praguejando e saiu do quarto com Lucy em seu encalço.

– Você ainda não tomou o desjejum – disse a voz metálica, seguindo-a pelo corredor.

– Me deixa em paz!

– Você está atrasada vinte e sete minutos e quarenta e seis segundos para o desjejum do dia vinte e seis de março do ano...

– Cala a boca!

Após o grito de Vanessa, a robô fechou sua grande e quadrada boca, entretanto, continuou deslizando pela casa. Lucy tinha aproximadamente sessenta centímetros de altura, coloração roxa brilhante (exceto pelos olhos azuis, feito a cor da extinção), braços bem articulados, pernas substituídas por esteiras circulares, cabeça exatamente em formato de cogumelo, computador no lugar em que deveria haver uma barriga e, principalmente, chatice inata. Sempre que falava – o que acontecia com grande frequência –, sua voz robótica ecoava, espalhando uma melodia rítmica e metódica. Ela tinha o péssimo hábito de enfatizar cada sílaba que pronunciava.

Naquela manhã, a robô pôde perceber que sua dona estava inquieta. A Máquina de Sonhos estivera ainda mais estranha na noite anterior, fato que a privara de um sono tranquilo e renovador.

Entre um bocejo e outro, a moça sentiu-se irritada por estar atrasada (mas não admitiria isso, senão Lucy se tornaria ainda mais insuportável), pela primeira vez em seus 26 anos.

Vinte e seis anos!

Por sorte, ela era uma R. Se fosse da classe P ou M, já estaria na fase final de sua vida. Como membro efetivo de sua classe, era ainda extremamente jovem.

Parou por um instante, fitando a casa, vazia e silenciosa como nunca estivera. Dominique e Junior haviam saído.

Sua parada brusca no corredor fez Lucy quase esbarrar em suas canelas.

Vanessa a fitou, irritada, mas logo voltou a ater-se ao fato de que o silêncio era perturbador. E estranho.

Era dia de escola. Os irmãos não estarem no quarto de estudos, conectados aos seus aparelhos ilusionistas que transportariam parte de suas mentes até a escola virtual a fim de que absorvessem os aprendizados necessários, era um fato inusitado.

– Passeio de campo! – Vanessa disse com pesar, desmoronando na cadeira mais próxima.

Era dia de passeio de campo. O dia em que, uma vez ao final de cada mês, os irmãos eram levados para um passeio pelas redomas educativas ou pelos museus naturais.

Ela odiava admitir, mas Lucy realmente tinha razão em atormentá-la naquele dia.

Não apenas perdera o desjejum com os irmãos, como não os preparara para o passeio. Sonhos estranhos haviam gerado noites perturbadas e sonos inquietos, que acabaram por tornar Vanessa relapsa em seus afazeres cotidianos. Aquilo não podia continuar.

Dominique, de 13 anos, certamente ajudara Junior, de 9, contando também com seus próprios robôs particulares. Haviam saído, segundo a programação determinada, e, com certeza, optaram por não acordar Vanessa, ou *Nenê*, como costumavam chamá-la.

– Eu não sirvo para isso – ela disse para si mesma, pensando que, após a morte dos pais, alguns anos atrás, estava cada vez mais desatenta aos cuidados que deveria ter com os irmãos.

– Não serve para quê? – A voz de Lucy ecoou.

– Não é da sua conta.

Dizendo isso, Nenê levantou-se e foi até o *closet* colocar um macacão de passeio.

Era seu dia de folga do trabalho, e os irmãos haviam saído. Embora Lucy fosse reclamar por ela não seguir as especificações detalhadas da programação de seu dia, Vanessa resolveu fazer algo diferente.

Enquanto Vanessa se arrumava, Lucy percebeu que ela não ficaria em casa e protestou bravamente com a dona, que ignorou cada uma de suas palavras e de seus alarmes indicativos de atraso ou de erro na programação diária.

Quando abriu a porta da garagem e entrou no carro, deixando Lucy para trás, ouviu:

– Você se esqueceu de me colocar em meu assento!

– Isso significa que você não vai sair comigo.

– Você não pode fazer isso – argumentou Lucy –, não é prudente sair de casa desacompanhada. Posso avisá-la da condição atmosférica e dos perigos iminentes em um raio de...

– Você não vai me convencer. Não hoje.

– Você não está cumprindo seus afazeres! – A robô parecia desesperada. – Não está programado que você saia de casa hoje!

– Até mais, Lucy! – Vanessa bateu com força a porta do carro, divertindo-se enquanto a robô agitava os braços mecânicos no ar e gritava com a dona teimosa.

A garagem e, em seguida, a porta da redoma fecharam-se quando Vanessa ganhou a rua dentro de seu automóvel.

O céu laranja cobriu sua visão como um cenário caótico e sufocante, com o qual todos já haviam se acostumado, enquanto o veículo deslizava a trinta centímetros do solo. Seguindo o comando de voz de Nenê, ele ganhou um rumo:

– Para o píer – ela ordenou.

– Entendido – respondeu o carro –, para o píer. As condições adversas do local indicam que não é prudente...

– Até você? Sou eu quem manda na minha vida! Direto para o píer, em silêncio! Não quero saber de condições atmosféricas!

Atento àquela explosão de raiva, o veículo seguiu o trajeto sem nada mais dizer.

No caminho, Vanessa pensou em Junior e Dominique. Queria tê-los visto naquela manhã, certamente estavam radiantes com o passeio.

Apesar da chatice de Lucy, sentiu-se culpada por tê-la desligado quando a robô insistiu em acordá-la no horário programado.

Não dormira bem aquela noite. Lucy sabia disso e tentara avisá-la. Mas ela só voltara a ativar a robô quando, de fato, despertara. *Atrasada* – palavra repetida por Lucy várias vezes desde então.

Deu uma breve risada.

Lucy.

Gostava de sua robô. Ela era sua companheira desde o primeiro dia de vida, conhecia-a mais do que ninguém e a ajudava em tudo que precisava.

Nada disso impedia que fosse extremamente irritante.

Nenê, contudo, pensou que não deveria queixar-se. Como membro da classe R, tinha o privilégio de ter uma robô particular, comprada pelos pais no dia de seu nascimento, fato repetido com os dois irmãos.

O caminho até o píer era longo. Ela desejou ligar o rádio e escutar algo interessante para relaxar.

Ao seu comando de voz, o rádio saudou-a e começou a funcionar.

Não estava interessada nas notícias sobre os êxitos e os benefícios do Maquinário, tampouco queria saber das estatísticas ou dos graus de produção.

Não havia, de fato, dormido bem aquela noite, e tudo parecia deixá-la irritada. Sua Máquina de Sonhos estava estranha há algum tempo e, por mais que Nenê quisesse esconder tal fato de si mesma, não havia como negar: algo a estava assombrando durante o sono.

Sem que Vanessa percebesse, suas pálpebras pesaram, e ela mergulhou em um sono leve enquanto o automóvel a conduzia até o píer.

A Máquina de Sonhos não estava com ela, mas, mesmo assim, o inevitável aconteceu...

Um sonho estranho começou a se formar em sua mente adormecida.

Ela sentia o cheiro da grama úmida inebriando suas narinas. A garoa fina caía-lhe sobre a pele, renovando-lhe a vida. O soprar das folhas das árvores lhe beijava a face.

Tudo aquilo não fazia parte de sua realidade. Tudo aquilo era a natureza conhecida e praticamente extinta pelos Antigos.

Vanessa caminhava, admirando extasiada a bela paisagem que a cercava.

Pés descalços, peito aberto. E uma estranha sensação de que não estava sozinha.

Alguém habitava aquele sonho com ela. Alguém compartilhava a tamanha alegria de se estar livre, sem redomas, sem poluição, sem máquinas.

Ela caminhou sem pressa e deixou que o ar limpo a preenchesse de vida.

Cada vez mais, a sensação de que havia alguém espiando – talvez através de algum arbusto – era real.

Ouviu galhos balançando e, então, teve a certeza de que alguém se aproximava.

No céu, as nuvens afastaram-se e abriram caminho para o sol, que emitiu seus raios em meio à doce e fina garoa, tornando aquele cenário ainda mais esplêndido.

A luz cobriu-lhe a vista com força, ofuscando a visão de Nenê. A beleza da paisagem era estranha para ela e fazia com que seus olhos doessem.

Uma sombra aproximou-se.

Seu coração disparou. A pele eriçou. Os olhos arregalaram-se, com um misto de medo e curiosidade. Sentimentos que, na realidade, desconhecia.

Nesse instante, uma voz anunciou:

–Você está em seu destino final.

Imediatamente, Vanessa abriu os olhos, ainda com o coração acelerado.

Estava no píer.

Os acontecimentos a seguir fariam com que ela deixasse de se preocupar momentaneamente com os misteriosos sonhos que vinham se repetindo e roubando suas noites.

Vanessa colocou o capacete respiratório individual antes de sair do carro naquele local completamente desprotegido. Certificou-se de travá-lo com firmeza ao redor da cabeça para não inalar o ar poluído, e, então, acionou o comando de voz, que abriu a porta do automóvel.

Embora estivesse devidamente vestida, com toda a superfície do corpo coberta pelo macacão específico para os passeios em locais abertos, além de usar pesadas botas, sentiu seu corpo enrijecer-se ao entrar em contato com a natureza destruída do lado de fora do automóvel.

Virou-se para o carro e ordenou:

– Estacione em um local apropriado.

– Entendido – ela ouviu em resposta.

O veículo afastou-se do píer alguns metros, manobrando e estacionando em uma das muitas vagas adiante.

O local estava vazio.

Claro, pensou Vanessa. Quem gostaria de ir a um local daqueles?

– Devo estar maluca – disse a si mesma.

A verdade é que havia algo de fascinante no mar, que a perturbava.

Ele era todo marrom e suas águas tinham aspecto de lodo. Não era uma visão bonita. Mas, nos estudos, Nenê aprendera que, antigamente, as águas do mar eram azuis e inúmeras formas de vida o habitavam. Muitas terras haviam sido descobertas por homens em grandes embarcações que navegaram por ele há muito, muito tempo. Era difícil acreditar, mas o mar, um dia, havia sido meio de locomoção e palco de grandes aventuras. A realidade passada em nada se assemelhava à atual. O cenário agora virara um palco de abandono, tingido de marrom.

Talvez, pelo fato de estar tão perturbada pelos sonhos que estavam invadindo sua mente quando dormia, havia surgido dentro de Nenê uma vontade irresistível de visitar o píer, que era prova de que, um dia, as coisas haviam sido diferentes no mundo.

Um dia, a realidade havia sido como nos seus sonhos.

Ela havia estado ali apenas uma vez, quando pequena, com os pais. Mas lembrava-se de que o passeio durara muito pouco; o ambiente não agradava a sua mãe.

Junior e Dominique nem eram nascidos naquela época. Vanessa pensou que eles nunca haviam visto o mar.

Na verdade, nenhum ser humano vivo já o viu. Vemos apenas o que restou dele...

De fato, a mãe estava certa. Não havia nada para se fazer naquele local, e Nenê pensou no quanto agira errado em ter saído de casa e descumprido suas tarefas diárias. Devia ter ouvido os resmungos de Lucy.

Olhou um último minuto para a paisagem laranja e marrom que a envolvia.

Respirou profundamente dentro de seu capacete, pensando em quantas pessoas não tinham um daqueles e estavam condenadas a uma morte terrível, em razão da progressiva falência de suas células pulmonares. Pensou também em sua veste, tão apropriada para os momentos em que precisava sair de casa. Se não, ela estaria exposta a um calor insuportável e a queimaduras de graus variados, que consumiriam sua pele com ferocidade.

Vinte e seis anos, pensando bem, era uma média alta de vida para os P's e M's. Afinal de contas, eles vagavam desprotegidos sobre uma terra que já não era adequada para a sobrevivência.

Esses sonhos devem estar me deixando realmente maluca! Tudo de que preciso é de uma boa noite de sono. Não é prudente pensar na diferença de classes. Cada um tem a sorte de nascer no ambiente ao qual, de fato, pertence – ela pensou, relembrando-se dos ensinamentos adquiridos ao longo dos anos.

Antes que pudesse chamar o automóvel, entretanto, algo apareceu em seu campo visual, despertando-lhe a curiosidade.

Não havia lixo no mar lodoso. O Maquinário havia retirado todos os objetos depositados e descartados no píer, em uma forte campanha de incentivo à conservação ambiental (conservação "do resto ambiental", pensava Nenê). Contudo, havia restado algo brilhante, aparentemente esquecido pelas máquinas de limpeza, preso em meio ao lodo infinito.

Vanessa ficou a contemplar o que parecia ser uma garrafa, daquelas que os Antigos usavam.

Garrafas de vidro não eram vistas há muito tempo. Sua curiosidade foi aguçada ao certificar-se de que um daqueles raros objetos se encontrava preso à beira do oceano. Certamente o lodo impedia que aquela garrafa se movesse. Ela estava literalmente encalhada na praia.

Se Nenê quisesse ir até lá, teria que descer a escada do píer e andar uma curta distância pela orla. Suas botas seriam marcadas pela sujeira. Mas, aparentemente, valia a pena o sacrifício.

Olhou ao redor. Não havia ninguém ali.

A solidão e o deserto marrom a convidavam para uma caminhada na praia de lodo. A curiosidade era maior que a proibição de ter qualquer tipo de contato com o mar.

Vanessa sempre fora fascinada pelos Antigos. Encantada e apaixonada pelo que o mundo havia sido um dia e pelo estilo de vida das pessoas que o habitaram durante séculos; portanto, não perderia a chance única de ter um objeto deles em sua posse.

Desceu rapidamente e sentiu as botas afundarem alguns centímetros no mar quase sólido, tamanha era a viscosidade da "água".

Com dificuldade, deu alguns passos e chegou até a garrafa de vidro solitária. E, com a mesma dificuldade, tirou-a de sua prisão lodosa à beira-mar, que parecia lutar para não a deixar ir.

Voltou rapidamente para o píer e disse em alto som:

– Iniciar.

O carro, a alguns metros, começou a funcionar e veio buscá-la exatamente onde estava.

Com um misto de apreensão e euforia, Nenê entrou rapidamente no veículo, segurando com força aquele objeto tão valioso nas mãos.

Quando o carro começou a andar, seguindo seus comandos de volta para casa, ela percebeu: não era uma simples garrafa de vidro. Havia algo em seu interior.

Capítulo 3

O grito

A CASA A ESPERAVA em um perturbador silêncio mais uma vez. Aquilo não durou muito, contudo. Os protestos de Lucy começaram a ecoar assim que Vanessa saiu do carro.

– Eu já sei, Lucy. Já sei que estou atrasada e que não fiz nada do que deveria ter feito hoje pela manhã. Agora, se não quiser que eu te desligue, como fiz há algumas horas, fique quieta até eu ordenar que volte a falar.

A robô soltou um suspiro de revolta e deslizou nas duas esteiras circulares que lhe serviam de pés para o quarto de sua dona.

Nenê, então, permaneceu sozinha na sala, contemplando a garrafa.

A casa em que vivia com os irmãos e os robôs era grande e havia espaço de sobra. A sala, arejada, era como tudo mais na sociedade, um espaço moderno, repleto de máquinas e mobília flutuante. Deixando-se cair em um fino banco, Nenê permaneceu agitando o antigo e valioso objeto que tinha nas mãos.

Havia feito exatamente isso durante todo o trajeto do píer até sua casa e agora, após lavar o máximo que podia a garrafa, ficou a pensar se a abriria ou não.

O medo, que lhe fora incutido ao longo de sua existência, de qualquer contato com objetos oriundos das partes desprotegidas da cidade ecoava em sua mente. A poluição era um monstro que consumia vidas e que havia impregnado tudo o que vinha de fora das redomas.

Ela já havia se arriscado trazendo aquela garrafa para casa. Sabia que não aguentaria deixar para trás um objeto que tanto a fascinava, justamente por ter pertencido aos Antigos.

Abri-la e liberar todo e qualquer tipo de contaminação que estivesse preso em seu interior há séculos poderia ser um risco ainda maior.

Em meio à água lodosa do mar e à sujeira depositada ali pelo tempo, havia algo no interior daquele vidro. Ela podia ver, sem, contudo, distinguir exatamente seu conteúdo.

– Lucy!!! – Vanessa gritou.

Imediatamente ouviu o som das esteiras arrastando-se lentamente pela casa, e a cara mal-humorada da robô apareceu:

– Chamou? – ela perguntou, emburrada.

– Você ainda está brava?

Lucy não respondeu, então, a moça continuou:

– Preciso que pesquise sobre garrafas de vidro e que selecione as informações mais relevantes.

Imediatamente, mesmo que contra sua vontade, Lucy abriu a tela que se localizava na porção mediana de seu corpo roxo e iniciou a pesquisa.

Cerca de meio minuto depois, disse com sua voz robótica:

– Garrafa de vidro: inventada há milênios, tinha a função principal de armazenamento para os Antigos. Causa sérios danos ambientais, uma vez que sua decomposição tem tempo indeterminado no ambiente. Foi citada em muitos artigos sua utilização para troca de mensagens, visto que poderia viajar pelas correntes oceânicas, armazenando o conteúdo por muito tempo...

A robô continuou a falar, mas Nenê já não estava ouvindo.

Era isso! Havia uma mensagem ali dentro!

Agitando o conteúdo, ela podia perceber que, de fato, parecia haver ali algum tipo de tecido enrolado.

Vanessa não conteve sua curiosidade. Foi até a área de serviço e procurou por algo que pudesse ajudá-la a não fazer tanta sujeira. Encontrou uma espécie de caixa, esquecida em um canto. Estava vazia e empoeirada. *Parecia perfeita.* Vanessa despejou, ansiosa, o conteúdo da garrafa naquela caixa.

Com um par de grossas luvas, que também encontrou por ali e que costumava ser usado pela robô da limpeza, separou a sujeira e pegou o tecido.

Seu coração batia forte de excitação à medida que ela desenrolava aquele pano. Extenso e gasto, ele guardava um verdadeiro tesouro, que, finalmente, teria seu destino alcançado. Uma *testemunha.*

A excitação de Vanessa aumentava ao visualizar cada centímetro do pano antigo e constatar que estava certa. De fato, havia uma mensagem grafada naquele tecido. A pessoa que fizera aquilo fora extremamente sábia e preparara o recipiente para durar muito tempo. Por dentro, a garrafa estava revestida por um tipo de plástico. Além disso, o pano utilizado e o material com que as palavras foram grafadas eram extremamente resistentes. Mesmo assim, as letras estavam gastas e seria difícil – mas não impossível – lê-las, o que comprovava que, apesar dos extremos cuidados de seu remetente, a mensagem era muito *antiga.*

A garrafa podia ser de séculos atrás quando o mar ainda tinha águas fluidas, capazes de carregá-la. Podia ter sido enviada de longe, ou mesmo por alguém que vivera naquela região há muito tempo. Não havia como saber.

Lucy apareceu na área de serviços curiosa a respeito do que Vanessa fazia.

Então, em voz alta, conforme conseguiu definir as palavras escritas, Nenê leu a mensagem:

Tudo está acontecendo em uma época difícil, em que as pessoas já não têm esperança ou fé...
Deixarei a sinceridade predominar em minhas palavras, que tanto têm a dizer. Afinal, não sei quando esta mensagem será lida. Portanto, talvez, os motivos que me levam a tamanho desespero já não sejam do seu conhecimento.
Eu olho ao meu redor e tudo o que vejo é um mundo que perde o brilho dia após dia. Um mundo em que a ganância vale mais que a vida. Em que a corrupção não é punida, e em que as pessoas são medidas pela quantidade de bens que possuem.
Hoje, os relacionamentos verdadeiros não mais existem. Predominam as distâncias. Um povo que diz ter encurtado distâncias com o advento da tecnologia, tornou-se, justamente, distante.
Abraço, hoje em dia, é artigo de luxo. Amar é artigo banal.
Caminhadas ao ar livre e passeios na praça estão completamente extintos. Como se já não fosse imensa a lista de extinção de espécies maravilhosas que meus filhos jamais saberão que, um dia, habitaram este mesmo planeta. Não vou entrar no mérito do lixo e da poluição, porque, se pensar a que nível tudo isso pode chegar, certamente enlouquecerei e também abandonarei minha fé.
E isso não é tudo. Se esta mensagem demorar muito a ser encontrada, eu me pergunto o quanto o ser humano estará

escravo das máquinas e dos computadores. O quão azul ainda estará o céu. O quão mais distantes e frias as relações podem ficar. O que será das famílias, o que será da esperança.

Eu ainda tenho a minha, guardada a sete chaves, visto que ela, assim como os abraços, é artigo de luxo.

Portanto, dentro da garrafa, junto desta mensagem, vai meu grito sufocado e doloroso de quem assiste de camarote à destruição de sua própria espécie e do ambiente que ela habita. Escrevo estas linhas com a fé, que luta em não me abandonar, de que você, que encontrou este pequenino pedaço de mim que ainda tem vida, esteja vivendo em um mundo no qual o ser humano tenha conseguido se reinventar e salvar a si próprio. Hoje (15 de junho de 2012), as coisas estão ruins. Diga-me, como está o mundo em que você vive?

Nenê olhou ao seu redor. Fitou Lucy por um instante – a robô estava em completo silêncio.

Foi até a sala, visualizou sua própria casa, repleta de máquinas. Olhou pela janela. Viu o céu laranja, e pensou na cor azul, extinta na natureza. Mais que tudo, contemplou pessoas correndo pela avenida, sem proteção, à procura do próximo posto de respiração.

Pensou no mar marrom e nas poucas espécies de fauna e flora restantes no mundo, que apenas existiam nos museus naturais amplamente protegidos pelas redomas.

Ah, as redomas! Olhou com força e fúria para aquela que revestia sua própria casa; sua própria vida.

A autora daquela carta usara termos que Nenê não costumava usar com frequência, como *abraço*, *amar*, *esperança*. E outros que ela não conhecia – como *praça*. Entretanto, mesmo escrita há tanto tempo, aquela carta a atingira em cheio. Parecia ter sido escrita para ela e para o mundo que hoje conhecia.

Era um grito preso e abandonado, por tanto tempo perpetuado, que, de certo, enfrentara inúmeros desafios para sobreviver, mas que, acima de tudo, fazia sentido e carregava uma verdade.

Tempestades, lixo, lodo, distância, tempo. A garrafa sobrevivera a tudo e chegara até ali.

Aquilo deveria significar algo.

Vanessa pensou no que lera. O mundo já era caótico naquele tempo, mas ainda caminhava para a destruição que ela hoje presenciava. O passado parecia ter mais respostas do que ela poderia supor.

Por fim, com a imagem das pessoas sufocando pelas ruas gravada em sua mente, pensou nas classes sociais. A divisão atual não era mencionada no tempo dos Antigos. Aparecera como um último golpe na escala hierárquica que, sim, sempre existira de alguma forma, segundo Nenê havia estudado, mas viera para quebrar de vez algo que estava rachado há séculos: a sociedade.

Mundo. Sociedade. Relações pessoais. Tudo havia se partido.

Abraços, como a mensagem dizia, de raros se tornaram extintos.

Era triste chegar a essa conclusão, mas Vanessa tinha, sim, todas as *respostas* para as perguntas feitas naquela mensagem encontrada na garrafa.

Capítulo 4

Família moderna

TALVEZ, PENSOU NENÊ, AQUILO tudo fosse realmente um sinal de reinvenção.

Se a tradição de enviar mensagens em garrafas era secular e, de alguma forma maluca, havia chegado até ela, isso *significava algo.*

Precisaria reler a mensagem diversas vezes, porém, aquela palavra em especial já estava gravada em sua mente: reinvenção.

Pensando bem, como ela, tão pequena e frágil, vivendo em uma sociedade superlotada, poderia fazer algo?

O tempo traria as respostas?

E como se isso não fosse suficientemente perturbador, a mensagem na garrafa não era a única coisa estranha acontecendo em sua vida.

Pensou nos sonhos que estava tendo há algumas noites...

Sabia que, em tempos remotos, as pessoas eram livres para sonhar e decidir o próprio futuro. Há séculos a vida já não era assim.

Membros do Maquinário inventaram as Máquinas de Sonhos. Era bem simples, na verdade. Quando você estava prestes a dormir, bastava conectar os eletrodos da máquina nas laterais de sua cabeça e programar o sonho que queria ter.

As máquinas haviam sido uma grande sensação quando foram inventadas. Mas Nenê nem existia naquela época.

O governo disponibilizava uma Máquina de Sonhos coletiva para cada família (ou grupo de pessoas) das classes P e M. Já os membros das classes E e R, que era o caso de Vanessa, poderiam obter as máquinas individuais.

Seus pais tinham comprado uma máquina para cada filho; a de Nenê era considerada superpotente, afinal, tinha cinco tipos diferentes de sonhos. Um se passava em casa, em uma refeição em família (assim, ela continuava a ver os pais quando escolhia aquele sonho, embora tudo o que dissessem fosse programado e repetitivo); outro se passava no espaço; outra opção, no hospital em que ela trabalhava, cercada por bebês; o quarto sonho se desenrolava em um museu natural – a visão mais próxima que ela tinha da natureza. E seu preferido era o quinto sonho, no qual ela estava voando. É bem verdade que os automóveis já lhe davam essa sensação, afinal de contas, eles flutuavam a alguns centímetros do chão, em alta velocidade. Porém, no sonho número cinco, ela podia voar sem máquina ou veículo algum – e não apenas a alguns centímetros do solo. O sonho simulava um voo real, nas mais elevadas altitudes em meio ao céu laranja.

Ela gostava dos sonhos, embora escolhesse repetir o seu favorito várias noites consecutivas e, pela manhã, tudo parecesse um tanto falso e artificial demais.

Há alguns dias, a máquina parecia estar falhando. Isso não só era assustador, como poderia ser considerado uma violação de conduta.

Vanessa programava tudo certo, escolhia a opção que desejava, plugava os eletrodos na cabeça, e nada...

Nada de sonhar com o que estava programado. Algo inusitado estava acontecendo. Sonhos confusos, envolvendo a natureza dos

Antigos, invadiam sua mente. E, o mais assustador, ela sempre tinha a sensação de que não estava sozinha naqueles sonhos. Parecia estar sendo observada o tempo todo, e não sentia medo. Sentia-se segura, confortável e estranhamente curiosa.

Ligando agora os fatos, pensou que, na vida de qualquer pessoa de seu tempo, tudo era programado e monitorado pelo Maquinário. Mas, estranhamente, a sua vida começava a fugir desses padrões.

Isso a preocupava. Quebrar qualquer regra seria desastroso. Além do mais, os sonhos não estavam claros e isso fazia com que uma ansiedade sem tamanho a consumisse, deixando-a nervosa e irritada. Ela precisava compreender tudo aquilo.

Talvez fosse, sim, um começo da "reinvenção" que a pessoa da mensagem mencionara.

Um frio na barriga, antes nunca sentido, atingiu-a em cheio, trazendo-lhe uma sensação gostosa de percorrer caminhos desconhecidos, ao mesmo tempo que despertava, em seu interior, grandes medos e curiosidades que ela nem sabia possuir.

Suas divagações, contudo, foram interrompidas pelo Vigia.

Ele era uma máquina que monitorava a segurança de sua casa e a eficiência da redoma em não permitir a penetração de gases poluídos. Além disso, avisava com exatidão quando alguém se aproximava.

Sua voz robótica e amigável ecoou pela casa toda, trazendo Nenê de volta à realidade:

– Junior e Dominique estarão em casa em sessenta segundos.

Vanessa foi até o exterior de sua residência e, ainda dentro da redoma, esperou pelo transporte que traria os irmãos do passeio de campo.

Nos poucos segundos que teve que esperar, viu que, no interior da redoma ao lado, onde ficava a casa vizinha, estava Johnny.

Ah, o Johnny! Vanessa nunca simpatizara com ele. O rapaz era da sua idade e da classe superior à sua, a E. *Extremamente rico*. Seus pais eram membros do Maquinário, e ele já começava a seguir seus passos. Era inegavelmente charmoso, com seu porte atlético e seus cabelos dourados. Mas, para Nenê, não passava de um ser chato e inconveniente, que se achava superior a todos os outros.

O mesmo sorriso *exageradamente* simpático apareceu na face do rapaz assim que a viu:

– Olhando a rua? – ele gritou de sua redoma, enquanto acenava, tentando puxar papo.

Vanessa respirou profundamente, contando até mil, e teve vontade de dizer: "Claro que não, seu idiota. O que tem de legal para olhar na rua? Pessoas sufocando?" Em vez disso, conteve-se e apenas respondeu:

– Esperando meus irmãos.

Por sorte, eles chegaram naquele mesmo instante, exatamente como o Vigia havia dito.

Nenê abriu a porta da redoma, de forma segura para que os gases não adentrassem, deu um rápido aceno de cabeça na direção do *vizinho-mala* e entrou com os irmãos:

– Vocês voltaram rápido – ela disse, já na sala.

– Foi rápido, mas foi demais! – respondeu Junior, parecendo, de fato, maravilhado e empolgado com o passeio.

– Que bom – Nenê disse, não correspondendo ao entusiasmo do irmão, devido aos acontecimentos preocupantes que castigavam seus pensamentos. Mesmo assim, quis continuar com a conversa: – Aonde vocês foram desta vez?

Dominique tomou a palavra:

– Nós fomos para o museu natural número três!

– É – concordou Junior. – E ele é bem mais legal que o dois e que o um. Tinha até uma... Como era mesmo o nome, Nique?

– Onça-pintada!

– Isso mesmo – continuou Junior –, onça-pintada! O robô-guia explicou que os Antigos costumavam empalhar os animais. Mas os cientistas do nosso tempo desenvolveram a *conservação robótica*, que é uma forma de conservar ainda mais o animal após sua morte, garantindo, inclusive, que ele tenha os mesmos movimentos e alguns dos hábitos de quando estava vivo. Ele falou que não existem mais exemplares de onças-pintadas vivos, mas foi fantástico vê-la daquela forma, ela não parecia morta. A onça andava pelo recinto do museu naturalmente. Teve uma hora que eu pensei que ela estava me olhando nos olhos!

– Não exagera, Junior! – disse Dominique.

– Eu juro! Além disso, quem se comportou e obedeceu às ordens dos robôs-guias ganhou a oportunidade de visitar o museu natural número quatro com a família! Ganhamos três entradas!

– Você vai levar a gente, não vai, Nenê? – indagou Nique.

– Por favor! – insistiu o irmão caçula. – O número quatro deve ser demais! É um lugar que só tem aves, e dizem que há até exemplares vivos de verdade lá dentro!

– Está bem – concordou Vanessa –, mas amanhã eu tenho que ir para o hospital trabalhar. Podemos ir na minha próxima folga.

Os irmãos gritaram de alegria.

– Pena que ainda falta muito para eu ter a chance de conhecer o museu número dez – lamentou-se Junior, mudando rapidamente sua expressão animada.

– Por que diz isso? Você é ainda muito jovem...

– Eu sei. Mas o papai e a mamãe morreram de uma hora para a outra.

De fato. A morte deles, apesar de pertencerem a uma classe na qual a média de vida era de 119 anos, havia sido prematura, enquanto ainda eram consideravelmente jovens, com menos de 50 anos. Em um mundo sem doenças que dizimassem as classes altas, o grande mistério era quando a temida "morte abrupta" acontecia, como no caso dos pais de Nenê. Ela não gostava de pensar muito naquilo. O assunto trazia desconforto até aos membros do Maquinário, visto que seus cientistas não conseguiam encontrar uma explicação convincente para tais mortes, que já não eram muito raras, apesar dos esforços para se ter uma população em que as classes altas vivessem por mais de um século.

– Não diga bobagens. Nada vai acontecer a você – disse Nenê, fitando os olhos do pequeno irmão e esperando que ele mudasse o rumo da conversa.

– O que tem de tão legal no museu número dez? – perguntou Dominique, curiosa, trazendo alívio à Vanessa.

Os olhinhos negros de Junior brilharam, e ele sorriu ao pronunciar aquela palavra:

– Cavalos!

Então, definitivamente mudando o rumo melancólico da conversa, Vanessa ordenou que as crianças fossem se lavar para o almoço.

O Vigia novamente anunciou a aproximação de alguém. Era Marina, a empregada da família, que chegava para trabalhar, junto da robô especializada em limpeza e arrumação, Violeta.

Marina tinha por volta de 20 anos e pertencia à classe P. Era bonita e extremamente tímida, mas o que importava era que ela era muito eficiente em suas tarefas e gostava da família para a qual trabalhava. Já sua robô ajudante, Violeta, era um tanto... estranha.

Ela era vermelha, de cor bem viva, possuía mãos articuladas como as de Lucy, porém, não tinha esteiras, nem ao menos pés. Ela flutuava a poucos centímetros do chão, apesar de poder, quando desejasse, flutuar um pouco mais – o que a ajudava nos momentos em que tinha que limpar algum aparelho ou móvel mais alto. Ela havia sido comprada pelos pais de Nenê para garantir a boa limpeza da casa e, desde então, ficava sob a responsabilidade de Marina. Mas o que mais chamava a atenção era sua cabeça. Ela era redonda e quase toda sua extensão era formada por um único e enorme olho verde (robôs de limpeza geralmente eram assim, para enxergarem com nitidez qualquer sujeirinha na casa), embaixo do qual havia uma tênue linha comprida, a boca.

Sua estranha conformação e seus hábitos enxeridos acabaram por torná-la rival de Lucy.

Era um tanto divertido, visto que a robô de Vanessa não gostava nada de Violeta, e as duas discutiam o dia todo. Nenê várias vezes tinha que desligar Lucy antes que as robôs se atacassem.

As duas empregadas – humana e máquina –, após cumprimentarem os três irmãos, foram para seus afazeres, programados e esquematizados, sob o olhar indignado da robô de Vanessa.

Assim que Violeta pegou um limpador (enorme cabo metálico que sugava sujeira) para começar suas tarefas, fez questão de empurrar um pouco de pó para cima de Lucy, que espirrou e partiu para agredi-la, tentando tomar-lhe o limpador.

Em um tipo de cabo de guerra, as robôs já estavam brigando apenas alguns instantes após a chegada de Violeta. Elas estavam cada vez mais tirando a paciência de Vanessa:

– Parem já com isso! – ordenou.

Lucy largou o limpador e, olhando com desdém para Violeta, disse em voz alta:

– Zoião!

Violeta ameaçou socar o limpador em sua cabeça de cogumelo, mas Marina a agarrou e a levou para outro cômodo, ao mesmo tempo que Vanessa agarrou Lucy pela cintura, enquanto ela remexia os braços freneticamente na tentativa de agredir a outra robô:

– Lucynda! – gritou Vanessa.

Lucy odiava ser chamada pelo nome inteiro. E sabia que a dona fazia isso de propósito quando estava muito brava.

Chateada e ainda estremecendo de raiva, ela girou as próprias esteiras e rolou até um canto da sala em silêncio, antes que a dona decidisse desligá-la – não havia nada que ela odiasse mais.

Após gargalharem com mais uma das brigas entre as robôs, Junior e Dominique tiraram as vestes de passeio com a ajuda de seus próprios robôs particulares (Adrielle, a robô de Junior; e Flummys, o robô de Nique) e ficaram apenas com suas roupas de baixo. Em seguida, foram para um canto da sala onde havia três tubos gigantes na parede.

Cada um entrou no seu próprio tubo de limpeza e deixou-se limpar pelos gases emitidos no interior do aparelho.

Vanessa iria se lavar mais tarde, então, apenas ficou do lado de fora, fiscalizando a limpeza dos irmãos – Junior costumava enganar a máquina e sair antes do tempo programado.

Ele era uma criança muito simpática.

Com seus 9 anos de pura esperteza, Vanessa ainda se surpreendia com a capacidade com que Junior aprendia as coisas, e como cada vez mais queria aprender. Ele amava a natureza, o que sempre fazia a irmã pensar que ele nascera na época errada.

Nenê sorriu ao olhar para ele dentro do tubo. Junior estava de olhos fechados, devido aos gases que incidiam sobre seu corpo. Seus cabelos negros encaracolados e volumosos no topo da cabeça estavam úmidos e bagunçados. Sua pele branca, arrepiada, levava o pequeno corpo a ficar ainda mais encolhido.

Dominique também tinha cabelos negros, mas eram bem lisos, até a altura dos ombros e geralmente estavam presos em duas tranças. Diferentemente de Junior, ela estava se divertindo, pois adorava a hora da limpeza.

Nenê possuía cabelos mais claros que os dos irmãos, em um tom castanho igual ao da falecida mãe. Seus olhos também eram diferentes. Enquanto os de Junior e Nique eram de um tom negro profundo, os seus eram claros, azuis, do tom que, um dia, fora o céu.

Os tubos se abriram, a limpeza terminara.

Com a ajuda dos robôs pessoais, os dois irmãos mais jovens vestiram-se e foram junto a Vanessa até a cozinha para o almoço.

– O mais sinistro foi a serpente! – Junior disse, animado, sentando-se à mesa.

– Eu fiquei com medo! – assumiu Dominique.

– Você é muito medrosa! A serpente foi uma das partes mais legais – e, virando-se para Vanessa, continuou a narrar a experiência. – Sabe, Nenê, tinha uma parte em que a gente entrava na gruta da serpente, e ela deslizava perto dos nossos pés. Claro, ela também não estava viva. Mas, por causa da conservação robótica, não parecia estar nem um pouco morta!

– Essa conservação robótica que eles fazem com as espécies – falou a irmã mais velha – nada mais é do que transformar animais mortos em máquinas, como tudo mais ao nosso redor...

Vanessa foi interrompida antes que pudesse terminar a frase. Seu Comunicador estava apitando da sala:

– Já volto – disse para os irmãos.

O Comunicador era um aparelho pequeno e retangular, cheio de botões e funções. Como o próprio nome dizia, servia para que Vanessa se comunicasse com qualquer pessoa, em qualquer canto do mundo. Na hora em que a comunicação era estabelecida, uma tela virtual projetava-se no ar, vinda de um cordão invisível que a ligava ao aparelho; então, a imagem real da pessoa e todos os seus movimentos, no tamanho exato de seu corpo inteiro, aparecia. Era como se as duas pessoas estivessem se vendo pessoalmente, mesmo estando distantes.

Era Bernardo que estava chamando Vanessa. Ela olhou para o aparelho que ainda apitava e o desligou.

Quando voltou à cozinha, Marina e Violeta já haviam preparado as máquinas de refeições dos três irmãos (Lucy continuava emburrada no canto da sala).

– Você não quer falar com ele? – Dominique indagou, assim que Vanessa regressou e sentou-se em seu banco.

Na verdade, não era exatamente um banco, era uma plataforma flutuante, assim como a mesa de refeições. Tudo muito sofisticado e moderno, do jeito que Caco, o falecido pai, sempre gostara.

– Com quem? – Vanessa indagou ligando sua máquina de refeições.

– Com o Bernardo.

– Como você sabe que era o Bernardo?

– Ele tem tentado falar com você há dias – Junior entrou na conversa –, e você continua o ignorando...

– Isso não é assunto para a hora do almoço, liguem suas máquinas – ela ordenou.

Vanessa realmente não queria discutir com os irmãos a respeito de Bernardo. Sabia que, no fundo, nem ela sabia por que estava evitando o namorado.

A máquina de refeições era quadrada e oca, justamente para que em seu interior fosse colocado o alimento escolhido. Não o alimento que seria *ingerido*, apenas o que seria *sentido*.

Nada mais era que uma máquina de ilusões.

Os Antigos tinham por tradição as refeições em família, assim como costumavam ingerir alimentos diversos. Mantendo esses costumes, as classes R e E se adaptaram às máquinas de refeições.

Ao colocar o alimento no interior do aparelho e plugá-lo ao cérebro, era possível sentir o gosto daquela comida sem, de fato, ingeri-la. Havia um alimento específico para cada refeição do dia, e cada comida era extremamente conservada e durava anos.

A alimentação verdadeira se dava por meio de compostos ingeridos três vezes ao dia. Lucy sempre acordava Nenê com um composto na mão e, depois, o fornecia nos horários programados à dona. Era um cubo maciço, feito de todos os nutrientes de que o corpo necessitava.

As classes baixas, claro, não tinham máquinas de refeições e, portanto, não sabiam o que era sentir o gosto de um alimento, visto que os compostos não tinham sabor. Tampouco eles sabiam o que era uma refeição em família. Apenas tomavam os compostos doados pelo Maquinário.

Era um mundo em que problemas como fome, obesidade e muitas doenças metabólicas estavam extintos. O Maquinário orgulhava-se disso.

Após colocarem as tortas salgadas nas máquinas, os três irmãos as plugaram e ficaram alguns minutos em silêncio, como se estivessem saboreando o alimento. Após a "refeição", Marina e Violeta encarregaram-se de guardar as tortas altamente preservadas, bem como as máquinas, e Vanessa, por sua vez, foi levar os irmãos à escola.

Não era preciso ir muito longe. Bastava atravessar a sala e eles já estariam no quarto de estudos. Um cômodo equipado para garantir o aprendizado.

Nenê conectou as máquinas de aulas virtuais e saiu, deixando Nique e Junior na companhia de seus robôs e aparelhos. Muitas das máquinas eram altamente ilusórias, e lhes transmitiam a sensação de estarem em uma escola.

Crianças da mesma idade estavam conectadas à mesma rede, naquele exato momento, na proteção de seus lares e de suas classes abastadas, aprendendo sobre o mundo, sobre a vida e sobre o Maquinário.

Naquela noite, Nenê tentou novamente conectar a Máquina de Sonhos, embora pensasse que ela não iria funcionar. No fundo, estava ansiosa para entender melhor o estranho e diferente sonho que andava tendo com a natureza antiga e com o observador misterioso. Mas, para seu espanto, a máquina resolveu funcionar adequadamente, como se tudo estivesse absolutamente normal.

Com um misto de desapontamento e alívio, ela sonhou que estava voando no céu laranja da Cidade que Nunca Dorme.

Acordou, horas depois, com Lucy chamando-a pela manhã, com seu composto nas mãos bem articuladas e robóticas.

Um novo dia se iniciava.

Capítulo 5

No Hospital dos Embriões

NENÊ DESCEU DO CARRO e ordenou que ele fosse até a vaga costumeira. Prontamente obedecendo à ordem da dona, o veículo desejou-lhe bom-dia e foi para o estacionamento.

Diante dos olhos de Vanessa, projetava-se o majestoso Hospital dos Embriões, no qual ela trabalhava. O céu laranja refletia por detrás da redoma que o protegia e sua imponência era ainda maior pelo fato de estar ligado a dois outros grandes prédios, que constituíam um dos hospitais públicos da Cidade que Nunca Dorme.

A jovem subiu por uma belíssima escadaria branca e chegou ao saguão principal do Hospital dos Embriões. Ele era imenso, e as máquinas e os projetores virtuais em seu interior eram incontáveis. Casais das classes R e E eram prontamente atendidos ali e podiam acompanhar o desenvolvimento de seus bebês. Telas projetavam-se no ar em frente a cada casal, mostrando a imagem real de seus filhos, que estavam sendo gerados no interior daquele prédio, no Centro Gestacional.

Já os cidadãos das classes P e M não tinham muitas escolhas. Casais podiam ser formados, se os cidadãos desejassem ter companhia, mas não havia família.

Família.

Conceito estabelecido pelos Antigos e mantido em função da necessidade de ordem e de certa tradição histórica que o Maquinário considerava apropriadas. Já para os P's e M's não era necessário, afinal de contas, a expectativa de vida daquelas pessoas era tão baixa que não faria sentido qualquer tipo de união familiar. Porém, cada cidadão das classes baixas era obrigado a gerar um descendente, que se tornaria propriedade do Maquinário. O atendimento a essas pessoas no hospital era bem mais rápido e prático, fazendo-se apenas os procedimentos e as coletas necessárias para que os bebês fossem gerados. A partir de então, os "pais" eram dispensados. Alguns insistiam em ver seus filhos no Centro Gestacional e, para isso, havia uma pequena sala, anexa ao saguão principal, com máquinas menos sofisticadas, onde eles poderiam receber algumas notícias ou imagens. Mas, claro, não teriam nenhum tipo de contato físico com os bebês.

Aquilo era apenas mais uma propaganda da "bondade do Maquinário". Bondade em excesso, segundo alegavam. Mas, por que privar por completo as mães e os pais das classes baixas de verem os filhos que chegariam ao mundo? Estudiosos diziam que, de alguma forma, eles tinham um vínculo com aqueles bebês (isso explicava por que alguns pais pobres ou miseráveis, apesar de tudo, faziam questão de ver seus filhos ao menos uma vez). O Maquinário dizia que o envolvimento deveria ser o menor possível, e uma visualização rápida da gestação extracorpórea era a única possibilidade de contato, pois, de que adiantaria estreitar os laços, se aquelas pessoas estavam condenadas à morte precoce?

Muito sábio (e generoso) o Maquinário.

Há pouco, havia chegado ali no saguão uma simpática senhora M, de 26 anos, querendo visualizar alguma imagem de seu filho. Mas, ela não tinha condições para isso. Assim que entrou no saguão, Zildhe teve uma nova crise respiratória, sufocando assustadoramente.

Aquilo era comum para os P's e M's. Mas não tanto aos olhos dos cidadãos das classes altas. E Zildhe sufocava em um salão repleto de pessoas das classes R e E.

Ela não teve a chance de ser levada à sala anexa para ver seu filho projetado em uma tela.

Sufocou novamente.

Tentou inflar os pulmões. *Nada.*

Tentou gritar. *O grito saiu sufocado.*

Tentou morrer. *Mas a morte parecia divertir-se com a ideia de torturá-la, vindo de forma lenta e dolorosa.*

Os pais presentes no saguão principal, cidadãos E's e R's, dividiam suas atenções entre o sufocamento da senhora M e as imagens de seus filhos nas telas.

Imediatamente, Zildhe, que se debatia no chão, foi contida e levada ao hospital público, no prédio ao lado.

Ainda tinha resquícios de vida, mas nenhum robô ou androide que ali trabalhava conseguiria dizer se seria o suficiente para que ela visse ao menos uma imagem do bebê. Do *seu filho.*

Vanessa observou a cena. O saguão principal estava mais agitado que nunca. Os robôs e androides, porém, sorriam, estampando a face com a ideia de que estava *tudo bem.* Tudo sob controle.

Aquele sufocamento era o destino dos cidadãos P's e M's.

A jovem, paralisada, viu quando a senhora M foi levada para o prédio ao lado, parecendo inconsciente. Em questão de segundos, os pais das classes altas voltaram a observar as imagens dos filhos nas telas ilusórias.

Não era prudente, mas aquela cena incomodara Vanessa de alguma forma.

Ela sabia que aquilo, aquele sufocamento das classes baixas, era *comum*; que era um mal de seu tempo. Mas algo dentro dela agitava-se, querendo ganhar vida. Alguma indignação. Algum protesto. Algum grito silencioso – como a mensagem na garrafa.

Fingindo normalidade, ela sorriu para alguns pais que a fitaram e cumprimentou as recepcionistas, os atendentes e enfermeiros que circulavam pelo local.

Tudo era extremamente limpo e branco, chegando a ofuscar os olhos.

Vanessa demorou um pouco para se adaptar à claridade, que contrastava com o tom pesado do lado de fora do prédio – mesmo que ainda fosse de manhã, como sempre, o céu era tingido por um tom laranja assustador. Enquanto caminhava, sorria para as pessoas e para os androides e robôs que ali se encontravam.

Nos hospitais, como em outros diversos segmentos públicos, a equipe de trabalhadores era composta por humanos, androides (robôs em formato idêntico aos seres humanos) e robôs. Vanessa era parte fundamental da equipe. Aos 26 anos, acabara os estudos e fora designada pelo Maquinário para a função de Geradora, uma das mais altas que um membro da classe R poderia exercer.

Ela amava e odiava seu trabalho.

Amava-o porque gerar novas vidas a cada dia, vê-las tomando forma e dando seus primeiros suspiros era totalmente animador.

Mas, odiava ter que trazer bebês a um mundo tão hostil e condenado. Odiava ainda mais quando as crianças eram das classes baixas. Sabia que teriam poucos anos de uma vida extremamente programada pelo Maquinário e sofrível em todos os aspectos que se possa imaginar.

Pensamentos imprudentes novamente. Se o Maquinário pudesse controlar o que ela pensava, ou sequer imaginar seus pensamentos, estaria perdida. Eles já controlavam as ações e os sonhos dos cidadãos. Certamente não faltava muito para que controlassem também seus pensamentos...

Saiu do saguão principal e pegou um dos dirigíveis. Eles tinham função semelhante aos elevadores que os Antigos costumavam usar. Porém, eram enormes plataformas flutuantes que levavam as pessoas para qualquer altura ou direção do imenso prédio.

Vanessa era a Geradora responsável em uma das muitas alas que havia naquele hospital. Assim que emitiu o comando de voz, direcionando o dirigível, em alguns segundos estava no lado oposto do prédio, em seu local exato de trabalho.

A jovem identificou-se de todas as formas possíveis diante da porta lacrada (voz, impressão digital, diâmetro do crânio, reconhecimento de retina e três cartões magnéticos distintos) até que, finalmente, a porta se abriu, desejando em alto e bom som que Vanessa tivesse um excelente dia de trabalho.

Na pequena sala de entrada daquela ala, igualmente muito branca, viam-se apenas um robô de limpeza e o androide vigia. Luzes fluorescentes revestiam o teto abaulado, e o silêncio era amedrontador. O robô e o androide cumprimentaram Vanessa com satisfação. Então, novamente, obedecendo comandos distintos, ela abriu uma segunda porta e entrou no Centro Gestacional.

Não percebeu quando seu corpo esbarrou no dele, e fez derrubar alguns tubos no chão.

– Mil desculpas... – Vanessa foi dizendo.

– Eu é que não devia estar andando tão perto da porta – ele respondeu.

– Você, como sempre, muito gentil, Vitor. Mas eu sou extremamente descuidada. Veja a sujeira... Não me diga que havia amostras nesses tubos!

– Apenas conservantes. Temos mais no estoque – Vitor respondeu, abrindo seu amplo e radiante sorriso, que tornava ainda mais admirável sua beleza. De cabelos loiros, olhos azuis e porte atlético, Vitor era um exemplar digno da classe R, assim como Nenê.

Eles trabalhavam juntos naquela ala do hospital; ela era a Geradora, e ele, o Inseminador.

O robô da limpeza chegou para organizar a bagunça dos tubos derrubados, e os dois colegas de trabalho se dirigiram às Camas.

Elas ficavam em uma sala imensa, cujas paredes eram inteiramente cobertas por placas brancas que, além de revestir, iluminavam o local que se dividia em zonas leste e oeste. Na primeira, ficavam as Camas das classes R e E. Na direção oeste estavam as Camas das classes baixas.

Não era difícil diferenciá-las.

As Camas das classes altas eram, na verdade, imensos tubos individuais, que iam do teto ao chão, separados por um metro de distância. No interior de cada Cama (ou tubo) ficava o embrião, imerso em um composto gelatinoso translúcido.

Ao comando de voz de Vanessa, a Cama dava-lhe todos os detalhes sobre o desenvolvimento do embrião. A Geradora era responsável por interromper o processo de "gestação" na hora exata e desligar o bebê da Cama, trazendo-o ao mundo.

Imagens reais e instantâneas eram enviadas aos pais no saguão principal, quando eles iam visitar os filhos durante o processo.

Eram muitos fetos e, claro, as Camas avisavam quando havia algo errado na gestação. Aqueles bebês, cujos nascimentos estavam próximos, recebiam maior atenção de Nenê. Apesar de Vitor discordar de sua atitude, ela não gostava de confiar cem por cento nas máquinas.

Até mesmo no caso das Descargas, ou seja, quando ela tinha que abortar alguma gestação, diante da informação dada pela máquina de que o feto tinha ou teria algum problema, como uma falha no desenvolvimento ou alguma doença com a qual nasceria, ou que poderia desenvolver; mesmo assim, Nenê gostava de checar o sinal das Camas e dar as Descargas ela mesma, atitude que outros Geradores desencorajavam, alegando ser perda de tempo. Diziam que, se a Cama registrasse alguma anomalia, a gestação deveria ser interrompida imediatamente.

Como ela era a única humana responsável pelas gestações naquela ala, podia decidir o que deixaria a cargo das máquinas e o quanto elas poderiam interferir no processo. Mas, como se tratava de um número absurdo de Camas, era imensa a equipe de robôs e androides que a ajudava a monitorar tudo. Enquanto Nenê atendia individualmente alguma Cama, dezenas desses seres andavam por entre os tubos gigantescos.

Naquele dia, por exemplo, ela e a equipe trariam ao mundo 37 crianças naquela ala, conforme o previsto. Muitos pais já aguardavam andares abaixo, assistindo a tudo pelas telas virtuais.

O outro extremo da sala, o lado oeste, era designado aos bebês pertencentes às classes baixas. Como, diferentemente do caso dos R's e E's, tudo era custeado pelo Maquinário, as Camas eram extremamente simples e pequenas. Não eram tubos gigantes dispostos ao longo da imensa sala, e sim gavetas transparentes que cobriam uma imensa parede de ponta a ponta.

Como se tratava das classes baixas, o nascimento era realizado de forma mais rápida, porém, muito mais perigosa e, claro, vários bebês não resistiam ao processo.

Por falta de tempo, Vanessa e sua equipe não tinham condições de realizar a geração assistida com os P's e M's, como faziam com as crianças das classes altas. Os bebês pobres e miseráveis desligados das Camas para o nascimento eram simplesmente enviados para esteiras rolantes laterais quando Vanessa programava suas ejeções instantâneas das gavetas. Já os das classes altas passavam por uma monitoração detalhada, enquanto o líquido translúcido ia se extinguindo pouco a pouco, segundo os comandos de Nenê, e o tubo ia subindo em direção ao teto. Os androides seguravam a criança e entregavam-na à Geradora assim que o processo se completasse.

Os androides eram peças fundamentais de todo o processo. Eles trabalhavam nas diversas alas e setores do hospital. Auxiliavam os funcionários humanos nas tarefas mais complicadas – como no caso do Centro Gestacional –, mas também cumpriam etapas sozinhos, como as coletas, que aconteciam em outro bloco do Hospital dos Embriões. Eram também responsáveis por armazenar e conservar o material coletado dos pais, e entregá-lo aos cuidados dos Inseminadores, como Vitor.

O rapaz, que exercia tal função na ala de Nenê, criava os embriões a partir dos materiais coletados e os implantava nas Camas. Eles trabalhavam juntos o dia todo, e um dependia da eficiência do outro para que suas tarefas tivessem êxito completo.

Poucos embriões das classes altas eram perdidos, em decorrência da excelência das Camas. O mesmo não se podia dizer das classes baixas da sociedade. Poupando gastos excessivos com as máquinas, os membros do Maquinário acabavam perdendo inúmeros cidadãos que poderiam prestar diversos serviços à sociedade. Suas Camas eram realmente precárias e não forneciam informações exatas.

O Maquinário pesara cada uma dessas decisões quando reconstruíra a sociedade.

Se o processo agradava os cidadãos, quem era Nenê para discordar?

Enquanto fiscalizava um bebê, Vanessa percebeu que, da imensidão do Centro Gestacional, Vitor estava implantando um embrião em uma Cama próxima. Era possível ouvir sua respiração. Contudo, ela não conseguia vê-lo, porque os imensos tubos atrapalhavam a sua visão.

Mas podia ouvir sua voz com nitidez enquanto trabalhavam.

–Você está bem? Parece um pouco agitada... –Vitor disse.

– Desculpe novamente pelo esbarrão assim que cheguei...

– Ah, eu não estava falando sobre isso. Na verdade, reparei que você está inquieta. Percebo pelo seu jeito de andar.

Vanessa ficou vermelha. Vitor a conhecia muito bem. Ainda bem que havia embriões imersos em líquidos translúcidos impedindo que ele visse a face da jovem enrubescer.

A cena que testemunhara assim que chegou ao prédio, com a senhora da classe M sufocando no saguão principal, ainda a atormentava. Porém, havia algo que a preocupava ainda mais há alguns dias.

Aquele era o Vitor. Ela podia confiar nele.

– Meus sonhos têm sido estranhos – confessou.

– O que quer dizer? – o rapaz perguntou.

– Não sei. Acho que minha Máquina de Sonhos está com problemas.

– Você tem que relatar isso ao Maquinário. Sabe que eles pegam pesado quando não usamos a máquina. Inclusive, se estiver na hora de trocá-la, você precisará avisá-los e submeter a nova máquina ao registro, afinal...

– "Eles controlam a atividade de nossas máquinas para que não nos percamos em sonhos ilusórios, exceto os já escolhidos e permitidos" – Vanessa disse, alterando a voz. – Às vezes, esse falatório todo dos membros do Maquinário me cansa.

– Não diga isso. Eles construíram um mundo perfeito para nós – falou Vitor.

– E você caiu na deles...

Percebendo que falara demais, Vanessa fingiu ter terminado o trabalho com aquela Cama e foi fiscalizar outra, cujo bebê nasceria naquela tarde.

Não era coincidência que a Cama em questão ficasse distante, onde ela não mais poderia ouvir a voz de Vitor.

Capítulo 6

Intenso e breve como a eternidade

ELA ESTAVA ANDANDO SOBRE... grama?

Era isso mesmo?

Só podia ser. O aroma e a textura eram inconfundivelmente prazerosos.

Abriu os olhos. Viu o verde. Viu o azul.

A sensação era, de fato, indescritível. Deslizou por aquele pedacinho do paraíso...

No alto, pássaros voavam livres. Como aquilo teria sido um dia real? Não avistou nenhuma redoma, nenhuma máquina, nenhum robô.

No fundo, era doida por aquela chata da Lucy. Entretanto, como ela contrastaria com a paisagem bucólica, seria melhor pensar na robô em outro momento.

Agora, tudo o que Vanessa queria era observar e caminhar. Sentir cheiros e brisas mansas.

Como um alento aos seus medos mais recentes, o sonho estava claro – embora seus motivos ainda não estivessem.

Junior e Dominique iriam amar aquele lugar!

Subitamente, olhou para o próprio corpo e percebeu que não estava trajando o macacão de sempre, que a protegia do sol e dos gases de sua cidade. Ela estava vestindo uma roupa igual às que os Antigos costumavam usar. Os chamados *jeans* e camiseta.

Fantástico!

Ela sempre fora fascinada por estudar a vida e os costumes dos Antigos. Agora se sentia como um deles. As roupas, a natureza, o azul... Tudo ali era real.

Até seu coração batia de forma diferente.

Apesar de ter adorado o sapato que estava calçando – bem diferente dos que estava acostumada –, resolveu ficar descalça.

Assim, pôde sentir ainda mais a grama e deliciar-se com cada gostinho daquela liberdade. A vida ali fazia sentido. A vida ali era *vida*.

Ela não queria mais uma existência sem o azul.

Notou que se sentia mais em casa do que poderia supor. Mesmo após caminhar sobre a grama verdinha e sentir o gosto do ar que lhe batia à face, pensou que a sensação de felicidade não vinha apenas da natureza espetacular. Vinha de dentro do seu peito.

Em sua vida acordada, Nenê sabia que os sentimentos estavam extintos nos seres humanos. Não os instintos. Apenas os sentimentos. Lera livros sobre o amor, sem jamais ser capaz de senti-lo – conforme o Maquinário pregava. Aliás, bem que eles tentaram acabar também com a arte antiga, tão regada de sentimentalismo, mas a era da informação fez com que certas artes jamais se perdessem no tempo.

Assim, o Maquinário optou por tentar desacreditá-las aos olhos da população.

Livros, filmes, pinturas.

Nos discursos, o Maquinário pregava que os cidadãos do novo mundo não precisavam deles. Não precisavam de arte, amor, sentimentalismo, porque tinham uma vida elaborada perfeitamente para conduzi-los da melhor maneira possível.

Entretanto, ali, naquele sonho, o Maquinário não existia. Ali, era ela quem ditava as regras.

Por um instante, Nenê resolveu prestar atenção ao seu peito e percebeu que dentro dele, de fato, um coração diferente parecia pulsar. Era o coração que ela sempre tivera. Contudo, ele estava renovado, como se tivesse renascido.

Talvez devido ao azul. Talvez devido ao ar puro. Talvez devido a...

Passos.

– Shhh – ela pediu ao coração que fizesse silêncio. Não sabia quem a observava; os barulhos vindos de seu tórax poderiam denunciá-la.

Escondeu-se atrás de um arbusto.

A sensação dos galhos batendo contra sua face foi engraçada e ela teve que tapar a boca para conter um riso.

Passos novamente.

Ela deveria estar com medo. Mas, na verdade, estava apenas assustada por ter uma companhia naquele paraíso.

Receosa.

Quem mais estaria ali? Quem invadira seus sonhos?

Não era a primeira vez que tinha a sensação de estar sendo vigiada. Até que, de repente:

– Vanessa! – ela ouviu.

Era uma voz masculina. Doce, porém, camuflada.

Ela não conseguia reconhecer aquela voz tão querida ao seu coração.

– Quem me chama? – Nenê perguntou, saindo de trás do arbusto, antes mesmo que pudesse pensar.

Seu coração, então, contou-lhe que o motivo de estar renovado era por aquele encontro.

Aquele sonho guardara para ela as respostas para as perguntas que jamais ousara fazer. Tudo viria com o tempo...

Mas ali o tempo não passava. Os instantes eram infinitos.

E, assim, por breves e intensos segundos sem fim, ela ficou a contemplar o dono da voz que dissera seu nome.

Não era possível ver seu rosto. O sonho borrava-se nos contornos daquele misterioso rapaz. Mas isso não a intimidou ou entristeceu. Pelo contrário, a felicidade do encontro proporcionou que apenas bons sentimentos a preenchessem.

Ela era capaz de *sentir*!

Essa era a diferença. E, convenhamos, era uma baita diferença. Estranhamente, não era ruim ter sentimentos. Era como se eles estivessem sempre ali, adormecidos. Seria assim apenas com ela, ou com todos os cidadãos do seu tempo?

O rapaz aproximou-se.

– Você disse o meu nome – Vanessa murmurou, sentindo o coração estremecer.

– Sim. Eu a espero há muito tempo.

– O que é este lugar? Quem é você? Como sabia que eu estaria aqui?

– Este não é apenas o seu sonho – ele respondeu com ternura. – É o nosso. Tudo aqui representa o que sonhamos juntos. Há um tempo infinito fomos criados. Eu e você. Pelas mesmas mãos. Pelo mesmo Criador. Ele construiu nossos corações para que batessem sempre no mesmo ritmo e para que se reencontrassem mesmo quando o pior destino da humanidade tivesse chegado. Nossos corações projetariam os mesmos sonhos e, assim, poderíamos nos unir novamente e trabalhar juntos pelo futuro que desejássemos.

–E por que Ele fez isso?

O rapaz calou-se e guiou-a pela campina que os circundava. Após alguns minutos de caminhada em silêncio, eles chegaram a um local do qual Vanessa não se lembrava, mas, aparentemente, seu coração, sim.

Era um jardim infinito. Flores de todas as cores e de todos os formatos e tamanhos preenchiam seu olhar.

Então, o jovem misterioso pegou dois regadores. Estendeu um a Vanessa, ao mesmo tempo que começava a regar as flores mais próximas com o seu. Ela sabia que devia fazer o mesmo.

Após alguns instantes, ele disse:

– Porque qualquer jardim regado a dois é mais florido.

Capítulo 7

O princípio

VANESSA SEGUROU COM FORÇA a mão daquela mulher. Sentiu sua fraca pulsação a percorrer-lhe o corpo num último suspiro. Pensou no bebê alguns andares acima e na decisão que teria de tomar; no corpo deficiente e despreparado para a vida que se formava em uma Cama no Centro Gestacional. Ela decidiria seu futuro. Ela o tinha nas mãos.

Percebeu que a mulher queria dizer-lhe algo, mas faltavam forças para pronunciar qualquer palavra. Seu corpo estava parando. Mas ela tinha, definitivamente, algo a dizer. Seus olhos não podiam negar. E parecia ser fundamental falar, pois, provavelmente, as palavras usariam suas últimas forças e lhe tomariam a vida de vez...

Por fim, como se tivesse decidido que falar era o mais importante naquele momento – mais importante até do que viver –, a mulher sussurrou em seu leito de morte. E, compreendendo a grandeza e a fragilidade daquele instante, Vanessa aproximou-se para que não perdesse nenhuma palavra:

– Como ele é? O meu filho...

Algumas horas mais cedo

Os olhos amplos de Lucy fitavam a dona com curiosidade.

A Máquina de Sonhos, embora plugada corretamente à cabeça de Nenê, estava com baixa atividade, conforme a robô observou pelos sinais que emitia. Com certeza não estava funcionando novamente, como Vanessa havia dito há alguns dias. Porém, estranhamente, Nenê remexia-se na cama, soltava longos suspiros e até discretos sorrisos... Ela parecia estar *sonhando*.

Lucy nunca dormia.

Algumas noites, ela e a dona tinham desentendimentos e Vanessa a desligava por um tempo programado. Porém, na maioria das vezes, a robô passava a noite toda acordada em um canto do quarto, apenas em modo de descanso, mas sempre alerta e pronta para as primeiras atividades da manhã.

Naquela noite, contudo, a agitação do sonho de Vanessa fez com que Lucy deslizasse até a borda de sua cama e ficasse a vigiar seu sono inquieto.

Ela já tivera experiências suficientes durante toda sua existência para saber que a dona não gostava de ser acordada cedo. *Imagine no meio da madrugada* – pensou.

Decidiu não acordar Nenê, porém não conseguiu deixar de observá-la com interesse.

Então, aumentando ainda mais a estranheza da situação, subitamente, Vanessa abriu os olhos.

Ela parecia não ver ou não se importar com o fato de que Lucy a vigiava. Simplesmente, saiu de sua cama flutuante e rumou até o armário.

Ordenou ao móvel que se abrisse.

Atendendo ao estranho pedido fora de hora, o armário, que ficava ao lado oposto da cama, abriu as portas com má vontade.

Lucy não compreendia. Vanessa estava tão estranha... Seus olhos estavam abertos, mas ela não parecia enxergar nada, nem ter consciência de seus atos.

Novamente, Lucy pensou nas horas que passaria desligada, caso tentasse impedir qualquer movimento da dona, optando por continuar apenas a observar.

Nenê pegou um bloco de notas antigo. Lucy tinha certeza de que a dona nem se lembrava de que o possuía.

Era uma tela pequena e retangular, com letras ilusórias em sua lateral. Conforme as letras fossem puxadas, formavam a mensagem que Vanessa queria armazenar.

Porém, ela não era o tipo de pessoa que gostava de escrever. Comprara aquele bloco muitos anos atrás e nunca o usara. A robô não conseguia imaginar o motivo daquele gesto repentino na madrugada.

Com o bloco nas mãos, Nenê sentou-se na cama e começou a escrever uma mensagem.

Ela estava tão alheia ao ambiente ao seu redor que nada disse quando Lucy esticou os olhos para ler suas palavras no bloco de notas:

"Meu peito transborda de algo que os Antigos chamariam de amor. Sei disso. Hoje, eu fui uma deles. Graças a *você*. Hoje, eu pude me libertar e conhecer minha essência. Com você, sei que posso ser eu mesma. Como é mesmo que se diz...? Eu não sei. Esse sentimento é novo em mim, mas, ao mesmo tempo, um velho conhecido. Não sei se sou capaz de dizer isto a alguém. Na verdade, pensei que jamais seria. Mas, eu acho... que eu amo você".

Após formar as palavras e arquivar a mensagem no bloco de notas, Nenê guardou o aparelho no armário – que, por sua vez, ficou aliviado em poder, finalmente, fechar as portas. A jovem marchou de volta para a cama flutuante, ajeitou-se e voltou a dormir.

Lucy manteve sua enorme boca aberta, tamanha era sua incompreensão, e não deixou de vigiar o sono da dona aquela noite nem por um segundo sequer.

Vanessa dormiu tranquilamente as horas que faltavam até o amanhecer laranja da Cidade que Nunca Dorme.

Eles receberam os avisos.

A sociedade estivera alarmada há dias para aquele desabamento dos céus. O laranja tornou-se cinza-chumbo, revestindo-se de escuridão e pânico. Uma chuva forte, capaz de despedaçar ou corroer um ser humano, caía sobre a cidade.

Os P's e M's, desprovidos de veículos e proteções adequadas, não podiam sair de suas moradias, embora elas nem sempre fossem seguras. O Maquinário seguia algumas normas de proteção em todas as moradias que distribuía, entretanto, em dias tempestuosos como aqueles, muitas se desfaziam de forma cruel e exterminavam parte da classe baixa. Um motivo a mais para que os governantes garantissem que os bebês P's e M's continuassem a ser gerados.

Já os cidadãos R's e E's, que exerciam trabalhos nobres na sociedade, tinham comprado os melhores esquemas de proteção. Vanessa, inclusive, conseguia sair e ir até o trabalho dentro de seu veículo, por ele ser de última geração e resistente a praticamente todas as variações da natureza.

Ela olhou pelos vidros do automóvel enquanto ele flutuava em meio ao caos.

A cidade parecia estar sendo devastada, e o céu era tão assustador que lhe causava calafrios.

Entretanto, nada a assustava mais que o sonho que tivera. Ela não conseguia se lembrar de detalhes, mas sonhara com um *rapaz*. Como poderia afirmar que sonhara com ele se não conseguia se lembrar do seu rosto?

Durante todo o trajeto, sua mente a perturbou com imagens coloridas e leves. Ela quase era capaz de sentir a brisa que tivera em seus sonhos, contrastando com todo caos que circundava seu automóvel. Sentia o peito bater de forma diferente quando pensava naquele sonho, naquele rapaz. Todavia, as lembranças não eram nítidas o suficiente para que ela pudesse chegar a qualquer conclusão, a não ser a de que estava feliz com o fato da Máquina de Sonhos ter voltado a não funcionar. Aquele sonho mudara algo em seu ser, em sua existência, ela apenas ainda não era capaz de determinar o quê. Assim como ainda não sabia o que a falha na Máquina de Sonhos lhe traria como consequência – o Maquinário não permitiria que ela continuasse a guiar os próprios sonhos, caso identificasse a falha na máquina a partir de seus registros.

Todos aqueles pensamentos foram interrompidos apenas por outro fato que havia lhe chamado a atenção aquela manhã.

Lucy.

A robô estava muito estranha. Ficou fazendo perguntas sem sentido, como se soubesse de algo que Vanessa desconhecesse. Ou pior, como se algo tivesse acontecido durante a noite.

Além do sonho renovador e misterioso – do qual, certamente, Lucy não tinha conhecimento –, Nenê não se lembrava de nada que houvesse acontecido durante a madrugada.

Definitivamente, ela não se lembrava de que o velho bloco de notas havia, finalmente, tido alguma serventia...

Vanessa passou pelo saguão principal do Hospital dos Embriões, que estava quase vazio, por causa da tempestade que assolava a Cidade que Nunca Dorme, impedindo muitos visitantes de chegarem ao local naquele dia.

Pegou o dirigível e chegou ao Centro Gestacional.

Vitor já trabalhava na implantação de uma nova criança, em uma Cama que Vanessa desocupara no dia anterior, após gerar um novo bebê com auxílio de sua equipe.

Ele sorriu e cumprimentou a colega assim que ela entrou na imensa sala em que trabalhavam.

Nenê retribuiu o sorriso e o cumprimento.

Após alguns instantes, percebeu que ainda estava parada entre duas Camas, contemplando Vitor.

Ele era um rapaz R muito bonito, de fala mansa e sorriso doce. Poderia ser o rapaz dos seus sonhos.

Mas ela não poderia afirmar. Tudo de que precisava era sonhar novamente e tentar decifrar a identidade do garoto misterioso.

Na verdade, ela também precisava trazer lembranças mais nítidas quando acordasse. E ainda dependia da Máquina dos Sonhos. Se não a plugasse, o Maquinário rapidamente saberia e iria questioná-la. Precisava ligá-la corretamente e torcer para que ela não funcionasse.

Seria a máquina que determinaria quando ela voltaria a comandar os próprios sonhos; quando o encontraria de novo...

– Está tudo bem? – Vitor indagou em meio a um sorriso.

Constrangida, ela respondeu que sim e afastou-se, aproveitando para afastar também aqueles pensamentos e aquele sonho de sua cabeça temporariamente. Precisava se concentrar no trabalho.

Enquanto caminhava junto à parede de gavetas, ou seja, próximo às Camas das classes baixas, uma delas apitou.

A Geradora aproximou-se e pediu que a máquina lhe dissesse os detalhes.

Então, uma voz robótica e feminina – como se fosse a mãe biológica de todos aqueles fetos, e as Camas fossem compartimentos de seu útero – a avisou que o bebê que estava sendo gerado naquela exata Cama apresentara desordens em seu desenvolvimento celular epitelial e, portanto, Vanessa deveria dar a Descarga.

Segundo a voz da máquina, as desordens eram muito graves e progressivas, ou seja, ele não tinha chances de se recuperar. Era uma criança fadada a se tornar o que os Antigos chamavam de "deficiente". Teria um problema em sua pele, em decorrência de anomalias na formação de suas células, e aquele problema seria para sempre.

Vanessa não gostava das Descargas. Não gostava de pôr fim a uma existência. Era estranho desempenhar essa função. Tampouco confiava no julgamento das máquinas.

Por sorte, nas classes R e E, as Descargas eram extremamente raras. Os cidadãos das altas camadas sociais podiam definir como seus filhos seriam fisicamente, e toda a tecnologia tornara as anomalias quase impossíveis de ocorrer com aqueles cidadãos. Mesmo assim, se algo errado acontecesse, seria identificado muito prematuramente. O mesmo não se podia dizer dos pobres e miseráveis. Suas crianças não tinham o tipo físico predeterminado, nem as desordens previstas ou prontamente identificadas após a implantação na Cama. As Descargas não eram tão raras para os bebês dessas classes.

Mas não importava de qual camada social se tratava. Nas últimas semanas, cada vez mais, Vanessa se sentia mal ao dar a Descarga em um bebê. Aquela mensagem na garrafa, aqueles sonhos... Tudo parecia estar mexendo com ela de uma forma imprevisível e perigosa. Ela parecia estar se tornando uma nova pessoa. Uma pessoa reinventada após eventos que não seriam tolerados pelo Maquinário – sonhar, guardar objetos que pertenceram aos Antigos.

Ela pediu que a Cama lhe desse mais informações sobre aquela criança que estava sendo gerada com desordens cutâneas. A voz ecoou, dizendo vários detalhes que não tinham a menor importância para a decisão de Vanessa quanto à Descarga.

Porém, uma das últimas informações chamou-lhe a atenção.

A voz da máquina lhe disse que a cidadã M responsável por doar a parte feminina que gerou aquele ser (ou seja, a *mãe* do bebê deficiente) estava internada no prédio ao lado em grave situação.

A Geradora pediu e a Cama forneceu-lhe a localização exata da mulher.

Imediatamente, Vanessa andou por toda a extensão da sala e passou apressada por Vitor.

– Aonde você vai? – ele indagou, curioso.

Nenê não respondeu.

Ela não tinha tempo a perder. Sabia exatamente para onde estava indo.

Ela não podia acreditar no que seus olhos lhe contavam.

À sua frente, em um leito, já quase sem vida, estava uma senhora da classe M.

Uma senhora de 26 anos, chamada Zildhe. A mesma que ela vira sufocar no saguão do hospital e cujo desespero testemunhado ainda assombrava seus pensamentos.

Ela era a mãe da pobre criança deficiente que Vanessa vira poucos minutos atrás.

Um sentimento estranho tomou conta do peito da Geradora, e ela, por nervosismo, engasgou.

Foi, então, surpreendida por um androide, que entrou na estreita sala, ocupada apenas por Zildhe.

– Você a conhece? – o androide perguntou.

– Na verdade, não – confessou Vanessa.

– Que bom. Eu vim desligar os aparelhos. Ela já não tem salvação. Mais uma máquina cujo prazo de validade vence – o androide riu da própria piada.

Então, curiosa, Vanessa continuou na sala enquanto o ser robótico desligava os aparelhos que garantiam a respiração da mulher.

Após cumprir sua tarefa, ele se virou para Nenê:

– Nós verificamos se ela já havia doado material para gerar um descendente. E, como a resposta foi positiva, resolvemos desconectá-la das máquinas. Ela doou material para a geração há poucas semanas...

– Eu sei – disse Vanessa sem pensar. – É por isso que estou aqui.

O androide ficou confuso:

– Você...

Mas ele não teve tempo de formular a pergunta.

– Por favor, nos deixe a sós – Nenê pediu.

Ele atendeu ao pedido. Então, a jovem aproximou-se da *senhora* da classe M (da mesma idade que ela) e leu seu nome na tela que projetava informações. Zildhe.

Um nome bonito e diferente, pensou.

Nenê estremeceu ao perceber que a mulher ainda estava viva. Uma última centelha continuava acesa dentro daquele corpo. Ela não sabia explicar a razão, mas sentia necessidade de tocar-lhe as mãos, de mostrar que ela não estava sozinha naquele momento.

E foi isso o que ela fez.

Vanessa segurou com força as mãos daquela mulher. Sentiu sua fraca pulsação a percorrer-lhe o corpo num último suspiro. Pensou no bebê alguns andares acima e na decisão que teria de tomar.

Pensou no corpo deficiente e despreparado para a vida que se formava em uma Cama no Centro Gestacional. Ela decidiria seu futuro. Ela o tinha nas mãos. O destino de um frágil e pequeno ser ainda incompleto. O Maquinário pregava que ela deveria dar-lhe a Descarga, pondo um fim prematuro à sua vida. Ele era diferente dos demais, seu corpo formava-se de forma bizarra. Ele jamais se tornaria um bebê normal. Mas agora ela percebeu o quanto aquela decisão seria difícil, ainda mais quando olhou dentro dos olhos desesperados da mulher moribunda. Olhos que a fitavam já sem brilho.

Ela percebeu que a mulher queria dizer-lhe algo, mas faltavam forças para pronunciar qualquer palavra. Seu corpo estava parando. Mas ela tinha, definitivamente, algo a dizer. Seus olhos não podiam negar. E parecia ser fundamental falar, pois, provavelmente, as palavras sugariam suas últimas forças e lhe tomariam a vida de uma vez...

Por fim, como se tivesse decidido que falar era o mais importante naquele momento – mais importante até do que viver –, a mulher sussurrou em seu leito de morte. Compreendendo a grandeza e a fragilidade daquele instante, Vanessa aproximou-se para que não perdesse nenhuma palavra:

– Como ele é? O meu filho...

Algo pareceu escorrer pela face de Nenê.

Era uma sensação nova e estranha. E *molhada*.

Ela lera a respeito de emoções, algo tão difícil de entender, mas que era comum aos Antigos. Segundo recordava, aquilo que lhe cobria uma tênue linha da face era uma *lágrima*.

Não podia perder tempo; não podia negar aquela última resposta a Zildhe. Concentrou-se na pobre mulher e disse:

– Ele é ainda muito pequeno... – enxugou a lágrima sem perceber.

Então, com a voz ainda mais fraca, Zildhe insistiu:

– Como ele será?

Vanessa sentiu seu peito doer.

Não poderia mentir a uma senhora em seu leito de morte. Mas, ao mesmo tempo, como poderia deixar a pobre criatura morrer sabendo que seu filho estava condenado, que provavelmente passaria por uma Descarga e deixaria de existir nas próximas horas?

Que raios estava acontecendo? Por que ela se importava com aquela mulher e com seu bebê deficiente? E por que aquela mulher M se importava com seu filho que, na verdade, nunca fora nem nunca seria seu?

Em uma fração de segundos as dúvidas preencheram a cabeça de Nenê. Ela não sabia o que nem como dizer.

Olhou mais uma vez para os olhos da mulher e, então, eles fitaram o nada. Fitaram o vazio.

O ar lhe deixava.

As respostas não haviam sido entregues.

Nunca seriam. Não havia mais tempo.

Vanessa desesperou-se com a cena que presenciou e que mudaria sua vida para sempre. Zildhe, a única M que Vanessa vira se preocupar com o filho, que mesmo sem querer e sem poder, tentou desesperadamente lutar pela vida. Lutar pelo ar. Mas ela sufocou até a morte. Uma morte lenta e dolorosa.

Aquela cena refletia tudo de errado que existia ao redor de Vanessa; refletia todas as perguntas que ela adiou fazer a si mesma e à sociedade.

Reinvenção. Lembrou-se da mensagem na garrafa. Haveria uma solução para o seu mundo?

Ela apertou mais uma vez, com força, as mãos já sem vida de Zildhe e fez-lhe uma promessa. Em seguida, voltou para o Centro Gestacional.

Ah, se ela soubesse! Aquela promessa era apenas o princípio...

Capítulo 8

A DÁDIVA DO SOL E DA LUA

DE VOLTA AO CENTRO Gestacional, Vanessa programou a Cama do frágil bebê para não mais emitir sinais sonoros. Caso contrário, a voz robótica continuaria a avisar que havia problemas no desenvolvimento daquela criança e, definitivamente, Nenê não queria ter de explicar ao Vitor por que não dera a Descarga.

Na verdade, os motivos ainda rodopiavam em sua cabeça, desordenados e confusos. Motivos teimosos e arrogantes que ousavam chegar à superfície de sua mente, dando as caras apenas, mas sem mostrar a Vanessa a verdade completa.

Ela ainda não era capaz de compreendê-los ou de compreender a si mesma e a suas atitudes mais recentes.

Tudo o que sabia era que havia feito uma promessa.

Se, no momento, não era capaz de definir-se, explicar-se a si mesma, compreender-se ou mesmo argumentar com a própria consciência, ao menos suas palavras seriam mantidas e a promessa seria honrada até o fim, independentemente de seu preço.

Ela já havia perdido muita coisa na vida.

O Maquinário havia lhe ensinado a não sentir as *perdas*. Entretanto, no fundo, ela sabia que havia um monstro adormecido em seu interior, querendo revelar-lhe verdades ocultas e exteriorizar seu verdadeiro eu, o *eu* que reconhecia e sentia as perdas.

O Maquinário jamais seria capaz de trancafiar aquele monstro para sempre. Ele vivia em todos os cidadãos. Nos P's e M's, nos R's e E's.

A mensagem na garrafa dissera muito sobre isso em suas entrelinhas. Assim como os olhos de Zildhe em seus instantes finais de vida e, mesmo após a morte, quando fitavam o nada, completamente desesperançados – exatamente como estiveram nos vinte e seis anos de sua existência. Assim como também dizia o pequeno ser que crescia já sem muitas chances de sobrevivência. O filho de Zildhe.

Vanessa o traria ao mundo. Era bem verdade que ainda não havia pensado no que faria a seguir com aquela criança, mas ainda tinha alguns meses de gestação extracorpórea para pensar.

A vida era uma dádiva – lera certa vez, enquanto estudava os pensamentos dos Antigos.

Como tudo o mais, o Maquinário também lhe ensinara que a vida atual, na verdade, era um processo, e que os seres eram importantes apenas no pensamento coletivo. Uma morte era apenas uma morte. Uma vida era apenas uma vida. Não havia valores individuais. Zildhe e seu bebê eram tão insignificantes para o todo...

Mas o monstro no peito de Vanessa discordava. E ele ganhava cada vez mais força.

Se não fora treinada a sentir as perdas, também não fora treinada a valorizar os *ganhos*; a valorizar a vida e tudo o que importava.

Era hora de romper o silêncio que aprisionava a humanidade há séculos.

Cumprir a promessa era o princípio de tudo, e estava bem longe do fim.

No caminho de volta para casa, Vanessa assustou-se com o caos em que se encontrava a Cidade que Nunca Dorme.

Após a tempestade, o céu voltara à sua tonalidade alaranjada, porém os estragos permaneciam à vista.

Inúmeras construções destinadas às classes baixas estavam destruídas. Não era um simples desmoronamento. Os prédios verticais, que abrigavam incontáveis cidadãos, haviam desmoronado e se tornado pó e entulho.

Fumaça. Correria. Gritos. Sufocamento. Corpos. Desespero de uns. Apatia de outros. Destroços. Desabamento. Mais sufocamento. Destruição. Mais corpos. Peles expostas ao sol, queimando-se e desfazendo-se, feito os prédios...

Vanessa, dentro da segurança de seu automóvel, sentiu o peito doer ao percorrer as ruas e ver aquelas cenas catastróficas.

A cidade estava, em partes, destruída.

A eficiência das redomas e das proteções atribuídas aos R's e E's havia sido comprovada. Poucos haviam sido os casos de danos às classes altas.

Por outro lado, Nenê não podia imaginar qual seria o número de mortos das classes mais simples.

Pensou em Zildhe. Pensou na garrafa. Pensou no bebê.

Pensou na própria família. Nos pais mortos. Nos irmãos que eram sua responsabilidade. Na redoma que os protegia, mas que jamais protegeria todos os cidadãos.

A voz do Maquinário ecoou. Era assim quando queriam comunicar algo a todos da cidade. Era uma voz forte e confiante, que se espalhava em alto e bom som por todos os cantos:

– Não há motivo para pânico. Estamos no controle da situação – anunciaram.

Então, sua visão foi atraída para um ponto, que fez com que cada pelo de seu braço se eriçasse. Uma visão que a fez ter ainda mais certeza de que o Maquinário não estava no controle de situação alguma.

Ela não podia acreditar. Era desesperador e ruim demais para ser verdade.

Elas estavam de volta...

As Manchas.

Fechou os olhos, implorando que eles estivessem mentindo. Contudo, quando tornou a abri-los, *elas* ainda estavam lá.

O veículo passou ao lado de uma delas (mas, por sorte, não tão próximo) e, naqueles instantes, Vanessa pensou que não havia mais solução para o seu mundo.

Por alguns minutos, entregou-se à desesperança.

Mas e a mensagem na garrafa? Mas e a reinvenção?

Respirou profundamente o ar puro do interior do veículo.

As Manchas eram aglomerados de poluição altamente compactados, que se fundiam, ganhando o aspecto de esferas negras e densas, variando de dois a dez metros de diâmetro. Algum tempo atrás, quando os pais de Nenê ainda eram vivos, era muito comum ver as Manchas circulando pelo ar, geralmente a poucos centímetros do solo.

Se elas envolvessem alguém, era impossível que a pessoa saísse com vida, independente da classe à que pertencesse ou mesmo do uso de capacetes respiratórios ou quaisquer outros métodos de proteção.

Havia ainda certa segurança para as classes mais altas, pois as Manchas não conseguiam atravessar as redomas. Os veículos, porém, não estavam a salvo enquanto estivessem pelas ruas. Elas eram capazes de envolvê-los como em um abraço e acabar com a vida de quem estivesse em seu interior. Imensas e terríveis haviam sido as perdas em todas as classes.

Em outras cidades, falava-se até de Manchas que envolviam a casa toda e sua redoma e, embora não a penetrassem, ficavam ali, esperando o primeiro cidadão sair para engoli-lo. Já no caso das classes baixas, cujas moradias eram desprotegidas, elas atravessavam as paredes e traziam a morte por onde passavam.

Os boatos eram de que as Manchas tinham vida própria e seriam responsáveis pelo fim do mundo.

Com os anos, os cientistas do Maquinário desenvolveram uma máquina imensa, capaz de sugar as Manchas. Vanessa era ainda pequena, mas lembrava-se de que aquele havia sido um grande dia.

Imagens de membros da classe E exterminando as Manchas foram espalhadas e enaltecidas pela humanidade. Assim, o Maquinário desfez seu maior vilão e aproveitou para confirmar a todas as classes que seu governo era a melhor coisa que havia acontecido ao mundo.

Vanessa lembrava-se de ter feito muitas perguntas aos pais. Era curiosa como Junior. Porém, eles não lhe deram as respostas, certamente porque não as tinham.

Agora, novas perguntas apareciam em sua mente. Como e por que as Manchas haviam voltado?

Seria realmente o fim?

A Mancha que Vanessa vira há poucos instantes era diferente das que vira anos atrás. Era como se houvesse retornado com fúria, do inferno para onde havia sido sugada há alguns anos, e trazido consigo uma nova ameaça, um novo pesadelo. Não era exatamente esférica, parecia ter tentáculos, como um polvo pronto a devorar sua presa.

Aqueles pensamentos assombrosos saíram temporariamente da mente de Nenê quando o veículo adentrou a redoma e a garagem de sua casa. Ela sabia que os irmãos estavam lá e que se assustariam caso ela lhes contasse o que tinha visto.

Tentou clarear a mente por um instante e, então...

– Nenê!!! – gritou Junior, correndo em direção à irmã, assim que ela entrou em casa.

– Seja bem-vinda – disse Lucy, demonstrando entusiasmo em sua voz robótica.

Dominique pulou no colo da irmã, quase a derrubando.

– Você está muito grande, mocinha – a irmã mais velha falou, fazendo cócegas no nariz de Nique.

– Nós tivemos muito medo... – a pequena disse.

– Eu imaginei que iriam ficar assustados com a tempestade.

– A Adrielle entrou embaixo da minha cama e não quer sair por nada, mesmo agora que o barulho parou – falou Junior, referindo-se à sua robô particular.

Vanessa sabia que a robô dele era muito sensível e que o melhor a fazer era pedir a Lucy que a acalmasse.

– Entendido – disse Lucy, assim que a dona pediu que falasse com Adrielle. Ela girou as esteiras e foi para o quarto de Junior, onde a outra robô estava escondida.

– O Flummys não ficou com medo. Ele me deu a mão e ficou do meu lado o tempo todo – disse Dominique, referindo-se ao seu robô particular, de cor preta, olhos brancos e cabeça oval, que sustentava um sorriso orgulhoso mediante as palavras da menina.

Vanessa sabia que os irmãos e os robôs haviam tido um dia difícil. Na verdade, a cidade toda tivera.

Por sorte, Flummys havia acalmado as crianças do jeito que pôde. Ela sabia que Lucy tentara se fazer de durona, mas, na hora da tormenta, devia ter ficado morrendo de medo. Lucy era assim, e ela adorava aquela metida.

Os três robôs eram amigos e, muitas vezes, enquanto os donos estavam ocupados, eles riam e conversavam entre si, além de terem o hábito de se divertirem com diversos jogos. O preferido de Lucy era o pôquer virtual. Ela blefava como ninguém.

Vanessa gostava de defini-los como: Lucy, a metida, Flummys, o durão, e Adrielle, a sentimental; embora soubesse que uma palavra era pouco para definir aqueles seres complexos e divertidos que a família toda adorava.

Esses pensamentos fizeram-na preocupar-se com Marina e Violeta.

Em decorrência do aviso prévio sobre a tempestade, os cidadãos das classes baixas haviam sido liberados de suas funções naquele dia para salvarem-se da maneira que pudessem.

Vanessa esperava que elas estivessem bem.

Após o jantar em família, usando as máquinas de refeições, Vanessa colocou os irmãos para dormir em suas camas flutuantes.

Adrielle já estava mais calma, entretanto, ainda não pronunciara uma palavra desde a tempestade. Até o tom de seu corpo metálico rosa fluorescente havia empalidecido. E seus olhos, enormes esferas cintilantes de tom amarelo, estavam sem o brilho de sempre.

Lucy estava certa quando disse que, no dia seguinte, ela voltaria ao normal, desde que a próxima tempestade demorasse a acontecer.

Vanessa resolveu relaxar um pouco e assistir a algo. Não pensou que seu cérebro iria continuar insistindo em torturá-la com um turbilhão de pensamentos confusos.

Mensagem. Garrafa. Mancha. Destruição. Zildhe. Bebê. Sonhos.

Mensagem. Garrafa. Mancha. Destruição. Zildhe. Bebê. Sonhos.

Os pensamentos iam e vinham, dando voltas por toda sua mente. Era impossível contê-los.

Mensagem. Garrafa. Mancha. Destruição. Zildhe. Bebê. Sonhos.

Mensagem. Garrafa. Mancha. Destruição. Zildhe. Bebê. Sonhos.

Contudo, foram novamente interrompidos. O Vigia anunciou uma aproximação.

Era Bernardo, o namorado de Nenê.

Ela estava evitando-o havia uma semana. E, principalmente agora, que estava com a cabeça cheia de problemas e dúvidas, não queria conversar com o rapaz.

Sempre pensou que, quando tivesse um namorado, ele seria alguém que a faria sentir-se segura e protegida, alguém que entenderia seus problemas e que ficaria feliz em ser parte da sua vida.

Quem mandou ler os livros e assistir aos filmes dos Antigos, que haviam sido proibidos pelo Maquinário?

Ela não sentia nada disso quando estava com Bernardo. Ele era um rapaz legal e, ela tinha que confessar, atencioso, bonito... Mas, definitivamente, ela nunca estava a fim de conversar com ele sobre seus problemas.

Poucos segundos depois, ele se encontrava do lado de fora da redoma, sorrindo para o vídeo que o Vigia mostrava a Nenê.

Ela deu ordens e a casa se abriu para o visitante noturno.

– O que faz aqui tão tarde? – perguntou assim que o rapaz entrou na sala.

– Você sabe que trabalho como chefe de segurança, tivemos trabalho dobrado hoje. Só agora me restou tempo para visitá-la. Eu não poderia adiar. Você tem me evitado há exatamente uma semana.

Nesse instante, foram interrompidos por Lucy, que chegou para verificar quem chegara àquela hora. Assim que viu Bernardo, a robô soltou um suspiro aborrecido e mostrou-lhe a língua.

– Lucy! Tenha modos! – esbravejou Vanessa.

Na verdade, o rapaz nunca tinha feito nada de mal à robô. Mas, se Vanessa não estava contente com sua presença, Lucy também não estaria. E ela fazia questão de deixar isso bem claro.

– Vá já para o quarto – a dona ordenou.

– Mas...

– Eu estou bem – disse Vanessa. – Sério.

Resmungando, ela voltou deslizando para o quarto. Então, novamente sozinha com o namorado, Vanessa direcionou-lhe o olhar e disse:

– Desculpe. Sei que não tenho sido legal com você.

– O que está acontecendo, Nenê? Eu posso ajudar?

– Estão acontecendo muitas coisas na minha vida. E, não. Você não pode ajudar.

– Se você me desse uma chance...

– Você sabe que não se trata de uma chance – ela disse com firmeza. – Somos da mesma classe, temos os mesmos gostos e muitas outras afinidades e semelhanças que fizeram o Maquinário nos unir no dia em que finalizamos os estudos e eles designaram nossas funções. Nessa última parte, eles acertaram. Eu adoro meu trabalho no hospital. E sei que você é um excelente chefe de segurança – ela lançou um olhar às vestes de trabalho do namorado, que fizera hora extra em função do caos gerado pela tempestade. – Mas não creio que tenham acertado ao fazer de nós um casal.

Para quem pensa sempre nos seus atos e em suas dúvidas existenciais, Vanessa surpreendeu a si mesma falando sem pensar. Deixando que os sentimentos simplesmente fluíssem de sua boca em forma de palavras. Que coisa estranha! O termo *sentimento* havia surgido mais de uma vez em sua vida nos últimos dias. Ela lera muito sobre o assunto, mas o Maquinário sempre pregara que os seres humanos modernos eram movidos por instintos, já que os sentimentos haviam sido a ruína da sociedade dos Antigos. Seria verdade?

– Nós não podemos desfazer o que o Maquinário ordenou – Bernardo disse, chateado.

– Podemos, sim – Vanessa retrucou, pensando nos próprios sonhos, que já não estavam sendo controlados pelo governo todos os dias. Os sonhos estavam rompendo amarras que ela antes pensara que jamais poderiam ser rompidas.

– O que você quer dizer?

– Quero dizer – Nenê continuou – que preciso de um tempo.

– A que filmes você andou assistindo? E que tipo de livros andou lendo? Você continua com aquela baboseira sobre os Antigos?

– Não interessa o que tenho feito em meu tempo livre. Só estou pedindo que se afaste de mim, que me dê algum espaço, pelo menos por mais uns dias. Tenho muitas coisas a resolver...

Bernardo argumentou por cerca de meia hora e, então, Vanessa, finalmente, conseguiu fazê-lo ir embora e aceitar a distância que ela havia pedido.

De fato, muitas mudanças estavam acontecendo em sua vida. Mas as principais estavam ocorrendo em seu interior.

Após um dia complicado, o melhor a fazer era deitar-se na cama flutuante e plugar a Máquina de Sonhos, torcendo para que ela não funcionasse, ou melhor, para que seu cérebro a ignorasse.

Olhava para um lado e via a lua.

O céu estrelado e escuro. Digno de admiração e temor.

O tapete de brilhos revestia seus olhos de encantamento e ela queria que o céu da realidade não fosse laranja. Queria que ele pudesse ser como o céu antigo...

Que pudesse mudar de tom ao longo do dia, anunciando a chegada da lua e das estrelas e, então, despedindo-se delas, à medida que o sol ganhava seu espaço em um novo alvorecer.

Por falar nisso, girando nos próprios calcanhares, do outro lado da paisagem perfeita, Nenê podia observar o sol, o céu azul--claro com poucas nuvens e pássaros a brincar em sua imensidão.

Era lindo e assustador!

Dia e noite, ao mesmo tempo, completando-se e admirando--se, lado a lado.

Então, *ele* chegou.

Vanessa, mais uma vez, não conseguiu ver sua face, mas sabia que era o dono do coração que batia no mesmo ritmo do seu. Mesmo sem ver, sabia que ele estava sorrindo. Podia sentir.

Ela sorriu também e, juntos, ficaram a contemplar aquele espetáculo do sonho que projetavam: sol e lua coexistindo no mesmo céu, no mesmo instante. Era noite e dia no sonho deles!

Não poderia haver nada mais lindo para compartilhar naquele momento, de mãos dadas, sobre a grama – de um lado, iluminada pelo sol, do outro, úmida pelo orvalho da noite.

Foi então que eles compreenderam que eram como o sol e a lua. Eram como a noite e o dia.

Tudo o que mais desejavam era estar juntos, no mesmo instante, na mesma vida, na mesma realidade.

Tudo o que queriam era reunirem-se em meio ao encantamento e à magia de viver e, juntos, provarem que, quando se ama feito sol e lua, tudo é possível.

Em meio a um sorriso, Vanessa soube que ele não estava apenas em seus sonhos. Eles estavam juntos na realidade também, era preciso apenas que se reencontrassem. Ela precisava procurá-lo em sua vida real...

– Quem é você? – ela perguntou num sussurro.

Uma brisa mansa, aquecida pelo sol e iluminada pelo brilho do luar, percorreu todo seu corpo, trazendo-lhe a sensação de novos ventos, novos tempos e respostas para tudo o que seu coração precisava saber muito em breve.

Lucy observava enquanto a dona revirava-se na cama e sorria como nunca a vira sorrir antes. Já não estranhou quando, ainda inconsciente, Vanessa saiu da cama flutuante, foi até o armário e pegou o bloco de notas, anotando em seguida:

"Tudo o que o sol e a lua desejam é dividir o mesmo céu, o mesmo momento. Meu amor é prova de que não há espaço suficiente em nenhuma realidade, em nenhum universo, capaz de nos distanciar. Se nossos corações nos uniram em um só sonho, e, se esse sonho nos uniu no mesmo espetáculo, a vida, que é a maior dádiva, irá me ajudar a encontrá-lo".

E seremos como o sol e a lua dos nossos sonhos, dividindo o mesmo céu.

Capítulo 9

Nada dura para sempre

ELA ACORDOU DE SOBRESSALTO com Lucy segurando o composto matinal em sua direção. Uma fresta de luz alaranjada penetrava o quarto e anunciava a nova manhã.

Havia sonhado.

Olhou para a Máquina de Sonhos que, embora permanecesse ligada corretamente, não tivera forças perante seus sonhos reais. Eles haviam invadido sua mente, causando uma devastação inusitada e benéfica em todo seu ser.

Havia sido livre para sonhar uma vez mais.

Não se lembrava com exatidão do sonho, apenas de algumas imagens embaralhadas. Mas a sensação que a dominava dispensava qualquer imagem nítida. Ela se sentia aquecida e iluminada, de uma forma maravilhosa, que mais parecia um milagre.

Entre lembranças conturbadas de um espetáculo encantador dos céus, estavam também as escassas, porém intensas, lembranças *dele*. Quem seria *ele*?

Pela primeira vez, Nenê soube que teria de encontrá-lo. Ele guardava, junto do amor, as respostas para todas as suas dúvidas e, talvez, a solução para seus inúmeros problemas.

Se sonhavam juntos, em um mesmo pulsar de seus corações, certamente seriam capazes de lutar contra as adversidades juntos.

Ela tinha de encontrá-lo.

Mas... – um novo e perturbador pensamento a atingiu com força – e se já o tivesse encontrado?

Ela não se lembrava de sua face nos sonhos, sempre borrada. Portanto, não poderia dizer se era alguém que já fazia parte de sua vida. Aquilo seria estranho, mas poderia ser real.

Olhou para Lucy, que ainda segurava o composto em uma das mãos, tomou a refeição e então disse à robô:

– Preciso realizar pesquisas sobre algumas pessoas. Dois rapazes, na verdade – respirou fundo fitando aqueles enormes olhos esféricos azuis. – Mas nada de perguntas, combinado?

Lucy não gostara nada daquilo. Ela sempre queria estar por dentro de tudo o que acontecia com sua dona. Desta vez, contudo, não tinha outra escolha, teria de realizar a pesquisa.

Vanessa deu-lhe os nomes e, então, duas enormes telas projetaram-se a partir da barriga da robô, mostrando dois rapazes em tamanho real e informações sobre cada um deles no canto das respectivas imagens.

Nenê leu sobre a vida de Bernardo e de Vitor. Viu diversas fotos da infância deles (pôde ver, inclusive, imagens de suas gestações extracorpóreas) até imagens atuais.

– Acho que enlouqueci – confessou à robô, analisando as imagens, sem saber ao certo se isso lhe traria alguma informação útil.

Lucy, por sua vez, tremia de curiosidade. Queria muito perguntar o que tudo aquilo significava, mas se conteve e deixou a dona desabafar:

– É possível que seja o Bernardo? Algo dentro de mim tem nos afastado, tem feito com que eu o evite. Não sei explicar, apenas sinto que não pertencemos um ao outro, e que talvez nossa união tenha sido um erro do Maquinário. E o Vitor? Nós somos colegas de trabalho, e é verdade que nos damos muito bem e que eu o considero, como os Antigos diriam, um amigo, coisa que já não existe nos dias de hoje. Mas e se um deles estiver aparecendo nos meus sonhos de forma misteriosa? Definitivamente, eu enlouqueci. Não pode ser nenhum deles. Ou pode? Se bem que... – suspirou ao pensar em Vitor novamente e no quanto gostava de sua companhia – talvez...

Vanessa calou-se, pensando no colega de trabalho.

Após alguns instantes de silêncio, Lucy indagou, fechando as telas:

– Deseja mais alguma pesquisa?

Antes que Vanessa pudesse responder, o Vigia anunciou uma nova aproximação, em dez segundos.

Era Johnny, o *vizinho-mala*. Nenê, irritada e contrariada, permitiu que ele entrasse.

– Vim ver como vocês estão. Sei que seus irmãos têm medo de tempestade e ontem foi uma das piores que nossa cidade já testemunhou.

– Estamos bem – respondeu Vanessa.

Naquele mesmo instante, Junior e Dominique chegaram à sala e correram até Johnny. Por ser muito comunicativo e divertido, as crianças adoravam quando ele os visitava.

– Ei, como vocês estão? – o rapaz perguntou, abraçando os pequenos.

– Tivemos medo, mas acho que, no fim, quem mais sofreu foi a Adrielle – disse Junior.

Johnny olhou para a robô rosa fluorescente, que permanecia calada ao lado de seu dono. O rapaz sabia do que as crianças e os robôs gostavam e que espantaria qualquer resquício de medo que estivessem sentindo.

– Que tal uma partida de xadrez virtual? – indagou.

Junior, Nique, Adrielle e Flummys pularam de alegria e correram para organizar o jogo no centro da sala. Os times seriam: a família *versus* o vizinho. Todos se divertiam com aquela situação, e Johnny, por ser prepotente – como apenas Vanessa conseguia enxergar –, dizia que podia derrotar a todos mesmo jogando sozinho.

Abriram espaço na sala, empurrando móveis e utensílios, e projetaram o jogo ali mesmo. As peças eram enormes, praticamente do tamanho de Junior, e o tabuleiro virtual quadriculado ocupava quase toda a extensão do cômodo.

Animados, começaram a partida. Após as primeiras jogadas, Adrielle já estava completamente desinibida. Flummys, o durão, deu boas gargalhadas. Definitivamente, Vanessa não teria coragem de interromper o jogo. Ela quase não tinha tempo de jogar com os irmãos e sabia o quanto aquilo os alegrava.

Respirou profundamente e saiu da sala.

No quarto, percebeu que Lucy estava doida para participar da brincadeira:

– Você pode ir – a dona disse –, mas, antes, preciso responder sua pergunta anterior. Preciso, sim, que pesquise sobre mais um certo rapaz...

Com o passar dos dias, o tempo ficou estável na Cidade que Nunca Dorme, e Nenê não ouviu nada mais sobre as Manchas.

Talvez houvesse poucas desta vez, e o Maquinário tivesse abafado o caso, pensou.

A Máquina de Sonhos aparentemente voltara a funcionar, mas, de qualquer forma, Vanessa continuava a observar os rapazes suspeitos com mais atenção e, inclusive, a falar com Bernardo pelo Comunicador sempre que possível, apesar da distância que impusera entre eles. Não desistiria de encontrar o jovem misterioso dos seus sonhos... Ele podia estar em qualquer lugar. Podia fazer parte da sua vida, ou entrar nela a qualquer momento.

Marina e Violeta estavam de volta e, embora o mau humor de Lucy tivesse se acentuado ao rever a robô-empregada, Vanessa ficara feliz ao constatar que elas estavam bem. Não perguntou como haviam se protegido da tempestade, embora estivesse curiosa. As mortes e perdas nas classes baixas haviam sido incalculáveis.

Tais quais as demais mudanças que ela podia sentir em seu peito, flagrou-se pensando por que se importava com a empregada e sua robô ajudante, já que fazia parte de uma sociedade treinada para, justamente, *não se importar.*

Um pouco mais animada, Vanessa acordou feliz quando chegou o seu próximo dia de folga.

O lado ruim era que não veria Vitor, nem o bebê de Zildhe, que continuava a ser gerado em uma das Camas. Porém, poderia finalmente cumprir a promessa feita aos irmãos e levá-los ao museu natural número quatro, o museu das aves.

Os robôs ajudaram as crianças a se vestirem adequadamente para o passeio e, logo pela manhã, os três irmãos já estavam prontos dentro do veículo de Nenê.

Apesar de ser consideravelmente fácil conduzir um carro moderno, eles eram regalias disponíveis apenas para os cidadãos (R's e E's) que trabalhavam; afinal de contas, com os estudos dentro de casa, as crianças e os jovens não tinham motivos para deixar suas residências.

Nenê conquistara o direito de ter um carro quando o Maquinário designou que trabalharia no hospital. Ele era programado para atender apenas aos seus comandos.

Estar dentro do veículo era sempre motivo de animação para Junior e Dominique. Empolgados, acenavam para os robôs, que permaneceram dentro da redoma da casa, à medida que o carro se distanciava:

– Aposto que eles vão jogar pôquer virtual – Junior disse, lançando um último olhar a Lucy, Flummys e Adrielle.

– Se você quiser, pode ficar e jogar com eles – Nenê falou para irritá-lo.

– Claro que não! – o menino gritou, fazendo todos rirem.

– Você é um bobo mesmo – falou Dominique, ainda entre risadas.

O caminho até o museu natural não era longo. Em cerca de meia hora o veículo deixou os três irmãos na porta da construção protegida por redoma, e foi procurar um local para estacionar e esperá-los, segundo as ordens de sua dona.

Os passeios em família não eram muito comuns, e a responsabilidade prematura que Vanessa sentia em relação aos irmãos a assustava desde o dia em que os pais morreram. Porém, tentou relaxar e curtir o passeio e o dia de folga.

O local era realmente fabuloso.

Os olhinhos de Junior e Nique brilharam assim que eles entraram naquela imensa cúpula arredondada e repleta de pássaros em seu interior.

As aves ficavam soltas, ali a maioria estava morta há anos e era preservada por meio da conservação robótica, que os fazia parecer animais vivos e livres. Pelo fato de a construção ser protegida por uma redoma, os poucos pássaros vivos não tinham chance de escapar do local.

O museu era ambientado com plantas e lagos artificiais, que encantavam ainda mais os visitantes, já que nenhuma pessoa viva daquele tempo tivera algum contato real com aquelas aves, com aquele tipo de vegetação ou com lagos.

Havia pássaros de todas as cores, formas e tamanhos, embora estivesse bem longe de ser uma representação significativa de todas as espécies que haviam habitado o planeta. As crianças não poderiam estar mais encantadas. Vivendo em um mundo tão alaranjado e cinzento era até difícil acreditar que toda aquela beleza fora um dia real.

E em meio a tamanho deslumbramento, algo maravilhoso aconteceu. Bem na direção de Junior, um pássaro vermelho começou a voar baixo.

O garoto olhou dentro de seus olhinhos circulares e disse:

–Vejam, este é um exemplar vivo de verdade!

As irmãs concordaram. Não havia como negar. O brilho da vida habitava o olhar daquela ave.

Tremendo de agitação, Junior esticou um braço em direção ao pássaro. A princípio, ele se assustou, porém, em seguida, entregou-se ao repouso tranquilo daquele braço pequenino.

Junior admirou o pássaro por minutos que lhe pareceram infinitos. Estava tão perto, podia sentir a suave pressão sobre a pele de seu braço. Era como se aquele pássaro carregasse a natureza extinta consigo, provando que, sim, tudo aquilo fora real. Ele trazia a natureza para mais perto de Junior, o que fazia com que o peito do garoto pulsasse tranquilo.

Então, com a voz suave, perguntou à irmã mais velha:

– Nada dura para sempre, não é?

Surpresa com a pergunta, Nenê falou:

– O que você quer dizer?

– A natureza não durou – Junior completou.

Vanessa e Dominique permaneceram em silêncio, respeitando o amor que ele sentia por aquilo que lhe era desconhecido.

Amor pelo verde, pelo azul, pelas asas ao vento, pela água limpa e serena.

Amor por aquilo que, de fato, não havia durado para sempre. Pelo menos, não da forma como deveria.

– Imagine só como será – Junior disse após alguns minutos – quando eu puder visitar o museu número dez e ver cavalos! Desde que vi um em uma tela virtual, meu maior sonho é poder estar perto de um exemplar conservado do museu, já que não há mais nenhum vivo no mundo.

Naquele momento, a ave alçou voo no interior da cúpula. Levou consigo um pouco de Junior, após aquele contato tão intenso, e deixou-lhe de presente os sentimentos nostálgicos que seus olhos de pássaro carregavam com tamanha responsabilidade.

Na volta para casa, todos permaneceram em silêncio. Vanessa tinha certeza de que os irmãos estavam tão encantados com tudo o que viram que qualquer palavra seria dispensável naquele momento.

Mais tarde, após deixá-los em casa, ela sentiu uma súbita vontade de ir até o hospital.

Embora estivesse de folga, não havia passado ainda nenhum dia sem verificar se estava tudo bem com o bebê de Zildhe.

Entrou novamente no veículo e rumou para o Hospital dos Embriões.

No caminho pensou se realmente o bebê era sua única desculpa para ir até o trabalho no dia de folga. *Vitor estaria lá.* Eles alternavam os dias, para que a ala nunca estivesse sem a presença de, pelo menos, um dos dois humanos responsáveis.

Sem perceber, ela sorriu ao pensar no rapaz.

Em meio a tantas mudanças e esquisitices em sua vida, Vanessa estava tendo um bom dia.

Naquele instante, presa a doces pensamentos, mais uma vez o carro passou bem próximo a uma Mancha.

Seu pesadelo pessoal voltou, desfazendo as boas sensações, e o monstro em seu interior foi definitivamente despertado.

Capítulo 10

O CAOS EM MEIO AO CAOS

O BEBÊ, AINDA MUITO pequeno, permanecia parado no fluido viscoso de sua Cama em forma de gaveta.

A boquinha, os olhinhos, as mãozinhas. Tudo tão pequeno e delicado. Tão perfeito, para Nenê. Ela só não sabia se isso seria o suficiente. Ele nunca seria perfeito para a sociedade, nunca seria perfeito para ninguém mais. Somente para ela. E, talvez, para Zildhe, se ela estivesse viva.

Sua pele já apresentava irregularidades e áreas arroxeadas. Vanessa sabia que as lesões se estenderiam por todo o corpo, tornando-o, para os olhares humanos, uma aberração. Mas ela nunca o veria daquela forma.

A promessa que fizera a Zildhe era de que não daria a Descarga. Iria trazê-lo ao mundo e dar-lhe, de alguma forma, a chance da sobrevivência.

Mesmo ciente da dificuldade extrema de cumprir essa promessa e de todas as adversidades que o bebê enfrentaria na vida por ser diferente, em nenhum momento ela se arrependeu do que prometera.

Aquele bebê marcava um ciclo de mudanças em sua vida, em seu íntimo. Jamais iria permitir que algo de mal lhe acontecesse.

– Como ele se chama?

Vanessa deu um pulo ao ouvir aquela pergunta.

Timóteo, um dos robôs de sua equipe, havia se aproximado enquanto ela fitava o bebê perdida em meio aos próprios pensamentos.

– O quê?

– Como é o nome desse bebê? – insistiu o robô. – Você tem olhado tanto para ele nos últimos dias, deve saber o seu nome.

Ótimo. Mais um robô curioso e metido feito a Lucy, pensou.

– Eu não sei. Eu acho... Quero dizer... – Vanessa gaguejou. – Ele não tem nome.

– Que pena – disse o robô, afastando-se.

Vanessa suspirou aliviada por ele não ter feito mais perguntas. Mesmo tendo reparado que ela prestava bastante atenção naquela criança, Timóteo não se atreveu a perguntar o motivo.

Então, instantaneamente, ao fitar o robô, que já deslizava distante pelo corredor, a pergunta que ele fizera ecoou em sua mente, perturbando-a:

– *Como ele se chama?*

Vanessa não havia pensado nisso.

Se ela o salvaria e o traria ao mundo, precisava dar-lhe um nome.

Ela seria responsável por aquela criança.

Já havia desconectado a Cama do sistema, de modo que, para os registros do Maquinário, ela parecesse estar quebrada e desativada.

Porém, para ela, havia uma vida especial em meio ao fluido viscoso.

Uma vida que pulsava e ganhava forma. Uma vida que merecia um nome.

– Ei! – gritou, chamando Timóteo ao longe.

Curioso, ele girou e voltou deslizando para perto de Vanessa.

– Chamou, patroa?

Ela não gostava de ser chamada daquela forma. Mas aquilo não importava naquele momento.

– *Peter* – ela disse.

– Perdão? – respondeu o robô, sem nada compreender.

– Este bebê se chama Peter.

– Pensei que não soubesse seu nome.

– Eu me enganei.

– Está bem – disse Timóteo, fitando a excêntrica criança. – Eu o chamo de "Roxinho".

O robô caiu na gargalhada, e Vanessa o repreendeu.

– Não tem a menor graça. Ele é, sim, diferente dos demais, mas não quero que lhe dê apelidos. Este bebê tem nome, e é Peter!

Entortando a boca, o robô se distanciou novamente.

– Jamais irei permitir que algo de mal lhe aconteça, Peter – ela disse, deslizando as mãos pelo vidro da Cama.

Era uma nova promessa. Seria ela capaz de cumpri-la desta vez?

Timóteo era apenas uma pequena demonstração do que aguardava Peter. O mundo não estava pronto para recebê-lo.

Vitor apareceu correndo pelo corredor.

– Nenê, eu pensei ter escutado sua voz! O que faz aqui?

Vanessa ruborizou. Não devia ter gritado com Timóteo e chamado a atenção de Vitor.

Como o Centro Gestacional era muito extenso, havia vislumbrado o rapaz ao longe quando chegou, mas optara por não demonstrar sua presença a ele, justamente porque não tinha uma desculpa para estar ali.

Como ela permaneceu calada, Vitor insistiu:

– Nenê? Eu falei com você. Hoje não é seu dia de folga?

– É, mas... Eu...

Naquele instante, o prédio do hospital tremeu perante o alto som do anúncio do Maquinário. Mais uma vez eles usavam o sistema de comunicação que ecoava por todos os cantos da cidade por meio de uma voz alta e clara.

Todos os robôs e androides interromperam seus serviços junto às Camas para prestarem atenção. Vanessa e Vitor tiveram que interromper a conversa.

O Maquinário anunciou:

– Atenção, prezados cidadãos da Cidade que Nunca Dorme. Desde a tempestade, foram noticiados alguns casos de aparição das Manchas. Estamos fazendo o possível para solucionar o problema. Se seguirem nossas instruções, não há motivo para pânico...

As instruções de segurança (que de nada adiantariam) duraram alguns minutos, até que o anúncio chegou ao fim.

Um minúsculo instante de silêncio pairou sobre a cidade, enquanto todos absorviam aquela notícia.

Em seguida, ouviram-se gritos e barulhos extremos. Vanessa, Vitor, alguns robôs e androides foram até a janela do prédio.

O caos havia se instalado em meio ao caos.

Milhares de cidadãos das classes Pobre e Miserável corriam, sem saber se deveriam se preocupar com o ar envenenado, com o sol, que reinava feito um algoz no céu laranja, ou com a possível morte, caso topassem com uma Mancha.

Veículos em alta velocidade circulavam, até atropelando alguns pedestres desesperados. Pessoas sufocavam, tendo se esquecido das devidas proteções. Até mesmo alguns robôs e androides corriam em desespero pelas ruas.

– E eu pensava que não poderia ficar pior… – Vanessa disse, após alguns instantes fitando a tristeza e o pânico que dominavam sua cidade.

Aproveitando, ela continuou:

– Foi por isso que parei aqui. Estava passando por perto e vi uma Mancha, achei melhor esperar um pouco, até que ela se distanciasse.

A mentira pareceu soar satisfatória para Vitor. Ele se preocupou com a amiga e revelou-lhe que também havia passado perto de uma.

– Eu avistei uma Mancha hoje pela manhã, quando vinha para o trabalho – disse o rapaz. – Cheguei muito assustado ao hospital. Conversei com um androide vigia e ele me disse que os rumores são que elas voltaram ainda mais poderosas e que a máquina que as sugou da última vez não está mais surtindo efeito. Os próprios membros do Maquinário não sabem o que fazer.

Vanessa sabia que aquilo era verdade. Lembrava-se da Mancha que havia visto, ela realmente parecia mais assustadora que as antigas.

Olhou para Peter.

Estaria fazendo o certo, trazendo-o a um mundo tão condenado?

Então, olhou para Vitor. A verdade era que não saberia o que fazer, caso algo acontecesse a algum daqueles dois.

– Eu preciso voltar para casa. Preciso ver se meus irmãos estão bem, após esse anúncio terrível.

– Eu entendo. Mas tenha cuidado. Se tiver algum problema no caminho, me chame pelo Comunicador – falou Vitor.

Feliz com a preocupação do amigo, ela tomou coragem e rumou para casa, ciente de que veria cenas terríveis quando cruzasse as ruas.

O choro era alto e estridente, fazendo com que todos os pelos de seu corpo se eriçassem, e seu cérebro tivesse a vontade de irromper em milhares de caquinhos, fundindo-se à estranheza daquele cenário.

Vanessa caminhou, querendo encontrar a fonte de tamanha lamúria e sofrimento. Não poderia ser uma criança em prantos. No mínimo, tratava-se de milhares delas. Ou até algum tipo de animais em bando, emitindo, juntos, aquele som agonizante.

Mas não era para ser daquela forma.

Os sonhos, quando são realmente *sonhos*, devem ser felizes, certo?

Se o terror continuasse a tomar conta de seu ser, a jovem poderia acreditar que aquilo, na verdade, não passava de um pesadelo.

Contudo, olhando ao redor, parecia impossível.

Contrastando com a dura realidade na qual vivia acordada, o mundo de seu sonho era uma terra sem máquinas e robôs. Tudo ali era natureza e, não fosse o som desesperador do choro, a visão seria pura calmaria.

Ventos suaves, brisas mornas e um coração a pulsar num ritmo lento e prazeroso, sabendo que logo encontraria seu par.

Logo encontraria o único outro coração que batia no mesmo ritmo do seu.

Acreditava nisso.

Ou melhor, parece que seu coração havia *começado a fazê-la acreditar nisso.* Era como se estivesse vivendo duas realidades distintas, que se completavam.

Percebeu que, desde o primeiro sonho, compreendera que cada coração tem um par. Muitos chamariam aquilo de "alma gêmea", mas não ela. Para Vanessa, os corações eram máquinas capazes de sentir, em um mundo, agora, privado de sentimentos. Os corações eram, portanto, a máquina que conectava os homens à sua verdadeira essência. Os corações eram nada mais que o passado. A origem de tudo.

Como tinha dito o rapaz misterioso na primeira vez que se encontraram em um sonho, cada coração tinha sido construído em par. *Pelas mesmas mãos.*

Não eram almas gêmeas. Eram "máquinas gêmeas". Trabalhavam em conjunto.

Ela sabia, naquele momento, naquela realidade em que estava – se é que aquilo tudo era real –, que, embora seus ouvidos não captassem o pulsar de nenhum coração se aproximando, de alguma forma, a pequena máquina que pulsava no mesmo ritmo da sua se aproximava. A sensação a acalmava e a agitava ao mesmo tempo, parecendo neutralizar momentaneamente a agonia por estar presa em uma terra de sonhos em que o desespero atormentava sua mente com o ininterrupto som de choro ao seu redor.

O som parecia vir do nada e, ao mesmo tempo, de tudo.

Sabia que, a qualquer momento, encontraria quem tanto buscava naquele sonho e, juntos, talvez, pudessem descobrir quem chorava em meio ao paraíso. Assim, tentou acalmar-se.

Nada a acalmava mais que o azul do céu.

Azul. Cor extinta da natureza há décadas na realidade em que vivia.

Que sorte tiveram os Antigos por conhecerem o azul! Na verdade, tinham ainda mais sorte por não terem conhecido as redomas de proteção!

Distraída com a perfeição que lhe cobria a vista, Vanessa sorriu ao constatar que *ele* se aproximava. Seu amado, o dono de seus sonhos. O cenário tornou-se ainda mais fantástico. Seus corações se reconheceram em meio à natureza cintilante e souberam, no silêncio que berrava em gritos e prantos aos seus ouvidos, que estavam no lugar exato em que deveriam estar naquele momento, naquele sonho, juntos.

Suas mãos entrelaçaram-se e eles caminharam sobre a grama.

Ela tinha razão. Juntos, seguiram as vozes para que a agonia do choro pudesse ser explicada...

Caminharam por campos e campinas verdes; deslizaram em meio a flores silvestres e descansaram sob o céu azul.

E, chegaram a um pequeno riacho, no qual quiseram saciar a sede.

O choro, contudo, ficou ainda mais forte quando se aproximaram daquelas águas convidativas.

Espantada, Vanessa olhou para o leito do rio e constatou que o choro vinha das árvores.

Humanizadas, de forma bizarra e inimaginavelmente encantadora, elas agitavam os braços, ou melhor, os galhos, freneticamente, bagunçando as próprias folhas e assustando o vento, ao mesmo tempo que fendas, como olhos na superfície de seus troncos, contraíam-se, derramando grossas e pesadas lágrimas que, oriundas de centenas de árvores, fundiam-se quando encontravam a terra e formavam o riacho que corria sob seus pés.

De suas "bocas", gritos terríveis escapavam, ecoando ao redor.

Vanessa estava aterrorizada.

Então, olhou para a face de seu amado, para questionar se ele tinha alguma explicação para tudo aquilo. Se ele saberia como poderiam auxiliar as pobres criaturas.

Mais uma vez, parte de seu sonho se tornou embaçada. Um borrão surgiu em meio à nitidez com que Vanessa contemplava tudo ao redor. Ela continuava a ver quase tudo com perfeição. As árvores chorosas, o rio de lágrimas, o céu azul. Menos a face que a acompanhava.

Por ironia da vida mecânica e robótica que levava na realidade, em que tudo era programado e controlado, ela não podia controlar o que via. Não podia ver o dono do coração que pulsava junto do seu, como se fossem duas bombas mecânicas trabalhando em perfeita sintonia. Duas *máquinas gêmeas*.

Não sabia quem ele era ou como se chamava. Não sabia qual a explicação para o choro alto e sem fim das árvores, nem como – e se – poderia ajudá-las. As incertezas envolveram-na em um abraço. Elas eram como virtudes naquele sonho, enquanto ela fugia de uma realidade regada a imperfeitas perfeições.

– Bem-vinda ao Vale das Árvores Lamuriosas – o rapaz disse.

Assustada, Nenê continuou a observar a cena.

As árvores pareciam mais desesperadas a cada instante.

Então, tornando o cenário ainda mais complexo, o céu escureceu subitamente. Raios, trovões e nuvens escuras anunciaram a chuva, que, instantes depois, caiu sobre eles e sobre toda a extensão do vale.

Não era uma chuva qualquer.

Era uma chuva de flores... Podres.

Milhares de plantas enegrecidas, despedaçadas e malcheirosas caíam naquela terra desesperançada e lamuriosa.

Ao atingirem o corpo de Nenê, ela estremeceu, sentindo medo e pavor.

As flores podres, caindo ininterruptamente feito chuva do céu, encontraram também o rio e deslizaram por suas águas, oriundas das lágrimas infinitas das árvores, que eram, então, coroadas pelas plantas enegrecidas.

Vanessa queria ajudar, queria fazer algo pelas árvores e pela chuva horripilante.

O reino dos sonhos havia se tornado um vale de pesadelos. O paraíso havia se tornado um cenário de terror.

Os gritos das árvores, as flores horríveis que caíam do céu: tudo fazia seu próprio desespero aumentar e sua compreensão diminuir:

– O QUE ISSO TUDO SIGNIFICA? – ela berrou.

Acordou assustada e viu que Lucy a fitava com curiosidade.

Capítulo 11

O passado ainda vive

VANESSA NUNCA SE IMPORTOU muito com as instruções de segurança do Maquinário. Vivera, quando criança, em um tempo de Manchas, e passara a vida toda cercada por redomas e máquinas.

No fim das contas, era muito mais forte e corajosa do que poderia supor.

O Maquinário dizia para os R's e E's saírem de casa apenas quando necessário. Porém, para fingir que a situação não era tão grave, mantiveram parte da Área de Entretenimento da Cidade que Nunca Dorme funcionando. Entre outras atrações, apenas uma das salas de cinema estava em atividade nesse período de caos.

Fazia tanto tempo que Nenê não ia ao cinema!

Mais cedo, quando Johnny a convidara, havia demorado a dar a resposta. Mas os robôs da família insistiram, alegando que ela andava muito estressada e que precisava se divertir um pouco. Prometeram tomar conta de Junior e Dominique.

Ela sabia que realmente andava nervosa. Algumas horas antes, havia tido mais uma briga séria com Lucy...

Chegou à sua casa e encontrou-a torcendo o braço mecânico de Violeta, a robô empregada:

– O que você pensa que está fazendo, Lucynda?

A voz furiosa e robótica de Lucy respondeu:

– Foi ela que começou!

Ainda assim, ela não largava o braço de Violeta, que estava prestes a se quebrar.

Vanessa marchou até elas e, com a ajuda de Marina, conseguiu separá-las.

– Eu não vi a briga começar, estava limpando o quarto... – começou a justificar-se a empregada, responsável por Violeta.

– Tudo bem. Não é culpa sua. É melhor vocês irem embora por hoje – resmungou Vanessa, tremendo de raiva.

Quando ficou a sós com Lucy, ela fitou seus grandes olhos esféricos e berrou:

– Quantas vezes eu preciso dizer para você não arrumar confusão com a Violeta? Que *merda*, Lucy!

– Merda? O que é isso? – abusada, a robô iniciou uma pesquisa e, dentro de alguns segundos, disse em alto som: – Merda: palavra usada pelos Antigos, referente ao resultado obtido a partir do ato de...

– Você está de brincadeira comigo?

– Não – respondeu a robô, interrompendo a pesquisa. – Eu realmente não sabia o que você queria dizer...

– Você está de castigo! Irá terminar a limpeza, já que Violeta teve de ir embora por causa da sua agressão! – a robô abriu a boca, indignada, mas Vanessa não havia terminado: – E *NADA* de pôquer, xadrez ou qualquer outro jogo. Por um mês!

Resmungando algo inaudível, Lucy pegara os aparelhos de limpeza.

Agora, horas depois, Vanessa estava chateada por sua atitude. Não devia ter sido tão dura com a robô. Os problemas estavam deixando-a maluca e extremamente nervosa.

Desde a briga, duas novas preocupações haviam surgido: primeiro, ela se sentia muito mal por ter brigado com Lucy. Não deveria se importar nem com os seres humanos, muito menos com os robôs. Algo realmente estava diferente em seu interior – e havia se acentuado desde que ela lera a mensagem na garrafa.

Segundo, não havia percebido até o momento, mas estava falando como os Antigos! Dissera uma palavra mal-educada, que eles costumavam usar com frequência, séculos atrás.

Seria a tal da *reinvenção*?

Ou maluquice mesmo? Ou apenas rebeldia?

Os robôs tinham razão quando disseram que ela precisava relaxar um pouco. Desde que tomasse muito cuidado, é claro.

Considerando que o trajeto até a Área de Entretenimento era curto e que ela iria em alta velocidade dentro do veículo, não haveria problemas. As Manchas ainda não haviam dominado a cidade – mais um motivo para apreciar um filme, antes que, de fato, não pudesse mais sair de casa.

Sendo assim, havia optado por dizer "sim" ao convite do vizinho.

Era verdade que ele a irritava. Inclusive, já havia cansado de convidá-la para ir ao cinema e sempre obteve respostas negativas. Mas, desta vez, era diferente. Nenê queria mantê-lo por perto, analisá-lo e conhecê-lo melhor.

Embora duvidasse muito de que aquele *mala* pudesse ser o rapaz dos seus sonhos, precisava de motivos para tirá-lo de suspeita definitivamente. E nada como um momento de descontração.

Agora, lá estava ela. Dentro de seu veículo em alta velocidade, dirigindo-se à Área de Entretenimento.

Johnny avisara mais cedo que precisaria ir direto do serviço para o cinema; portanto, eles teriam que se encontrar lá.

Nenê gostou ainda mais da ideia de ir com o próprio carro e não ter de aturar o rapaz também no trajeto.

Porém, já a caminho, não parecia que estava prestes a ter um momento de descontração.

A Cidade que Nunca Dorme estava horrível.

A cada nova esquina, uma sensação horripilante de estar circulando em meio a escombros e mortos a invadia.

O caos gerado pela última tempestade, somado ao caos do anúncio do Maquinário a respeito das Manchas, havia deixado a cidade praticamente irreconhecível. Não fosse pelas redomas e pelo céu laranja, Nenê não acreditaria que aquela era a cidade em que crescera.

Os prédios destruídos e os entulhos ainda não haviam sido completamente retirados. Corpos estirados preenchiam diversos espaços, como numa fúnebre e ousada pintura que desdenhava a vida.

Contrastando com o primeiro instante de caos e correria quando o Maquinário anunciara as Manchas, agora, a cidade parecia um deserto. O silêncio era pavoroso.

Vanessa sentiu um arrepio percorrer-lhe a espinha enquanto olhava pela janela do veículo.

Por sorte, o automóvel a deixou em frente à única sala de cinema em funcionamento.

O trajeto havia passado muito rápido, mas fora impactante o suficiente. Se houve algo de bom foi o fato de Vanessa não ter se deparado com nenhuma Mancha.

Respirou profundamente dentro do prédio revestido por redoma – para as classes altas, até mesmo os prédios destinados ao entretenimento eram protegidos –, sentindo-se aliviada.

O cinema estava vazio.

Um robô mal-humorado vendia os ingressos. Exceto por ele e pelo androide vigia, Nenê parecia ser a única no local.

– Eu deveria adivinhar que aquele idiota não chegaria no horário – disse a si mesma.

Comprou o ingresso e entrou na sala de exibição.

Contudo, para sua surpresa, havia outra mulher ali.

Ela observou com atenção quando Nenê entrou. Aparentemente, também pensava ser a única no local.

Trocaram um sorriso discreto e Vanessa decidiu não se sentar muito longe da desconhecida, mesmo a sala sendo imensa e estando vazia.

Sentou-se em uma cadeira confortável e plugou os eletrodos, que se desprendiam dela.

Não havia tela no cinema moderno.

A projeção do filme se dava na mente de cada pessoa de forma simultânea por causa dos eletrodos, embora sempre houvesse pequenas variações nas imagens formadas.

Era um espetáculo bizarro de se observar. As pessoas na sala – dessa vez, apenas duas mulheres – riam, choravam, gritavam ao mesmo tempo. Com os eletrodos conectados à têmpora e, o mais assustador, com venda nos olhos, para que não se distraíssem.

O filme começou e, empolgada, Nenê acomodou-se à cadeira.

Adorava tanto ir ao cinema que de fato conseguiu esquecer temporariamente dos problemas – do caos de sua cidade, das estranhezas de sua vida, da mensagem na garrafa, do rapaz misterioso de seus sonhos, da briga com Lucy, de Peter, dos sonhos ainda sem explicação – e, inclusive, de que Johnny não havia cumprido a palavra de estar lá.

O filme projetado em sua mente nem se comparava aos filmes dos Antigos que assistia em casa, repletos de sentimentos, com artistas de verdade e roteiros criativos.

Os filmes atuais eram, obviamente, planejados por membros do Maquinário, sempre com mensagens de como os moldes que ditavam a vida moderna eram perfeitos. Até havia ainda alguns artistas, mas não eram valorizados. A maioria dos personagens era computadorizada.

Mesmo assim, ainda era uma boa diversão.

Vanessa e a outra mulher riram e agitaram-se em suas cadeiras ao mesmo tempo. Até que a sessão chegou ao fim e ambas tiraram as vendas e os eletrodos.

Elas se entreolharam com curiosidade, e a desconhecida disse a Nenê:

– Foi um bom filme.

– Sim, foi.

– Nesses dias difíceis, nada como uma distração.

Vanessa concordou com a cabeça; então, a outra se apresentou, esticando a mão:

– Derby.

– Prazer, sou a Vanessa – ela disse, aceitando o cumprimento. – Achei que seria a única na sala quando cheguei.

– Eu pensei o mesmo. Além de a cidade estar mergulhada no caos, as pessoas já não apreciam a arte como *antigamente*.

Vanessa achou aquele comentário curioso. Era raro ver algum cidadão referir-se às tradições antigas.

Como se pudesse ler os pensamentos de Nenê, Derby completou:

– Sou uma historiadora. Eu sei que não é uma profissão comum, mas o Maquinário ainda precisa de algumas informações do passado.

Fascinada, Nenê prosseguiu com a conversa:

– Eu sei que não devia, mas sou apaixonada pelos Antigos.

– Eu também! – respondeu Derby, eufórica.

– O modo de vida, a natureza que os rodeava, o mar e o céu azuis, os sonhos, as profissões e os namoros, tudo isso era livre!

– Eu concordo completamente com você. Mas, quanto mais eu os estudo, mais tomo consciência de que eles não tinham ideia do quão sortudos e felizes eram. Não tinham noção do ponto a que as coisas poderiam chegar – e chegaram! É como se o passado vivesse em cada pedacinho do presente, torturando-nos com a ideia de que as coisas poderiam ser diferentes...

– É verdade. Eu gostaria de saber mais sobre isso tudo. Eu nunca tive uma *amiga*, como nossos queridos Antigos diriam; adoraria conversar com você mais vezes! – Vanessa falou entusiasmada.

O sorriso de Derby foi interrompido pelo robô vendedor de ingressos, que entrou ainda mais mal-humorado na sala de exibição, expulsando-as do local e gritando se elas não haviam percebido que o filme já havia acabado.

Entre risadas, saíram do cinema e chamaram os respectivos veículos.

– Tome – disse Derby, entregando um número à Vanessa. – É o código de identificação do meu trabalho. Você pode me chamar pelo Comunicador amanhã para conversarmos mais sobre aquilo que passou e que não pode ser mudado, mas que, de alguma forma, ainda vive por meio de marcas deixadas em um presente catastrófico e desiludido.

Capítulo 12

"ASSENTIMENTALISMO"

A VOZ DO OUTRO LADO DA TELA DISSE:

– Central de História, em que posso ser útil?

Então, a imagem de um simpático jovem formou-se, sorrindo em direção a Nenê.

– Eu gostaria de falar com a Derby – ela pediu.

O rapaz fitou-a com curiosidade:

– Você a conhecia?

– Sim – respondeu Vanessa, começando a achar aquilo estranho –, eu a conheci ontem à noite, no cinema.

– É realmente uma grande coincidência! A Derby morreu hoje pela manhã!

– Morreu? Como assim?

– *Morte abrupta* – disse o rapaz.

Vanessa calou-se por alguns instantes, nos quais um redemoinho de pensamentos revestiu-a de pânico.

Seus pais haviam morrido daquela forma.

As classes altas possuíam uma expectativa de vida longa, porém alguns não conseguiam atingir essa meta em decorrência das terríveis mortes abruptas. O número dessas mortes estava aumentando a cada ano, e os cientistas não estavam nem perto de encontrar a causa ou a prevenção de tamanho mal.

– Moça? – indagou o historiador do outro lado da tela. – Está tudo bem?

– Sim, me desculpe. Eu... Eu não esperava. Eu gostaria de continuar a conversa que tive com a Derby ontem, sobre os Antigos.

Os olhos do rapaz brilharam:

– A Derby adorava falar sobre isso. Costumávamos passar horas conversando.

Apesar de ser, como todos, um cidadão treinado a não se importar com as perdas, aquele rapaz parecia sentir e lamentar a morte da colega. Vanessa sabia que, de alguma forma, ela própria lamentava, mas não poderia deixar transparecer. Prosseguiu com a conversa:

– Você também gosta desse assunto?

– Estudar os Antigos é a minha vida! Acho que isso, de certa forma, me tornou diferente. Eu não deveria, mas vejo os séculos passados como guardiões de todas as respostas de que precisamos. Quanto mais eu estudo, mais eu me apaixono.

Vanessa deu um sorriso de satisfação e apresentou-se ao historiador, que fez o mesmo:

– Meu nome é Gus.

– Muito prazer – ela disse. – Será que você poderia me contar um pouco mais sobre seu trabalho? Sabe, eu tenho buscado respostas para a fascinação que sinto pelos Antigos e para as coisas estranhas que têm acontecido em minha vida.

– Bem-vinda ao meu mundo! – disse Gus com simpatia.

Eles conversaram pelo Comunicador por mais de uma hora, até que o historiador disse:

– Preciso ir embora, já encerrei minhas horas de trabalho por hoje.

Então, ele ficou pensativo, como se estivesse decidindo se falaria algo mais.

A conversa que os dois tiveram havia sido extremamente agradável e trouxera muitas novidades e respostas a Nenê sobre os Antigos. Ela resolveu perguntar:

– Aconteceu alguma coisa, Gus?

– Eu estava pensando... – ele confessou. – Saindo do trabalho, estou indo à Biblioteca Proibida. Se você quisesse ir...

Vanessa levantou-se e soltou um grito entusiasmado.

A Biblioteca Proibida da Cidade que Nunca Dorme guardava livros de verdade, livros de *papel*! Eles haviam saído de fabricação há tantos anos!

Um dos maiores sonhos de Vanessa era conhecê-la, porém, apenas os historiadores, os pesquisadores e os membros do Maquinário tinham acesso a ela.

– Você está falando sério?

– É claro. Vou passar o endereço; posso esperá-la na entrada.

– Não precisa passar o endereço, eu sei bem onde fica!

Há anos ela tinha o hábito de passar em frente ao prédio da Biblioteca Proibida apenas para observá-lo.

Não podia acreditar que finalmente teria a oportunidade de cruzar suas portas e desvendar seu misterioso conteúdo. *Tesouros* perdidos no tempo estavam guardados naquele local. Tesouros *de papel.*

Desligando o Comunicador, ela colocou sua veste de passeio e correu até o carro, ansiosa pelo que a aguardava.

Do lado de fora, a Biblioteca Proibida era um prédio antigo, imenso, com uma enorme escadaria em sua entrada principal, ladeada por estátuas e pilastras. Sendo um prédio de uso do Maquinário, era todo revestido por redoma.

Aquela visão costumava maravilhar Vanessa. Ainda mais agora, que estava subindo os degraus da escadaria, sentindo-se minúscula perante a grandiosidade da construção magnífica.

Ela e Gus cruzaram a porta principal e foram cumprimentados pelos robôs da segurança.

O coração de Nenê quase parou por um instante. Ela respirou profundamente assimilando a visão que chegava aos seus olhos.

Parecia um palácio recheado por livros!

Eram livros e mais livros, de verdade, de papel, em estantes incontáveis.

Sem perceber, ela sorria feito criança. Esqueceu-se de que estava com Gus e correu pelos corredores, admirando cada estante, cada pedacinho daquele lugar.

Eram livros escritos há séculos, milênios, pelos *Antigos*.

Ela não poderia precisar o tempo em que caminhou pelos corredores admirando aqueles tesouros. Foram instantes infindáveis, que lhe trouxeram uma paz nunca antes sentida.

Até que esbarrou com Gus pelo caminho e voltou à realidade:

– Muito obrigada por me trazer aqui.

O rapaz estava rindo.

– Eu disse algo engraçado?

– Não – ele respondeu ainda sorrindo –, mas você precisava ter visto a sua cara enquanto percorria os corredores.

Encabulada, ela disse:

– Que vergonha! Você deve estar pensando que eu sou uma idiota...

– É claro que não. Eu entendo. Compartilhamos a mesma paixão, lembra?

Então, os dois sentaram-se a uma mesa próxima, na qual Gus havia depositado alguns livros que levaria para o trabalho.

– Você vem sempre aqui? – Vanessa quis saber.

– Toda semana. Estou trabalhando em uma tese que fala sobre o Assentimentalismo.

– O que é isso?

– Uma palavra nova, que criamos lá na Central de História para mostrar a diferença de uma vida com sentimentos (que os Antigos levavam) e a nossa, na qual o Maquinário não nos estimula a sentir.

– Mas os sentimentos realmente não existem mais? Às vezes, parece que sinto algo...

– É exatamente nisso que estou trabalhando. O Maquinário prega uma vida perfeita e prática; uma fase em que a humanidade vive o período do "Assentimentalismo". Porém, quero provar que certas coisas simplesmente não podem ser apagadas.

– Acho que temos mais em comum do que imaginamos – confessou Nenê.

– Esses livros ao nosso redor não são apenas relatos históricos de como nossos antepassados viveram, mas são parte da cultura que os envolvia e impulsionava. Temos aqui contos, romances, poemas. Tudo arquivado, como prova de que há coisas contra as quais o Maquinário não pode lutar. É a voz do povo, do passado, do mundo, silenciada em palavras impressas ao longo de séculos.

As palavras têm vida e acredito plenamente que elas nos ajudarão a trazer de volta a *nossa vida*, na qual os sentimentos são livres, já que, na verdade, nunca deixaram de existir.

Sentindo-se leve e renovada, Vanessa chegou em casa decidida a não mais esconder os sentimentos – pelo menos não de si mesma. Precisaria apenas aprender a compreendê-los, já que fora treinada para o contrário.

A visita à Biblioteca Proibida na companhia de Gus havia sido inesquecível e se somara a tantos outros eventos recentes que estavam fazendo Vanessa descobrir mais sobre si mesma e sobre os sentimentos que habitavam seu interior de forma silenciosa.

Assim que entrou na sala, com um sorriso bobo na face, encontrou Junior sentado, admirando uma tela que se desprendia de Adrielle:

– Veja – ele falou, sem piscar –, eu achei que fosse mentira, mas eles realmente existiram.

– Eles quem? – quis saber Nenê.

– Cavalos-marinhos!

Vanessa aproximou-se e viu o simpático animal, extinto há *sabe-se-lá-quanto-tempo*, na tela que Junior fitava paralisado.

– Era uma época em que ainda havia água em abundância. Ela não era poluída e racionalizada como a nossa. Os cavalos-marinhos podiam nadar livremente pelos oceanos. Sabe, Nenê, eu sempre sonhei em ver um cavalo, imagine um cavalo-marinho!

Vanessa não sabia o que dizer ao irmão. Ele iria adorar a biblioteca que ela visitara com Gus.

A paixão que Junior sentia pela natureza, pelos animais, pelo mundo dos Antigos, era tão forte que só poderia ser respondida com o silêncio.

–Você é muito especial. E, um dia, vai poder ver coisas lindas, tenho certeza.

– O papai e a mamãe não tiveram tempo...

A irmã mais velha soube, ali, naquele instante, que, na verdade, Gus não precisava pesquisar para comprovar que o Assentimentalismo era apenas uma palavra sem sentido. Vanessa sabia que Junior tinha sentimentos, assim como toda a humanidade. Junior apenas era diferente dos demais, porque não aprendera a escondê-los. Deixava que os sentimentos transbordassem em seu ser.

Era lindo estar em sua presença e ouvi-lo falar com paixão das coisas que admirava e com as quais sonhava.

Naquele instante, Lucy apareceu deslizando pela sala.

Ela não cumprimentou a dona com o entusiasmo de sempre. Estava chateada desde a briga que tiveram.

Até Lucy tem sentimentos, Nenê pensou. *Como era possível?*

–Você pode jogar hoje com os outros robôs – ela disse, liberando Lucy do castigo.

Feliz com a notícia, a robô deu um abraço apertado na dona e girou nas esteiras irritantes pela sala.

Violeta estava flutuando pelo cômodo, limpando-o e cantarolando.

Aquele era o som que mais irritava Lucy, mas ela tinha que se controlar e mostrar que merecia o voto de confiança de Nenê.

Violeta parecia saber disso, pois aumentou ainda mais o volume da voz quando Lucy se aproximou.

Cantarolando.

Cantarolando.

Cantarolando e limpando.

Lucy fuzilava, sem nada dizer.

Percebendo o que estava acontecendo, Junior pediu que Violeta trabalhasse em silêncio.

– Veja só quem fala! Você tem uma robô *rosa fluorescente*! – dizendo isso, Violeta caiu na gargalhada.

– É porque a Adrielle é uma menina! – falou Junior, chateado.

– Rosa fluorescente! Rosa fluorescente! – *Cantarolando e limpando.*

– Já chega! – pediu Marina, entrando na sala. – Vamos limpar a cozinha, Violeta. E se der mais um pio, vou trocá-la por outra robô de limpeza – então, virando-se para Vanessa, a empregada disse: – Por favor, nos desculpe. Violeta é uma boa robô, ela apenas anda nervosa por causa das brigas com Lucy.

Marina e Violeta deixaram o cômodo. Nenê virou-se para Junior e Lucy e disse:

– Estou muito orgulhosa de vocês dois!

– Orgulhosa? – questionou o garoto. – O que isso significa?

– Significa que sou muito sortuda por ter você como irmão.

De fato.

Após o nascimento de Nenê, os pais demoraram mais de uma década para ter um novo filho. Então, nasceram Dominique e, depois, Junior.

As coisas começaram a fazer sentido na mente de Vanessa. Tudo aquilo deveria significar que os pais deles também tinham sentimentos, queriam uma família, amavam sua família...

Pensando nisso, ela olhou bem dentro dos olhos negros de Junior e pensou que, se fosse falar aquela frase a alguém pela primeira vez, deveria ser a ele:

– Isso também significa... que eu *amo você*.

Estranhamente, Junior a abraçou e não questionou a frase, que estava fora de uso há séculos.

Ele parecia compreendê-la.

Com o passar do tempo, Vanessa e Gus continuaram a conversar semanalmente sobre os Antigos. Era muito bom ter alguém com quem compartilhar aquela paixão.

Bernardo permanecia distante, atendendo ao pedido de Nenê, mas não distante o suficiente. Às vezes, ele ia visitá-la com desculpas confusas, além das conversas pelo Comunicador. Johnny desculpava-se até hoje pelo cinema. Como membro do Maquinário, ele tivera que ficar no serviço até tarde naquele dia, em função do caos da cidade e do aparecimento de uma nova Mancha em uma área distante. Vanessa estava tão feliz por ter conhecido Gus que não brigara com o vizinho-mala, apesar de ainda não ter aceitado seu convite para sair novamente.

Junior e Nique seguiam com os estudos e com as partidas de pôquer e xadrez virtual, juntos do simpático trio de robôs.

Todas as noites, Junior pedia para Adrielle projetar imagens de cavalos (terrestres e marinhos), para que, assim, ele dormisse sorrindo.

Mais uma manhã laranja coroou a Cidade que Nunca Dorme e conduziu Nenê para o Centro Gestacional do Hospital dos Embriões.

Vitor, como sempre, já estava lá, sorrindo ao vê-la chegar.

Cada sorriso do rapaz fazia Vanessa pensar na mensagem na garrafa – reinvenção. E nas conversas com Gus – os sentimentos ainda existiam; mas, assim como os sonhos, não eram permitidos há anos.

Ela estava aprendendo a se *permitir.*

O tempo havia passado e trazido cada vez mais anomalias à pele de Peter, que continuava a crescer em sua Cama.

Aquele dia, Nenê o fitou, sentindo o mesmo orgulho que sentia por Junior. Era estranho poder *sentir* algo, mas parecia cada vez mais inevitável.

Estava chegando a hora. Faltava muito pouco para o nascimento de Peter.

Vanessa tinha muitas razões para estar apreensiva.

Ninguém podia saber que ela salvara aquele bebê da Descarga. O momento do nascimento seria extremamente delicado e difícil, dadas as circunstâncias. E, para aumentar seus temores, ela ainda não sabia o que faria com a criança após trazê-la ao mundo. Tinha poucas semanas para decidir.

Capítulo 13

O MENINO DO BARCO

NUMA SOCIEDADE MARCADA PELA desgraça, ela optara pela esperança. Num mundo tingido pelo sofrimento e pela eliminação dos diferentes, ela optara por dar a Peter a chance de ter um destino. Numa Terra agora sem sonhos, suspiros e sussurros, ela era diferente pela capacidade que tinha de amar e sonhar.

No dia em que abrira aquela garrafa, havia sido marcada. Não poderia ser indiferente a sua condição e a de sua gente.

Gente.

Era isso que eram. Apesar de não mais se diferenciarem dos robôs e das máquinas.

Contudo, antes de tomar qualquer atitude que pudesse influenciar e ajudar mais pessoas, Vanessa estava vivendo um momento difícil, no qual as mudanças interiores e o redescobrimento dos sentimentos a impulsionavam a amadurecer drasticamente. Ninguém lida bem com mudanças, sobretudo quando elas envolvem questões tão delicadas como fé, amor, esperança e os rumos da humanidade. Sem contar a transformação da maneira de pensar e de ver a vida pela qual passava.

Nada estava sendo fácil. *Mas ninguém nunca havia dito que seria.*

Enquanto balançava, com os pés soltos ao vento, aqueles pensamentos iam e vinham de encontro a tantos outros.

Foram interrompidos apenas quando o balanço ao lado foi preenchido.

Era um par de balanços. Um par de balanços para dois corações.

De mãos dadas, ela e o rapaz misterioso balançaram sem pressa, fitando o lago que preenchia suas visões e que não tinha fim.

Ao redor das águas, a paisagem era perfeita. Animais, plantas, folhas de outono soltas ao chão formavam um tapete vermelho e gracioso.

Nenê sabia que estavam distantes do Vale das Árvores Lamuriosas e tinha certeza de que voltaria a vê-lo. Porém, naquele momento, tudo o que desejava era sentir a paz ao lado daquele coração que a fazia sorrir.

Por horas e horas, como em uma contagem mágica do tempo, ela e o misterioso rapaz conversaram.

Assuntos diversos. Assuntos da vida. Da vida que tinham e da vida que teriam juntos; queriam encontrar-se.

– Quando eu assisto a filmes românticos dos Antigos, ou leio livros de amor, sempre penso em você. Em sua presença e na felicidade que ela me traz – Vanessa confessou, sentindo-se livre, enquanto fitava a face borrada do jovem misterioso.

– Fico feliz por saber isso. Muitas coisas me fazem lembrar o meu amor por você. Mas confesso que não gosto de assistir ou ler romances – o rapaz disse. – A nossa história de amor é tão forte e linda que faz qualquer outra parecer sem graça.

– Nós nos completamos – ela respondeu entre um sorriso.

– É exatamente isso. E é exatamente esse o propósito que Ele teve ao nos criar. Dois corações que se unem e se completam, pulsando sempre no mesmo ritmo. O que falta em mim transborda em você. Somos o encaixe perfeito.

Após um silêncio delicioso, o rapaz mudou o rumo da conversa:

– Eu estive com sua mãe um tempo atrás.

Vanessa quase caiu do balanço.

– Como assim?

– Eu a encontrei e desabafei sobre a esperança de unir nossas vidas – ele falou.

– Os mortos e os vivos podem se encontrar em sonhos?

– Não sei, isso vai além de nossa compreensão – sorrindo, ele continuou: – Não sei se foi real.

– E o que ela falou?

– Para prosseguirmos, perseverarmos. Tudo vai valer a pena e temos uma grande chance de ajudar na reinvenção do mundo.

Vanessa calou-se, pensativa. Não era a primeira vez que a palavra *reinvenção* aparecia estranhamente em sua vida.

Porém, antes que pudesse questionar, algo lindo surgiu no horizonte.

Sobre as águas límpidas do lago infinito, um barco vinha trilhando seu caminho.

Era simples, mas muito bonito. Era capaz de trazer uma paz incontestável. Apesar de pequeno, parecia ter espaço para levar a humanidade toda. Para novas águas, para um novo caminho, pelo horizonte sem fim...

Ao atracar na borda do lago, Vanessa e o rapaz viram que havia apenas um menino naquele barco. Ele desceu rapidamente, fitou o casal, sorrindo em direção a eles, e, então, começou a correr pela mata.

Nenê estava fascinada com o olhar daquela criança. Sem pensar, desceu do balanço e correu atrás dela.

O menino tinha a pele branca e cabelos loiros na altura dos ombros...

De repente, num piscar de olhos de Vanessa, o menino passou a ser moreno, com cabelos bem curtos e negros.

Ele olhou para trás sorrindo em direção à Nenê, enquanto continuava a correr.

Mais um suspiro se passou e a criança que ela perseguia pela mata agora era uma menina, de longos cabelos ruivos até a altura da cintura e sardas por toda a face.

Não.

Já deixara de ser. Era agora um menino gorducho. Em seguida, uma garotinha loira...

Sempre a sorrir. Sempre com os olhinhos a brilhar, independentemente da cor e do formato que assumissem.

Em determinado ponto da mata, a criança parou de correr. A alguns passos de distância, Vanessa observou enquanto ela, agora um garoto asiático, cavava a terra.

Ele estava tão determinado que Vanessa apenas fitou-o, sem nada compreender.

O garoto cavou, cavou e cavou.

Sempre a sorrir. Sempre com os olhinhos a brilhar.

Finalmente, pareceu ter encontrado o tesouro que procurava com tanta determinação.

Ele tirou um baú do interior da terra cavada, colocando-o aos pés de Nenê.

A moça sentiu uma ternura infinita por aquela criança e, em um gesto repentino, abaixou-se para abraçá-la. Contudo, antes que tivesse a chance do abraço, o menino sorriu amplamente e saiu correndo pela mata.

Dessa vez, corria tão rápido que logo desapareceu, impedindo Nenê de segui-lo. E ela entendeu que deveria ficar ali onde estava. A criança havia lhe deixado um baú de tesouros.

Ainda inebriada pelo doce olhar e pela harmoniosa graciosidade do riso daquela criança, Vanessa tentou abrir o baú.

Tentou de todas as formas possíveis, mas não havia jeito de abri-lo.

Sentiu-se frustrada por não conseguir ver o que a criança lhe dera. Parecia tão importante.

Sentada ao chão, enxugando o suor da testa, Vanessa sentiu que *ele* se aproximava. *Sua máquina gêmea.*

O rapaz sentou-se ao seu lado na terra batida, em frente ao baú.

Não era possível ver sua face, mas era possível sentir sua alegria.

Ele tomou as mãos de Vanessa e esperou que ela fizesse a primeira pergunta:

– Quem era aquela criança?

– Você se lembra da nossa conversa durante o primeiro sonho que sonhamos juntos?

Claro, ela se lembrava de cada detalhe. Cada momento ao lado do rapaz era mágico.

Feliz, ele prosseguiu:

– Eu disse a você que havíamos sido criados pelas mesmas mãos. Pelo mesmo Criador. Pelo mesmo Pai. Aquela criança era *Ele*.

Sem que Vanessa percebesse, sua boca estava aberta e seu coração acelerado:

– Não posso acreditar. Aquela criança era o Criador de tudo? Quero dizer, *tudo, tudo, tudo*? De mim, de você...

– E de nossos corações que batem no mesmo ritmo – ele completou.

– E como Ele consegue assumir diversas formas?

– Ele criou tudo o que existe. Ele pode ser o que quiser ser, e Ele escolheu ser uma criança. Não importa a aparência. As crianças carregam as virtudes que Ele nos empresta, e que perdemos ao longo dos anos. Elas são pequeninos exemplos na Terra do que Ele espera de nós.

Vanessa lembrou-se de Dominique e de Junior. Então, lembrou-se das diversas crianças que vira há pouco, que eram uma só.

Estava feliz pelo encontro com a criança especial, embora ainda se sentisse chateada por não ter conseguido abrir o baú.

– Na hora certa, conseguiremos – disse o rapaz.

Em seguida, eles deixaram o baú aos pés de uma árvore frondosa e souberam que, quando a hora chegasse, seriam guiados a encontrá-lo novamente e abri-lo.

Jamais perderiam o caminho até aquele baú de tesouros deixado na mata. Uma criança especial os guiaria até ali. Seus olhos seriam como faróis na tempestade, e Seu sorriso como uma estrela-guia na noite escura.

Vanessa teve vontade de olhar as estrelas e, assim, lembrar-se ainda mais do sorriso daquela criança.

Ela e o rapaz caminharam até uma clareira na mata.

Seus desejos foram atendidos e a noite recobriu-os como um manto, coroado por milhares de estrelas a brilhar.

– Cada uma dessas estrelas brilha pelo nosso encontro – o rapaz murmurou. – Elas sorriem feito criança por causa do amor que nos une. Não percamos as esperanças, meu bem, elas são o anúncio de que, um dia, nossas vidas se entrelaçarão além dos sonhos.

Vanessa ainda sorria quando anotou algo no bloco de notas.

Voltou a dormir.

Sempre a sorrir. Sempre com os olhinhos a brilhar.

"Um amor que seja doce. Que me faça sorrir e que, quando eu tiver de chorar, me ampare em seus ombros, enquanto enxuga minhas lágrimas.

Um amor que me leve ao cinema e que, mesmo não tendo os mesmos interesses que eu, saiba fingir para manter uma boa conversa. Um amor que me dê boa-noite, que me acompanhe pelos vales dos sonhos que sonharemos juntos..."

Vanessa repetia aquelas palavras a si mesma, enquanto pesquisava nas telas projetadas por Lucy. Já havia decorado cada passo da vida dos rapazes suspeitos, e seu coração parecia estar tomando um rumo diferente, querendo dizer-lhe algo.

Pena que ela havia sido treinada a não lhe dar ouvidos.

Mas agora as coisas estavam mudando.

Vanessa, a cada dia, permitia que mais sentimentos amadurecessem e ganhassem forma dentro dela. Com o tempo, tinha esperanças de captar as mensagens desesperadas de seu coração, que pulsava solitário, em busca de seu par.

Ele estava por aí. À solta. Talvez, buscando-a também.

Pouco antes de ir para o trabalho, Vanessa estava parada na sala observando Marina e Violeta trabalharem.

Elas eram uma boa dupla de limpeza e se davam muito bem.

Lucy resolvera dar uma trégua, em função do último castigo que recebera, e evitava ficar no mesmo cômodo que a outra robô.

Flummys e Adrielle não tinham nada contra Violeta, mas também não falavam muito com ela para não aborrecerem Lucy.

Violeta era realmente uma graça. Enquanto flutuava limpando a casa, parecia dançar, tamanha era sua suavidade.

Nenê não sabia explicar o motivo, mas sentia uma forte ligação com Marina e sua robô ajudante.

Chacoalhou a cabeça para espantar aqueles pensamentos.

Quanto mais tentava compreender-se, mais dúvidas surgiam.

Estava quase na hora de ir para o hospital, quando o Vigia anunciou que Bernardo se aproximava.

Nenê ficou curiosa com a repentina aparição do rapaz logo pela manhã e autorizou sua entrada.

Ofegante, ele disse, assim que a avistou:

– Está tudo bem?

– Sim – respondeu Nenê. – Você está me assustando. Aconteceu alguma coisa?

– Não sei, eu... Eu apenas vim verificar.

– Por quê?

– Simplesmente tive a ideia de vir até aqui.

– Você não deveria estar no Quartel de Segurança?

– Deveria – confessou Bernardo. – Vou chegar atrasado. Mas eu acho que, por algum motivo, precisava vir até aqui.

Vanessa lera muito sobre os sentimentos dos Antigos e, inclusive, discutira com Gus a respeito do que eles chamavam de intuição, de sexto sentido.

Estaria Bernardo passando por isso?

Um arrepio percorreu-lhe a espinha.

Ela e o rapaz não estavam mais oficialmente namorando. Porém, ela ainda não havia pedido ao Maquinário que cancelasse a união dos dois. Sabia que seria um procedimento longo e cansativo e que, no fim, o Maquinário poderia optar por casá-los de qualquer forma.

Além disso, ainda não conseguira identificar o que sentia pelo rapaz. Ao mesmo tempo em que não queria tê-lo como namorado, admirava muitas qualidades que ele possuía.

Era inegável, contudo, que possuíam uma forte ligação. Portanto, aquele poderia, sim, ser um caso de sexto sentido. Mas, se fosse, o que aconteceria a Nenê?

Distraindo-a, Bernardo voltou a falar:

– Onde estão seus irmãos?

– Estão se arrumando para os estudos – ela falou.

Sentindo-se constrangido pela visita aparentemente inútil, Bernardo resolveu seguir logo para o trabalho. Não poderia atrasar-se demais.

Confusa e inquieta, Nenê fez o mesmo.

No caminho para o hospital, não conseguia deixar de pensar em Bernardo.

Nem mesmo a perspectiva de ver Peter e Vitor tirou o nó de preocupação que havia se formado em seu peito.

As horas passavam sem pressa.

Junior estava entediado.

Os estudos haviam acabado, Dominique estava fofocando com os robôs e Vanessa ainda demoraria a chegar.

Tentou passar o tempo vendo imagens de cavalos, mas estava tão inquieto que tudo o que queria era uma boa partida de xadrez. Porém, ninguém concordou em jogar com ele.

Resmungando, saiu de casa, permanecendo na área ainda revestida pela redoma que a envolvia.

Pensou que os poucos pássaros vivos dentro do museu natural deviam sentir-se daquela forma, fitando tudo o que acontecia ao seu redor, sem poder ser parte daquele cenário. Por pior que fosse, ele era sinônimo de liberdade. As redomas faziam com que o garoto se sentisse em uma prisão.

Fitando a rua, viu algumas pessoas caminharem, sempre apressadas, com bombinhas respiratórias, máscaras, capacetes e vestes que cobriam cada pedacinho do corpo, para evitar as queimaduras solares.

Ele mesmo trajava uma veste assim.

Mais uma prisão, pensou chateado.

Distraído fitando o céu laranja, ele percebeu que algo caía e voava junto do vento.

Parecia ser uma pena!

Não poderia ser!

Se fosse uma pena de verdade, significaria que ainda havia algum pássaro livre! Mas como ele sobrevivia naquele céu?

Junior tinha que descobrir! Tinha que encontrar o passarinho!

O único problema era que a pena estava do lado de fora da redoma.

Decidido, ele ordenou ao Vigia que a abrisse. O Vigia sabia que deveria obedecer apenas às ordens de Nenê. Mas ela não estava em casa e o menino parecia desesperado.

Tomando uma decisão precipitada, o Vigia deixou o garoto sair.

A pena já havia se distanciado um pouco, mas Junior ainda podia vê-la deslizando no ar ao redor da redoma de sua casa.

Ele não usava seu capacete respiratório, porém pensou que logo voltaria para dentro da redoma e que não haveria problemas.

Livre, feito um pássaro, deslizou em busca da pena.

Tinha que alcançá-la. Ela representava, talvez, a última gotinha de esperança para os pássaros! Ele achava o céu tão sem graça sem asas a colori-lo.

Quando percebeu, já havia se afastado muito de casa.

E, o pior de tudo, seu sacrifício fora em vão. Para sua tristeza, aquilo não era uma pena.

Alcançando-a, pôde perceber que se tratava de alguma poeira, de sujidade do ar. Ele havia deixado que as esperanças o enganassem.

Entristecido, virou-se para voltar para casa.

Ah, se tivesse tido tempo de reagir! De correr. De gritar. De lutar.

Ele não sentiu dor. Mal teve tempo de sentir medo.

Pensou apenas na pena que poderia encontrar um dia, se tivesse a chance.

Então, tudo ficou escuro e o mundo silenciou.

A Mancha o envolveu em um abraço quente e pavoroso, encobrindo toda sua visão e calando cada um de seus movimentos.

Capítulo 14

Sempre a sorrir, sempre com os olhinhos a brilhar

– SEUS OLHINHOS ME FAZEM lembrar uma criança que eu conheci em um sonho. Ah, meu menino. Se você pudesse abri-los uma última vez! – Vanessa dizia entre lágrimas.

Tinha sido difícil contê-las quando havia outras pessoas no quarto.

Agora, sozinha com Junior, poderia ser quem seu coração quisesse que fosse.

– Por favor, pequenino. Por favor, eu te imploro. Abra seus olhinhos. Deixe-me vê-los uma vez mais!

Vanessa nunca havia chorado daquela forma.

Enquanto as lágrimas escorriam por sua face, seu corpo todo estremecia em resposta ao pânico e à dor que a dilacerava por dentro, de uma forma nova e cruel.

Estava descobrindo ainda o que era uma família, o que era o amor. Junior era tudo isso para ela.

Não poderia perdê-lo.

– POR FAVOR! – ela berrou, debruçando-se sobre o corpo imóvel de Junior e sacudindo-o. – VOLTE! Volte para mim, meu menino, volte!

Após minutos de desespero, em que nada mais parecia fazer sentido, Nenê enxugou as lágrimas e fitou o irmão.

Ele era lindo. Lindo e especial.

Se seus olhinhos estivessem abertos, de certo fariam com que ela se lembrasse de outros olhinhos, que também estavam *sempre a brilhar.*

Olhinhos responsáveis por criar cada um dos outros pares de olhos que existiam no mundo e que se abriam todos os dias para a vida.

Junior tinha que ter uma última chance!

Ela passou as mãos pelas mãozinhas do irmão, pelo peito magro, que abrigava um coração enorme, pelas perninhas, pelo rostinho...

A boca cerrada ainda permanecia no formato do sorriso de sempre.

Sempre a sorrir. Sempre com os olhinhos a brilhar.

Há algumas horas estava no Centro Gestacional, após mais um dia de serviço, em que trouxera muitas crianças ao mundo, na esperança de que, em alguns dias, seria a vez de Peter. Entretanto, diferentemente dos demais dias, nos quais rumava para casa satisfeita, havia sido informada de que seu irmão caçula estava internado no prédio ao lado. Em coma.

Seus sinais vitais eram quase inexistentes. Uma Mancha havia passado por ele e sugado sua vida.

Seu corpo havia sido encontrado largado na rua, após ser sugado pela Mancha e devolvido à terra com apenas uma pequena centelha de vida.

Aquilo já era uma vitória.

Havia relatos distantes e extremamente raros de pessoas que não morriam imediatamente quando eram sugadas por uma

Mancha. Poucas ficavam em coma por alguns dias antes de morrer. E, segundo Nenê ouvira falar, uma única pessoa havia sobrevivido para contar.

Junior poderia ser o segundo caso de sobrevivência no mundo?

Os médicos disseram que não. Haviam sido unânimes em afirmar que os dias do garoto estavam contados e que ele jamais tornaria a abrir os olhos.

Mas Vanessa precisava tanto vê-los novamente!

Uma vida era apenas uma vida. Uma morte era apenas uma morte.

Esmurrou a parede, pensando no lema do Maquinário.

Para ela, a vida de Junior valia muito. Valia mais que a sua própria.

Sem perceber, acabara de libertar os sentimentos mais profundos que possuía.

Se possível, seria capaz de trocar de lugar com o irmão, de dar sua vida pela dele.

– Se você voltar, pequenino, eu prometo que o levo para ver um cavalo. E, mesmo que não exista nenhum no mundo, eu invento, eu crio. Eu sou capaz de fazer um cavalo para você. Apenas volte para mim, para casa, para a vida. Por favor – as lágrimas voltaram a cair e a banhar-lhe a face.

Por muito tempo, ela entrelaçou as mãos às do irmão e chorou sobre seu corpo.

Chorou por todas as vezes em que se calou na vida. Por todas as vezes que algum sentimento a invadiu, mas que foi obrigada a escondê-lo, cavando cada vez mais fundo.

Olhou para o relógio. Em poucos instantes, Vitor chegaria com Dominique.

O amigo estava do lado de Nenê no trabalho quando ela recebeu a notícia sobre Junior, e prontificara-se a ver como Nique estava e trazê-la para visitar o irmão. *Uma última vez*.

– Não! Não pode ser. Não é o fim!

Ela esmurrou a parede novamente e seus dedos doeram, mas aquilo não era nada. A dor que a consumia cruelmente era pelo irmão, imóvel na cama do hospital, e pelos sentimentos que, pela primeira vez, criavam raiz em seu peito.

A raiz crescendo dentro de Vanessa doía feito a morte.

Ela não seria capaz de suportar aquela dor.

Não seria capaz de fingir que estava tudo bem e que *uma morte era apenas uma morte*.

Mas sabia que também não poderia deixar que seus sentimentos fossem descobertos. Poderia ser considerada louca e aprisionada. Já ouvira falar de casos assim.

Então, antes que Vitor e Dominique chegassem, precisava sair dali e esfriar a cabeça.

Ainda chorando, virou-se para Junior, na esperança de que, de algum modo, ele pudesse ouvi-la e disse:

– Meu menino, eu vou me ausentar por apenas uma hora. Eu prometo. Não vou deixá-lo. Eu tenho certeza de que não é o fim. Mas preciso ir. Por nós dois. Preciso fazer algo que deveria ter feito há muito tempo.

Ela enxugou as últimas lágrimas, deu um beijo na testa do irmão e saiu do quarto.

A enxurrada de lágrimas era, na verdade, uma incontrolável enxurrada de sentimentos que havia finalmente encontrado a porta aberta.

Vanessa finalmente libertara-se e estava sendo sincera consigo, com o irmão e com a vida.

O mundo todo precisava disso, de *reinvenção*.

Continuando em busca dessa própria reinvenção, Nenê entrou na área preservada da Cidade que Nunca Dorme.

Era um paraíso arquitetônico.

Em meio a outros prédios antigos e magníficos, havia ali uma única catedral. A única em uma gama imensa de cidades. E, apesar disso, estava sempre vazia.

Ninguém compreendia ao certo seu significado, nem o motivo de aquele prédio ainda não ter sido derrubado.

Ela ficava longe, em uma área distante, já no limite da Cidade que Nunca Dorme, e, imponente, tinha suas torres apontando para o céu laranja.

A verdade era que, para a compreensão de Nenê, nada do mundo atual fazia sentido. Nenhuma atitude do Maquinário, assim como a aceitação do povo, jamais fizera sentido.

Tinha a sensação de que a preservação daquela catedral não era decisão consciente dos membros do Maquinário, mas sim fruto de uma certa criança peralta, que sabia do que todos precisavam e tinha fé que, um dia, tomariam o barco certo e encontrariam o caminho de volta para casa.

Aquela criança era especial e vivia em cada cantinho daquela cidade catastrófica. Mas, certamente, encontrava repouso dentro das paredes daquela catedral.

Sempre a sorrir. Sempre com os olhinhos a brilhar.

Era impossível não sorrir ao lembrar-se daqueles olhinhos. Eles faziam Nenê acreditar no impossível. Eles pareciam acompanhá-la. *Sempre.*

Certamente a acompanhavam agora que ela subia a escadaria da catedral, chegando ao local em que sua alma queria reinventar-se.

Respostas. Explicações. Finalmente.

Nunca havia pensado sobre *almas.*

Fora criada para dar o melhor de si na vida, ciente de que a morte era o fim.

Mas já não acreditava nisso.

Acreditava nos olhinhos mágicos que conhecera em um sonho especial.

Para Ele, o dono daqueles olhinhos, nada jamais teria fim. Tudo era eterno.

Revestida por uma esperança que até então desconhecia, ela terminou de subir a escadaria de entrada da imensa catedral, pensando em Junior a cada novo passo.

Se a eternidade era real, ela estaria a esperá-lo para sempre.

Bobagem! Ainda não era o fim, afinal, Junior era um guerreiro. Ele lutaria pela vida.

Vanessa cruzou as pesadas portas da construção e entrou na catedral pela primeira vez.

Com os próprios olhos brilhando a fitar cada pedacinho daquele legado da humanidade, ela pensou em quantos milhares de pessoas haviam ido até lá ao longo dos séculos. Sempre em busca de conforto, alento para seus corações, cura para suas dores. Ela era mais uma.

Mas, diferentemente do que havia escutado por toda sua vida, ela fazia a diferença por ser *mais uma.*

Uma vida não era apenas uma vida.

O prédio imenso estava completamente vazio. Seus passos ecoavam pelo corredor à medida que avançava para dentro do amplo local.

Após muitos passos, chegou ao altar.

Ninguém nunca lhe ensinara como agir em uma situação dessas, mas ela parecia saber de alguma forma.

Ajoelhou-se.

Cerrou os olhos e deixou que tudo saísse...

"Eu ouvi falar de Você. Ainda não fomos apresentados formalmente, mas sei que Você me conhece. Eu O segui em meu último sonho. Venho até a Sua morada hoje para pedir-Lhe que ajude meu irmão a se recuperar. Ele é muito importante para mim. Ele é minha família, meu menino, meu amor. Eu perdi tantos anos camuflando meus sentimentos, mas a verdade é que eu o amei desde o momento em que ele foi gerado. Eu não sei viver sem ele. *Por favor.* Ilumine cada célula do corpo dele que precisa se recuperar. Ilumine sua alma a encontrar o caminho de volta para casa. Eu imploro. Prometo cuidar dele e demonstrar o meu amor a cada dia. Que esse amor, que é fonte de minha própria reinvenção, seja também a fonte de renovação da vida dele.

Permita-me ver aqueles olhinhos abertos mais uma vez.

Eu preciso disso para prosseguir. *Eu amo o Junior demais.*

Que a centelha de vida que ainda habita seu peito expanda-se e o traga de volta. Desperte-o.

Por favor, traga o meu menino de volta para casa."

As lágrimas que vertiam de seus olhos eram tão pesadas que pareciam carregar o mundo. Todo sofrimento, toda dor que pudesse existir.

– Eu entendi – ela disse em um sussurro – que a dor é uma prova de que estou viva.

Sempre a sorrir. Sempre com os olhinhos a brilhar.

Respirando profundamente, levantou-se.

Ao virar-se para voltar pelo imenso corredor da catedral, assustou-se ao perceber que não estava sozinha.

Um rapaz moreno, de pele suave e olhos negros pequeninos a fitava.

– Você está aqui há muito tempo? – ela perguntou sem saber se deveria sentir-se envergonhada ou irritada com sua presença.

Ele afirmou com a cabeça, e disse:

– Desculpe. Desde que comecei a trabalhar aqui nunca havia visto alguém fazer o que você fez. As poucas pessoas que visitam este lugar são apenas curiosos e historiadores.

Vanessa decidiu optar pela vergonha. Mesmo assim, havia achado interessante algo que o rapaz dissera:

– Você trabalha aqui?

– Sim – o moço desconhecido disse –, eu limpo a escadaria da catedral. Prazer, pode me chamar de CJ, sou da classe P.

– Vanessa – ela disse, apresentando-se –, classe R.

Sentindo ainda muita vergonha, Nenê sabia que precisava voltar para o hospital. O caminho era longo e ela tinha de estar de volta no prazo que prometera a Junior.

Acenou com a cabeça, despedindo-se de CJ.

Quando estava no final do corredor, que a conduziria para fora da catedral, a voz do rapaz responsável por limpar a escadaria ecoou, chegando até seus ouvidos como um sopro de renovação e mistério:

– Espero que seu irmão fique bem.

Vanessa virou-se e o fitou sem saber o que dizer.

Enxugou uma última lágrima e foi ao encontro de Junior.

Capítulo 15

De volta ao Vale das Árvores Lamuriosas

VITOR A FITOU ASSIM que ela entrou no quarto de Junior:

– Onde você esteve? Cheguei aqui com a Dominique há quase uma hora.

– Desculpe, eu tive que resolver um assunto.

Vitor a encarou com força, penetrando seu olhar como se pudesse ler sua mente.

Ele sabia que Vanessa estava estranha há algum tempo. Não iria pressioná-la, daria a ela o tempo e o espaço necessários, mas queria deixar claro que estava disposto a ajudá-la caso precisasse:

– Eu não sei o que está acontecendo com você, Nenê, mas sinto que algo mudou. Você pode confiar em mim.

– Obrigada – ela limitou-se a dizer, lembrando-se da teoria do "Assentimentalismo". Era tudo mentira mesmo. Gus teria muito sucesso em sua tese, quando expusesse que todos os seres humanos ainda guardam sentimentos dentro de si, independentemente das tentativas absurdas do Maquinário de treiná-los para o oposto.

Chamando-a a um canto, eles deixaram Dominique sozinha com Junior (ela conversava com o irmão como se ele estivesse acordado). Vitor parecia ter algo mais a dizer:

– Eu não quero assustá-la – começou. – Não sei se é esta a fonte de suas mudanças. Creio que não, pois você tem agido de forma estranha há mais tempo...

– Do que você está falando? – ela perguntou assustada.

– Eu sei do seu segredo –Vitor falou.

– Qual segredo?

– Sobre a criança deficiente que você mantém em uma Cama no Centro Gestacional.

Vanessa ficou paralisada fitando-o. Sem que percebesse, seu corpo todo tremia.

Se Vitor a denunciasse, ela não poderia mais exercer a profissão e, provavelmente, estaria dando mais do que um motivo para que o Maquinário a prendesse.

Percebendo o nervosismo da amiga, ele continuou:

– Não se preocupe, eu não contarei a ninguém. *Você pode confiar em mim* – repetiu.

Vanessa entregou-se aos braços do rapaz, sentindo-se confortável naquele abraço quente. Conteve as lágrimas e segurou a emoção, mas a verdade é que Vitor estava no topo da lista das pessoas de que ela mais gostava.

Tentando mudar o rumo da conversa, ele a fitou e disse:

– Quando cheguei para buscar Dominique na sua casa, o Vigia estava desesperado, repetindo que havia sido culpa dele.

– Não acho que tenha sido – disse Vanessa em um suspiro pesaroso. – Mais tarde direi isso a ele.

Vitor a olhou com admiração e, então, saiu do quarto, deixando as irmãs a sós com Junior.

Ele continuava imóvel na cama, como se dormisse um sono tranquilo. Nenê queria acreditar que ele estava sonhando. O sorriso em sua face não havia diminuído.

O choro era alto e estridente, fazendo com que todos os pelos de seu corpo se eriçassem e seu cérebro tivesse vontade de irromper em milhares de caquinhos, fundindo-se à estranheza daquele cenário.

Vanessa olhou assustada ao redor.

Já vivera aquilo, em outro sonho.

A imagem, a dor, a agonia, tudo se repetia. O som parecia perfurar seu ser e estilhaçá-lo. *Novamente.*

Dessa vez, porém, estava sozinha, acompanhada apenas pelo choro sem fim.

Conhecia o caminho para encontrar a fonte de tamanha lamúria e sofrimento, embora a caminhada fosse ser solitária sem a companhia do rapaz misterioso.

Após muito andar, percorrendo aquelas lindas trilhas conhecidas, estava de volta ao Vale das Árvores Lamuriosas.

Incontáveis árvores choravam em desespero, agitando seus galhos e bagunçando as próprias folhas. As lágrimas grossas e carregadas de dor caíam de encontro ao solo e formavam um riacho, que deslizava transbordando sofrimento.

O choro estridente e profundo, bem como os gritos de agonia e desespero atingiram o peito de Nenê em cheio, feito flecha.

Tudo era exatamente como da primeira vez.

Ela se lembrou de Junior, deitado em uma cama de hospital, sem perspectivas de vida, apenas de morte. Sem poder mover-se; sem poder abrir os olhinhos.

E foi assim que a dor das plantas contaminou-a, mesclando-se à dor que ela havia descoberto dentro de si.

Vanessa sentou-se aos pés de uma das árvores que chorava e gritava, abraçou os próprios joelhos e ficou ali também a chorar. Uma rede convidativa de tristeza a havia envolvido e parecia prendê-la a cada instante mais, quando novas lágrimas caíam e se fundiam ao rio de choro.

Muito tempo se passou. Seu pranto parecia não ter fim.

Ela era agora apenas mais uma figura a chorar e a gritar de dor e tristeza naquele vale sombrio.

Junto das árvores lamuriosas, Nenê chorou pela própria existência e pela falta que sentia de Junior.

O tempo passou e *nada mudava* naquele cenário.

Ele era tingido de lágrimas e revestido por amarguras. *Nada mudava.*

Vanessa e as árvores não cansavam de chorar e gritar. *Nada mudava.*

O tempo deslizou sem parar. *Nada mudava.*

Choro. Lamúria. Tristeza.

Choro. Lamúria. Tristeza.

Choro. Lamúria. Tristeza.

Choro. Lamúria. Tristeza.

Até que, sem aviso, um pontinho vermelho surgiu ao longe e começou a caminhar pelas reentrâncias do vale.

Ainda a chorar, Vanessa fixou seu olhar naquele pontinho.

As árvores lamuriosas fizeram o mesmo. Continuavam em seu manto de desespero, mas se viraram para contemplar a figura desconhecida que adentrava o vale.

O local era imenso e o número de árvores ao redor do rio de lágrimas era incalculável. Depois de muito tempo caminhando por aquela imensidão, o pontinho vermelho começou a aproximar-se de onde Nenê estava a chorar.

Para sua surpresa e comoção, quando o pontinho vermelho se tornou nítido aos seus olhos, ela constatou que se tratava de uma menina, pequena e ruiva, com sardinhas na ponta do nariz.

Maravilhada com aquela criança tão angelical, Vanessa pôde reconhecer de imediato o sorriso, os olhinhos e as mãos.

Sempre a sorrir. Sempre com os olhinhos a brilhar.

As mãos que haviam criado tudo.

Ainda deixando o desespero revesti-la, Nenê disse entre um soluço:

– Eu não consigo. Não consigo suportar minhas provas. Sou fraca. Você confiou demais em mim e nas minhas forças, mas eu falhei.

Ainda sorrindo, a linda menina ruiva esticou a mão direita no ar e girou em torno de si mesma, mostrando que sua mão contemplava cada uma das árvores, cada cantinho do vale.

Assim, após um tempo infinito de sofrimento, o Vale das Árvores Lamuriosas calou-se diante da força que emanava da palma daquela mão pequenina e delicada.

A criança teve o poder de interromper o sofrimento das árvores. Era como se aquela mãozinha pequena e frágil da menina tivesse tirado a dor de cada peito, inclusive do de Vanessa. Todo o pranto, desesperado e intenso, havia se calado.

Fez-se o silêncio.

Para tornar o cenário ainda mais lindo, a menina apontou para o céu e fez uma chuva começar.

Diferentemente da primeira vez em que Nenê estivera no vale, não era uma chuva de flores podres.

Desta vez, era uma maravilhosa chuva de flores. Lindas, coloridas, perfumadas, vivas.

Milhares de plantinhas perfeitas e delicadas caíam sobre toda a extensão do vale, recobrindo-o de cor e alegria. As árvores, antes lamuriosas, espantaram-se com tamanha suavidade e tiveram suas dores amenizadas.

Vanessa contemplou aquela chuva de flores com um encantamento que revestiu seu peito de esperança.

Ela confiava *naquela criança.*

Girando feliz sobre o solo, sentindo as flores que se desprendiam do céu, a linda garotinha ruiva sorria. Parecia feliz e peralta com o silêncio, quebrado apenas pelas flores que caíam do céu feito enxurrada.

Virando-se para Vanessa, que ainda abraçava os próprios joelhos, disse:

– O que a faz feliz? *Eu* gosto de pintar. *Sou uma pintora.* Eu pinto telas. Tudo ao nosso redor fui eu que pintei. *Eu pintei o mundo todo.*

Achando graça no que ela dizia, Vanessa continuou a observá-la em silêncio. Então, a menina estendeu sua pequena e delicada mão para a moça.

Nenê a aceitou e, com a ajuda da pequenina, levantou-se.

Com a maior ternura que se possa imaginar, a ruivinha olhou dentro dos seus olhos e disse:

– A qualquer hora que você quiser conversar, *eu* escuto. Em qualquer tombo que você levar, *conte comigo* para levantar-se. *Confie em mim*, por favor.

Reconfortada com aquelas palavras e sentindo-se feliz em meio à maravilhosa chuva de flores e às arvores que não mais choravam, Vanessa notou que o rio de lágrimas estava secando, sendo levado pela enxurrada de flores e, no seu lugar, um tapete colorido se formava.

Ela olhou para a garotinha, segurou sua mão com força e disse:

–Você realmente pode tudo.

Aos poucos, foi sentindo uma moleza.

Continuava mergulhada no vale, agora revestido por cores e banhado em alegrias. Vislumbrou uma vez mais as árvores reconfortadas em meio às flores. Aquele lugar parecia mágico. Era *divino*. Então, olhou uma vez mais para a face da pequenina menina ruiva.

Sempre a sorrir. Sempre com os olhinhos a brilhar.

Foi sugada de volta para a realidade.

Quando se deu conta, estava em seu quarto, e o Vigia, que também já se acalmara, anunciava que havia acabado de chegar uma encomenda para Nenê.

– Eu não encomendei nada – ela disse, levantando-se bruscamente da cama.

Olhou pela janela, já era manhã.

Dormira apenas poucas horas, pois não queria deixar Junior sozinho no hospital.

Marina concordara em ficar com ele, para que Vanessa e Dominique pudessem descansar um pouco.

Ainda movendo os músculos com vagar, após ser bruscamente acordada, ela lembrou-se de um lindo vale florido e de uma menina ruiva, que parecia uma pequena rainha.

Estranhamente, o medo e a dor haviam abandonado seu peito e ela passara a pensar em Junior com esperança.

Caminhou até a porta da casa, no mesmo instante em que Lucy aceitava a encomenda trazida por outro robô.

Achando aquilo tudo muito estranho, Vanessa abriu o embrulho.

Era um quadro antigo, datado de 2365 séculos atrás.

Uma pintura original, feita pelos Antigos. Era um verdadeiro tesouro. Nela havia o mar, como ele era naquela época: azul. Montanhas o circundavam e pássaros o sobrevoavam. Tudo era *diferente*.

Com o quadro, Vanessa encontrou o nome do remetente.

Era um presente de Gus, em nome da paixão que compartilhavam pelos Antigos.

Em uma de suas pesquisas, ele havia localizado aquela pintura e guardado-a consigo, mas acreditava que a beleza da tela estava justamente em compartilhá-la. Ele não deveria guardá-la para sempre, mas passá-la adiante.

Radiante com o presente, Nenê pendurou a tela na parede da sala.

Nesse instante, em que a contemplava admirada com sua perfeição, lembrou-se de outra parte do seu sonho, quando uma linda ruivinha lhe dizia que era pintora.

Vanessa sabia que aquela criança era uma grande artista. Suas telas eram sempre perfeitas. Ela, de fato, havia pintado tudo. *Absolutamente tudo.*

O presente de Gus não poderia ter vindo em melhor hora.

Nenê encontrou a irmã no quarto de Junior, rodeada por Flummys, Adrielle e Lucy.

Dominique estava observando a Caixinha Mágica do irmão.

Tratava-se de um brinquedo que simulava a natureza dos Antigos. Ela era pequena, mas fazia chover, ventar, flores desabrocharem, fazia o que você pedisse, desde que tivesse sido real um dia.

Junior era fascinado por aquela caixinha.

Pensando nele e em seu sorriso ao contemplar a natureza antiga, Nique também sorria. Vanessa ficou maravilhada com aquela cena e caminhou até a irmã, abraçando-a com força e desejando nunca a perder.

Era hora de irem para o hospital.

As irmãs se arrumaram, despediram-se dos robôs e partiram rapidamente para ter notícias de Junior.

Ele continuava ali, imóvel na cama hospitalar, com um sorriso na face.

Dominique sentou-se de um lado da cama e Vanessa do outro.

Naquele instante, Nique começou a cantar uma canção antiga, que a mãe costumava cantar, há muitos anos. Vanessa não sabia como era possível que ela se lembrasse daquilo, pois era muito pequena naquela época, mas teve ainda mais certeza do quão especial e diferente a mãe havia sido.

A irmã mais velha alisava a face de Junior, enquanto lembrava-se do sonho e da mão que fora capaz de fazer todos os males irem embora e o rio de lágrimas secar.

Cada pequeno traço da face de Junior era perfeito. Cada traço havia sido desenhado pela garotinha daquele sonho.

Em silêncio, Vanessa dialogou com *ela* e, após alguns instantes, sentiu uma pequena mão invisível pousar em seu ombro.

Naquele momento, Junior abriu os olhos.

Capítulo 16

O dia em que ela descobriu a saudade

NENÊ SERIA CAPAZ DE jurar que, no instante em que os olhos de Junior se abriram, ela ouviu o som do riso de uma garotinha peralta. A mesma que lhe estendeu as mãozinhas e amparou seus ombros quando ela mais precisou, bem como fez de seu pesadelo, um sonho banhado por uma chuva de flores, transformando todo um vale de lamúrias em um paraíso de cores.

Sempre a sorrir. Sempre com os olhinhos a brilhar.

Sorrindo também, ela se debruçou sobre o irmão na cama do hospital e deu-lhe um turbilhão de beijos.

– Meu menino, meu menino, você voltou! Obrigada, obrigada!

O sorriso mais lindo que se pode imaginar estampava a face de Junior quando ele disse:

– Nenê.

Ela o abraçou com força, implorando para que ele nunca mais a assustasse e ferisse daquela forma.

Sem saber, ele havia sido responsável por uma mudança e um redescobrimento tão grandes em seu interior que ela o admirava mais a cada instante:

– Eu aprendi tanto com você, Junior. Tanto. *Sempre.*

Com a carinha feliz, ele se virou para Dominique, que estava radiante do outro lado da cama, e falou:

– Nique.

Ainda muito fraco, Junior não conseguia falar muito, mas sua luta pela vida expressava tudo.

Seu sorriso.

Seus olhinhos.

Todas as crianças eram como um retrato *daquela pintora* dos sonhos de Vanessa.

Junior, Dominique, Peter. Ela via o Criador em cada um deles.

Com o peito quase explodindo de tanto amor, envolveu Junior e Dominique em seus braços e os apertou, fazendo com que chegassem ainda mais perto do seu coração.

Junior ficou mais algumas horas no hospital e, em seguida, pôde ir para casa.

Os robôs o receberam com telas virtuais de comemoração e o abraçaram com seus bracinhos mecânicos.

Lucy dava voltinhas nas esteiras, enquanto Flummys pulava, e Adrielle, a robô pessoal do garoto, gritava de alegria. Ela projetou uma imagem com milhares de cavalos a galopar em uma praia.

Junior sorriu com a recepção calorosa de todos e animou-se com a tela projetada por sua querida robô, que conhecia bem os seus gostos e sonhos.

Marina e Violeta, como os demais, o receberam com grande entusiasmo. E Lucy nem se queixou quando a robô empregada quis dar um abraço no menino. *Mas só um.*

Assim que entrou na sala de sua casa, os olhinhos de Junior foram atraídos por algo maravilhoso.

O quadro que Nenê havia ganhado de Gus.

– O que é isso? – ele indagou, extasiado.

– É uma tela, feita pelos Antigos. Ganhei de um amigo que é historiador e estuda o passado.

– Puxa, que legal! Eu também quero essa profissão. Você acha que é possível que o Maquinário permita?

– Acho que sim – falou Nenê –, acho que você pode tudo o que quiser.

Ele sorriu e deslizou os dedinhos sobre a imagem do mar.

– Imagine quantos cavalos-marinhos havia no oceano...

Junior parecia estar em outra dimensão. Quando falava da natureza, Nenê pensava que ele talvez não estivesse realmente ali. Era possível que Junior, quando deixava seu amor transbordar, estivesse mergulhado no próprio reino interior que o amor criara em seu peito. Ou então, quem sabe, ele estivesse ali mesmo, transformando qualquer canto do mundo em um pedacinho do céu. *Céu azul.*

Ele havia transformado, sem querer, muitas vidas. Vanessa demorara a perceber isso, mas jamais voltaria a camuflar os próprios sentimentos.

Olhou para a tela que Gus havia enviado. Ah, se o Maquinário soubesse dos laços que ela estava criando, tanto com a própria família, como com outras pessoas, que chamava de *amigos.* Ela não só seria presa, como seria condenada à execução.

Afinal, uma vida era apenas uma vida. E a dela era uma vida que se opunha aos princípios da classe E, e que, portanto, não era necessária ao mundo.

Ela tinha consciência disso. Tomaria muito cuidado, até que pudesse compreender a razão por ter descoberto o grande segredo da humanidade: todos, sem exceção, ainda eram capazes de sentir. E, provavelmente, de sonhar.

A tela enviada por Gus era maravilhosa e, ao fitar o mar azul que ela retratava, Nenê percebeu que aquele era o segundo objeto pertencente aos Antigos que viera parar em suas mãos.

A garrafa. *A mensagem na garrafa.*

Alguém que vivera séculos atrás fizera com que uma fase de mudanças se iniciasse dentro de Vanessa. Ela queria, um dia, fazer isso por alguém. Fazer isso pelo mundo.

Foi distraída por um bocejo do irmão.

Cansado, Junior quis deitar-se em sua cama flutuante, ao som de uma fina garoa vinda da Caixinha Mágica, e assistir a imagens de cavalos, milhares deles se possível, na companhia de todos.

–Vocês ficarão aqui até que eu durma? – indagou timidamente, já deitado na cama.

Todos concordaram e ficaram a velar seu descanso.

Vanessa, Dominique, os três robôs da família, as empregadas. Todos ficaram imóveis ao redor da cama flutuante de Junior até que seus olhos se fechassem.

Eles tornariam a se abrir em breve, Vanessa pensou feliz.

No dia seguinte ao retorno de Junior, Johnny apareceu para uma visita:

– Hoje você não pode negar que tenho uma boa razão para vir até aqui – ele disse a Vanessa.

Ela concordou, sentindo uma estranha alegria com a presença do rapaz, e o conduziu até o quarto em que Junior brincava com Nique e os robôs.

Vanessa ficou a observá-los em silêncio.

As crianças e os robôs adoraram quando o vizinho entrou no quarto, já querendo participar da brincadeira.

Johnny costumava irritar Nenê por ser sempre arrogante.

Eles tinham a mesma idade, e sua mãe costumava dizer que foram gerados em Camas vizinhas no Hospital dos Embriões. Porém, quando crianças, ele sempre irritava Nenê com seu ar de superioridade por ser da classe E. Na juventude, as coisas não mudaram, exceto por ele estar cada vez mais irritante, gabando-se que seria um membro do Maquinário em breve. Isso, de fato, aconteceu, mas Vanessa sempre achou que nada daquilo era motivo para seu nariz empinado. Nos últimos tempos, ele parecia querer redimir-se após anos de deboche, sendo agora um vizinho agradável e perfeito. Mas Vanessa não se esquecia de quem ele era por dentro.

Ou não queria se esquecer.

Talvez, observando-o agora a brincar com os irmãos, tivesse esquecido um pouquinho. *Mas só um pouquinho.*

O título de "o maior mala que Vanessa conhecia" ele conquistara para sempre. Era uma honraria intransferível.

Percebendo com o canto dos olhos que Vanessa o fitava da porta, ele perguntou entre o sorriso safado que ela conhecia desde que nascera:

– Quer brincar?

– Não – disse Nenê, pensando que *isso já seria pedir demais.*

– Você ainda está me devendo uma ida ao cinema.

– Eu fui ao cinema aquele dia – ela respondeu irritada. – Tecnicamente é *você* que está em dívida comigo.

–Vou pagar a dívida assim que você permitir.

Timidamente, ela foi para o seu quarto, deixando-o sem respostas.

Sabia que Johnny não tinha uma namorada.

Se fosse no tempo dos Antigos, diria que era por causa de sua arrogância. Já nos tempos atuais, sabia que o Maquinário não agia em um momento específico para arranjar os casais.

No caso dela e de Bernardo, eles foram unidos no dia em que o Maquinário também designou suas funções. Mas cada caso era um caso. A união acontecia quando as máquinas detectavam a "perfeita" sintonia entre um homem e uma mulher.

Já tendo desviado os pensamentos para Bernardo, lembrou-se da alegria de quando o conhecera a mando do Maquinário; estava tão feliz e emocionada. Por que não conseguia simplesmente amá-lo? O que estava acontecendo de errado com ela?

Será que essa estranheza quanto aos próprios sentimentos em relação a ele era uma prova de que ele *não* era o rapaz dos sonhos? Ou seria exatamente o *contrário*? Seria ela incapaz de lidar com os sonhos quando eles deixavam de ser apenas sonhos?

Bernardo tivera uma intuição no dia em que Junior fora pego pela Mancha; isso deveria significar algo.

Independentemente de qual fosse a verdade sobre o rapaz dos sonhos de Vanessa, cada vez mais ela tinha a sensação de que ele estava muito próximo. Tivera comprovações nos últimos dias de que absolutamente *tudo* era possível. Já seria ele parte de sua vida?

Era segredo, mas Vanessa não dormira desde o momento em que Junior reabrira os olhos. Passara aquela noite em claro.

Não queria perder um instante ao lado dele, até ter certeza de que seu menino realmente não a deixaria.

Ela tirou folga no serviço, com ajuda de Vitor, e, apesar da falta de uma boa noite de sono, não se sentia cansada. A felicidade era tão grande por ter o irmão a salvo em seus braços que nada mais a atingia.

Sabia que, em breve, voltaria a dormir e a sonhar. No momento, ter Junior de volta a sua vida era um sonho. *Um sonho vivo na terra.*

A sobrevivência do garoto havia sido anunciada no mundo todo.

Junior agora era famoso. Um herói. Um *milagre* – como diriam os Antigos e, certamente, a nova Vanessa.

Ela não podia dizer o que sentia e a verdade que sabia sobre os sentimentos ainda existentes na humanidade. Mas Junior era motivo de fé, mesmo que ninguém soubesse o significado dessa palavra.

Quando estava novamente anoitecendo, foi até o quarto dele, pronta para mais uma noite em claro ao lado do irmão.

Gostava de vê-lo dormir.

Sentou-se na cama flutuante e ficou a observá-lo com calma. Ele já adormecera e sua face parecia um pedacinho do paraíso à Nenê.

Sua família. Seu menino. Seu amor.

A esperança de toda a humanidade.

Junior era tão pequeno, mas já carregava um grande peso sobre os ombros.

Dominique dormia no quarto ao lado, e os robôs descansavam pelos cantos da casa.

Sozinha ao longo da noite, Vanessa continuou a acarinhá-lo e a maravilhar-se com o milagre de tê-lo vivo, bem perto de seu coração, com seu coraçãozinho também a pulsar forte.

Nesse instante, no meio da noite fria, ele abriu os olhos.

Vanessa estranhou, mas simplesmente observou-o com carinho.

Parecendo fraco e debilitado, ele fez muita força para pronunciar as palavras a seguir:

– Tudo isso, Nenê, teve um propósito.

Assustada, ela indagou:

– Tudo isso o quê? O que está dizendo?

– Eu também amo você.

Suas palavras doces fizeram novas lágrimas brotarem dos olhos de Vanessa.

Ele havia sido o primeiro a quem ela dissera aquilo. E agora retribuía.

Era a resposta perfeita e a forma perfeita de encerrar um ciclo, de marcar um recomeço.

Era a forma perfeita de silenciar.

Após aquelas palavras de amor, Junior calou-se.

Para sempre.

Capítulo 17

Chove aqui dentro

COMO DA PRIMEIRA VEZ em que estivera ali, a catedral estava mergulhada no mais profundo silêncio.

Novamente seus passos ecoaram pelo corredor, agora, apressados.

Chegando ao altar, Vanessa pegou o primeiro objeto que viu pela frente e, reunindo toda a força que possuía, arremessou-o com fúria ao chão. Outro objeto. Novos estilhaços.

Fragmentos acumulavam-se no solo, junto aos sentimentos de Vanessa que haviam voltado ao pó.

Ela destruiu tudo o que encontrou pela frente.

Virou bancos no chão, quebrou vasos e velas, unhou as paredes, deixando que seu sangue tingisse aquele cenário, revestindo-o de dor. Uma *dor* que não era maior que aquela que carregava no peito.

Jogou-se ao chão e chorou.

Virou-se e fitou a cúpula, gritando *se a dor iria passar algum dia. Iria parar de doer?*

Sua fúria pareceu tornar-se a fúria da natureza. Uma nova tempestade se formou. Ela traria mais mortes e caos à cidade.

Mais Manchas. Mais vidas sugadas pela escuridão que o próprio ser humano causara.

Fitando as imagens do teto abaulado da catedral, ela chorou, debatendo-se ao relembrar as últimas horas de sua vida.

Passara muito tempo chorando junto ao corpo já sem vida do irmão. Não poderia dizer ao Maquinário que ele estava morto.

Levariam seu corpo.

Levariam seu menino para longe. Para onde ela não mais pudesse acarinhá-lo e olhá-lo dentro dos olhinhos.

Olhinhos que brilharam até no suspiro final, quando ele morreu nos braços da irmã, após dizer a frase proibida e maravilhosa. *Eu também amo você.*

Vanessa esmurrou e chutou o chão da catedral ao lembrar-se de quando mostrara à Dominique o corpo do irmão caçula, horas atrás, pela manhã.

Mais uma vez, a menina ficara estática, como no dia em que os pais morreram abruptamente. Ainda não conhecia os sentimentos que habitavam seu ser.

Tudo agora passava como um filme na cabeça de Nenê.

Vitor chegara para saber se ela iria trabalhar, por causa da fraca saúde de Junior. Entretanto, encontrando-o sem vida, teve de avisar ao Maquinário. Ele alegou não poder esconder o corpo do menino. Não havia outra opção.

Vanessa não sabia o quanto aquilo tudo demorara, mas as cenas vinham como enxurrada em sua mente, parecendo arrastarem-na por uma eternidade de sofrimento.

Estava chovendo dentro do seu peito. Uma tempestade mais forte do que a que se formava lá fora.

Membros do Maquinário haviam chegado. Johnny estava entre eles; quisera fazer aquilo pessoalmente.

Pegaram Junior e o levaram embora.

Levaram-no embora para sempre!

Ela tentou se controlar. Tinha Dominique para cuidar. Tinha Peter. Tinha os *sonhos*.

Mas, por um instante, naquelas horas passadas, deixara o desespero escapar e agarrara o corpo sem vida de Junior, chorando sobre sua pele fria.

Com certeza os membros do Maquinário dariam queixa aos seus superiores, e ela pagaria pelos próprios sentimentos. Não sabia o quanto Johnny poderia influenciar em suas penalidades. Contudo, no fundo, não sentia medo.

Seu maior medo já havia se concretizado.

Não perdoaria a Vitor. Não perdoaria a Johnny. Não perdoaria a Junior por ter partido. Não perdoaria a si mesma por ter permitido, por não o ter segurado mais forte.

A tempestade agora desabava sobre a cidade.

Raios, trovões e Manchas.

A realidade externa era exatamente a mesma que Nenê vivia por dentro.

Ela sabia para onde o Maquinário levava os corpos. Não poderia aceitar a ideia de que seu menino seria apenas *mais um*.

Devido ao som da tempestade, não ouviu passos se aproximarem pelo corredor da catedral, enquanto transitava por entre as memórias sórdidas das últimas horas.

Nenê continuava deitada no chão, em meio aos cacos e estilhaços de tudo que destruíra. Em meio aos cacos e estilhaços de sua vida.

O rapaz a olhou de cima, dizendo:

– Por que sofre tanto?

– Quem é você para falar de sofrimento?

– Não sou ninguém – ele disse –, sou apenas um limpador de escadas.

Estreitando os olhos embaçados pelas lágrimas, ela conseguiu distinguir a face que a fitava.

– CJ, não é? – indagou.

Ele afirmou.

– Pois bem, pode me denunciar por ter depredado sua catedral. E por ter chorado, sentido, gritado. Eu não me importo com mais nada. Apenas me deixe em paz.

Ele sorriu e disse:

– Levante-se do chão.

– Você não pode me obrigar.

– Está certa. Eu não posso. Mas, acredite, eu consigo compreendê-la.

Vanessa o fitou com curiosidade. Então, ele prosseguiu:

– Coisas diferentes acontecem neste lugar.

– O que você quer dizer?

– Eu quero dizer que nada me espanta. Sua dor e sua tristeza são inexplicáveis lá fora, não aqui dentro dessas paredes.

Ele era enigmático, mas, pela primeira vez em horas, Vanessa havia parado de chorar.

– Não há problema se sou capaz de sentir? Se sou capaz de lamentar a morte do meu irmão? A morte dos meus pais, a morte de Zildhe? A *morte* que tem sido tão frequente em minha vida, mas que, ainda assim não sou capaz de aceitar?

– Aqui dentro, nada disso importa – ele disse. – Aqui você está a salvo do *presente*. Você pode ser como nossos antepassados, que ergueram essas paredes. Tudo aqui foi construído por sentimentos.

Sentando-se, Vanessa apoiou a face nas pernas daquele estranho rapaz e permitiu, mais uma vez, que as lágrimas despencassem.

Elas já não representavam sufoco.

Pelo contrário.

Representavam que Vanessa, ali naquela catedral, estava em casa.

Continuou dando ordens ao veículo, para que a conduzisse por todos os cantos da Cidade que Nunca Dorme. A tempestade continuava, mas nada a faria parar.

Nada parecia sossegar seu peito.

Trazia no carro a Caixinha Mágica de Junior. Assim, podia ouvir os sons da natureza que sempre trouxeram paz ao coração do pequenino. O seu ainda precisava de um milagre.

Tinha muito em que pensar e muito a fazer.

Bebês a esperavam, ansiando pelo primeiro sopro, no Hospital dos Embriões. Pelo primeiro suspiro em uma atmosfera condenada. Ela tinha de trazê-los à vida.

Se sua existência fora contaminada pela morte de várias pessoas ao longo dos anos, não podia negar que possuía também uma jornada costurada em meio a vidas. Inúmeras vidas que via crescer por entre as Camas do Centro Gestacional.

Dominique era sua família, não poderia abandoná-la.

Tinha agora amigos, e um coração que se autodescobria em meio ao caos. Ao caos do mundo externo, bem como do próprio mundo interior.

Tinha os sonhos e, junto deles, a missão de buscar o único coração na face da Terra que pulsava no mesmo ritmo do seu.

Máquinas gêmeas.

Sua ira com o *inexplicável*, que residia na catedral, com *a criançinha* dos seus sonhos, que não havia atendido aos seus pedidos e levado Junior para longe, jamais seria o caminho certo.

Quebrara partes da catedral e ferira as próprias mãos, tingindo a pele de sangue, mas, mesmo assim, a dor não havia passado nem diminuído.

Estava começando a perceber que nas situações extremas o crescimento vem.

Nas situações extremas, ela tinha forças para se tornar alguém melhor.

Nas situações extremas, ela podia ser digna de dizer que era irmã de Junior. *Para sempre seria.* E, principalmente, nas situações extremas, ela era capaz de dar voz à mensagem na garrafa e silenciar os erros que contaminavam seu tempo, sua gente. Gente sofrida e aprisionada em uma teia de mentiras e falsas ilusões, em uma vida sem sonhos.

Completamente entregue aos braços dos sentimentos, Vanessa deixou-se sossegar por entre aquilo que a tornava um ser humano, capaz de sentir, amar e chorar.

Muitas lágrimas haviam banhado sua face e continuariam a banhar, até o dia em que elas se tornariam sorrisos modestos, que a lembrança de Junior poderia trazer.

Aquela criança, a pequena pintora que ela conhecera em sonho, certamente agora brincava com seu irmão, pintando telas e colorindo vidas em algum lugar por aí.

Ambos eram assim. Junior e aquela criança eram iguais.

Sempre a sorrir. Sempre com os olhinhos a brilhar.

Nenê quase podia visualizá-los juntos, de mãos dadas, pela eternidade.

Entretanto, aquele quadro suave tingiu-se de sombras quando o veículo passou pela Fábrica dos Mortos.

Era uma construção cinza, imensa, a maior da cidade. Pilares enormes, blocos interligados, janelas chumbadas e muita fumaça a tornavam ainda mais assustadora em meio ao cenário tempestuoso da Cidade que Nunca Dorme.

Para aquele local assombroso eram levados todos os corpos, de cidadãos de qualquer classe.

Era *ali*, no final de tudo, que as classes se misturavam, e todos se tornavam iguais.

Era *ali* que Junior agora repousava.

Naquela fábrica, os corpos eram reciclados, para que seus materiais orgânicos e suas energias pudessem ser aproveitados pela cidade.

Nada se perdia.

Quando alguém morria, se tivesse um robô particular, este também era levado para lá, para que fosse reaproveitado, tendo sua memória apagada e seu interior reprogramado para um novo dono.

Adrielle, pensou Vanessa.

A simpática e sensível robô de Junior, que carregava consigo os nove anos de existência do dono, arquivados em cada pedacinho do seu ser. Agora ela também se desfazia. Reinventava-se, podendo ser útil novamente à cidade, a algum cidadão – seu futuro dono –, ao Maquinário.

A robô rosa fluorescente era tão querida que deixaria uma lacuna imensa na casa e nas tardes e mais tardes de jogos virtuais com os demais robôs.

Lucy e Flummys deveriam estar chateados e melancólicos. Até mesmo Violeta.

Nenê precisava recuperar-se e voltar para eles, voltar para Dominique.

Olhou uma última vez para a Fábrica dos Mortos, pensando que anos atrás os pais cruzaram aqueles grossos portões cinzentos e, hoje, tinham suas cinzas espalhadas pela cidade, reaproveitadas, em decorrência da escassez de fontes de energia que o mundo vivia.

O mundo vivia. Assim, sendo parte dele, eles continuavam vivos de alguma forma.

Os pais amados, o irmão eternamente querido, Zildhe, a mãe de Peter.

Todos eram parte de um mundo que dependia dos mortos para continuar vivo.

As mortes eram numerosas na Cidade que Nunca Dorme, fosse pelos altos índices de mortalidade das classes baixas, ou pelas mortes abruptas, que poderiam atingir qualquer cidadão. Mas eram elas, as mortes, que faziam a cidade – e o mundo – funcionar.

Sentindo o peso dos pensamentos sobre os ombros, Nenê ordenou que o carro guiasse para casa.

Tudo de que precisava agora era um abraço apertado de Dominique e, então, uma noite com sonhos sem programar, sem pensar. Apenas livre!

Contudo, chegando à frente da redoma que protegia sua residência, não teve tempo de entrar e realizar seus planos.

Vitor, parado em seu veículo, em meio à forte chuva, parecia desesperado:

– É o bebê! – ele gritou com força, para ultrapassar a fúria das águas. – Aquele que você optou por salvar da Descarga. Ele precisa nascer!

A função de Geradora recaiu sobre seu ser. Ela a havia ignorado nos últimos dias.

Vidas dependiam dela.

Mas, acima de tudo, a promessa que fizera à Zildhe em seu leito de morte agarrou-a pelas pernas e a trouxe de volta à realidade, como um algoz selvagem e feroz.

Ela tinha que cumprir o prometido.

Fitando o amigo, percebeu o que Vitor queria dizer.

Já anoitecia. Os robôs e androides não estariam a serviço. O hospital estaria calmo e silencioso. Eles poderiam trazer o bebê deficiente ao mundo em segredo.

Em meio a tanto sofrimento, ela quase podia sorrir ao olhar para Vitor e saber que podia contar com sua ajuda.

Quase podia ver um raio de sol em meio à tempestade que caía dentro de seu peito.

Peter chegaria ao mundo e abriria os olhinhos pela primeira vez!

Uma nova vida traria alento ao seu coração esmagado. Uma nova vida envolveria o manto negro de seu luto, tingindo-o de luz.

Capítulo 18

Uma vida não é apenas uma vida

O HOSPITAL DOS EMBRIÕES encontrava-se mergulhado em solidão, exceto pelos vigias, tanto androides quanto robôs, que faziam rondas.

O silêncio sepulcral acompanhou Vanessa e Vitor pelos corredores, fazendo com que a cada novo passo se lembrassem de que estavam fazendo algo proibido.

Conforme os passos ecoavam, as luzes do prédio imediatamente se acendiam, projetando o contorno de suas sombras no chão extremamente branco que os recebia na noite alaranjada e cinzenta.

A tempestade continuava a coroar a cidade do lado de fora do hospital, tornando aquele momento ainda mais gélido e sombrio.

O dirigível que eles tomaram, sem nada compreender, levou--os à ala em que trabalhavam, deixando-os em frente a uma das portas do Centro Gestacional.

Identificaram-se. Deram ordens às portas e máquinas.

Entraram no imenso salão, que se acendeu repleto de vidas. Com uma imensidão de Camas tubulares ou em forma de gaveta, o centro estava, como tudo mais, mergulhado no silêncio absoluto.

Tremendo de nervosismo, Nenê deu um passo adiante.

– O Maquinário tem meios para descobrir que estivemos aqui. Nossa entrada será registrada – Vanessa disse assustada.

– Podemos dizer que havia trabalho pendente ou algum nascimento complicado. O único problema será se um dos robôs ou androides resolver contar a verdade.

– Vamos ordenar a todos para deixarem o centro.

Os robôs e androides da equipe tinham uma pequena sala anexa, em que passavam a noite aguardando os serviços do dia seguinte. Alguns se revezavam para percorrer os corredores durante a noite, mas, a pedido dos patrões, deixaram o local rapidamente naquela noite tempestuosa.

Sentindo-se mais segura, Vanessa rumou até a *Cama-gaveta* em que estava o filho de Zildhe. O *menino diferente* que ela prometera salvar.

– Peter. Ele se chama Peter – ela falou a Vitor, assim que chegaram ao corredor em que o bebê estava, pronto para nascer.

– É um belo nome. Eu só gostaria de saber o que você tem na cabeça...

Vanessa o interrompeu, afirmando que aquela não era a hora mais apropriada para conversas e que deveriam agir com rapidez.

Extremamente competente em sua função de Geradora e aliviada com a presença do amigo, Nenê iniciou o procedimento de esvaziar a gaveta.

O nervosismo percorria seu corpo na forma de um arrepio dolorido que subia e descia por sua coluna, gerando tremores involuntários.

O nascimento dos cidadãos das classes baixas era rápido, porém, extremamente perigoso. Vanessa não aguentaria uma nova perda.

Aquilo não significava apenas mais um nascimento. *Apenas mais uma vida*. Representava recomeço, alento, e uma fase de mudanças em sua vida e em seu ser, iniciada pelos sonhos e pela mensagem na garrafa.

Precisava dar certo.

Enquanto o líquido translúcido do interior da Cama se dissolvia, liberando o bebê, Nenê o fitava com apreensão.

Por favor, por favor, ela implorava, *resista, Peter!*

Vitor a observava com curiosidade, mas não voltou a questioná-la. Concordou em deixar as perguntas para mais tarde. Ajudou a amiga, em tudo que ela solicitou durante o procedimento.

Peter já estava quase solto do líquido viscoso. O tempo transcorria, mas o coração de Vanessa ainda parecia não pulsar. Ela prendera a respiração, enquanto aguardava aquela nova e pequenina centelha de vida que iria iluminar a sua.

Pensou em Junior durante aqueles instantes cruciais, em sua alegria, em sua vitalidade, em sua paixão.

Ele era capaz de amar um mundo que não tinha nada de bonito ou poético. Nada para ser apreciado. Mesmo assim, ele o amava. E era feliz.

Ele fora feliz durante toda sua existência.

Talvez, por isso, tenha partido mais cedo, Vanessa pensou.

Peter desprendeu-se.

O céu, lá fora, chorava na forma de prantos terríveis, que traziam mais caos e morte à cidade.

Vanessa ainda não conseguia respirar.

Incapaz de qualquer movimento, pediu a Vitor que acionasse os comandos que expulsariam o bebê da Cama e o conduziriam direto para a esteira lateral.

Vitor agiu prontamente.

Por um segundo, Peter sumiu de vista.

Foi o suficiente para que toda dor e todo medo a envolvessem novamente, em um longo e triste abraço. Um segundo que pareceu uma eternidade.

Então, ele voltou a surgir, já na esteira, rolando em sua direção.

Ele era *diferente*.

Pele sensível, enrugada, arroxeada.

Extremamente pequeno e delicado, como se precisasse de todos os cuidados do mundo.

Vanessa observou-o apreensiva, aguardando por um sinal de que a vida lhe envolvera.

Segundos infindáveis transcorreram e a boa notícia não chegou. Peter não chorou, não abriu os olhos. Ele parecia não respirar.

Vanessa o segurou nos braços e agitou-o com força, incapaz de sentir qualquer tipo de alegria ou alívio. O bebê parecia estar *morto*.

Ela teve vontade de quebrar todas as Camas ao seu redor, assim como fizera na catedral, e privar da vida os bebês que ali cresciam. Era o certo a se fazer, já que a vida parecia ter sido negada a Peter, apesar de todos os seus esforços.

– *Não pode ser! Não pode ser!* – berrou.

Desesperada, saiu correndo pelo Centro Gestacional, carregando o bebê arroxeado nos braços.

Não queria ter de continuar olhando nos olhos de Vitor. Tampouco queria que ele a visse tomada pelo desespero.

Procurou refúgio em sua sala particular, no final do amplo corredor, para chorar em paz e procurar culpados para a tamanha desgraça que sua vida se tornara.

Entrou. Fechou a porta.

Seu coração batia sem querer, sem perceber.

Não lhe parecia certo viver, quando Peter não vivia. Junior. Seus pais. Zildhe. Por que *ela* podia continuar viva?

Não era justo.

A dor era tão aguda em seu peito que lhe dava a sensação de estar morrendo também.

Peter continuava em seus braços. Imóvel e silencioso.

Sentiu o peso do pequenino corpo que carregava nas mãos. Deslizou os dedos pelos bracinhos e pelas perninhas. Tão pequeno. Tão diferente. Tão dependente.

A textura de sua pele era estranha, mas ainda assim era capaz de pedir a Vanessa que o amasse e que não desistisse dele. Aquela vida, ainda sem ar, parecia aconchegar-se por entre seus dedos, implorando por socorro.

Ela não sabia o que fazer. Sentia-se responsável por Peter.

Ficou a ouvir a tempestade por um instante. O mundo não silenciara. O céu não se calara para respeitar seu luto.

Mas foi ali, naquele instante de dor e desejo de morte, que a vida lhe surpreendeu.

Um choro fraco penetrou os ouvidos de Vanessa e ela percebeu instantaneamente que ele vinha do bebê que segurava.

Peter se abria para a vida!

Os instantes de medo foram tão intensos que pareceram durar uma eternidade, mas apenas frações de segundos haviam se passado, e Peter tivera a chance de aceitar a vida que lhe havia sido presenteada no momento em que Nenê prometera à Zildhe e a si mesma que não iria eliminá-lo.

Vanessa percebeu que ainda estava mergulhada na escuridão de sua sala particular de trabalho. Entrara tão apressada que se esquecera de acender a luz. Não conseguia fitar Peter naquele momento maravilhoso em que ele recebia a vida, apenas podia senti-lo em seus braços.

Sua sala era uma das únicas do Centro Gestacional que não possuía luzes automáticas.

Ordenou, e elas finalmente se acenderam, permitindo a Vanessa enxergar aquela pequena criatura que tinha nos braços.

Tão diferente. Tão linda!

E foi assim que, imediatamente, Peter deixou novamente de respirar.

O céu, lá fora, continuava a desabar, e o peito de Nenê a encher-se de pânico e dúvidas.

Vitor entrou naquele instante.

– Eu ouvi um choro – disse o rapaz.

– Foi o Peter. Mas, assim que pedi às luzes que se acendessem, ele deixou novamente de respirar.

Instintivamente, Vitor, que estava com os pensamentos mais ordenados que Nenê, falou à sala:

– Apagar.

A penumbra voltou.

E o choro ecoou novamente.

A respiração arfante e desesperada de Peter podia ser ouvida na ausência da luz.

O rapaz ordenou mais uma vez às luzes que se acendessem e, em seguida, que se apagassem.

Eles não podiam acreditar no que estava acontecendo.

Peter não suportava a luz.

– Como pode ser possível? Se apenas por existir ele traz luz à minha vida? Que ironia precisar viver na escuridão! – Nenê lamentou-se.

–Você sabia que ele era diferente, frágil. A pele, provavelmente, é apenas um reflexo de sua doença – disse Vitor. – De certo, o líquido que o envolvia o protegeu enquanto estava na Cama. Mas, agora, você terá de mantê-lo longe das luzes. Creio que tanto das artificiais quanto das naturais.

Vanessa nem tivera tempo de fitar o rostinho de Peter como desejava. De olhar dentro de seus olhinhos, negros como os de Junior. Pequeninos. E, certamente, preenchidos pelo brilho da vida.

Eles ficaram alguns instantes em silêncio, pensando nas trapaças que o destino pregava. A escuridão que caía sobre os ombros de Vanessa nada tinha a ver com a ausência de luz na sala.

Os pensamentos rodopiavam, envolvendo-a feito uma tempestade de areia.

As dúvidas. O medo. A dor.

Tudo ia e vinha. Nada silenciava.

Seu peito apenas sossegou quando, presa entre as angústias que a sufocavam, ela pôde ouvir ao longe a risada de uma criança peralta, que corria por seus devaneios.

Menino ou menina. Não importava.

Ele podia ser quem Ele quisesse ser.

Era uma criança alegre, que adorava pintar telas.

Aquela simples lembrança lhe aqueceu e impulsionou, dando--lhe forças para aguentar o novo desafio que a vida lhe apresentava. Dando-lhe a luz necessária para *atravessar a escuridão.*

Sempre a sorrir. Sempre com os olhinhos a brilhar.

Respirou profundamente, sentindo também a respiração quente de Peter em seus braços.

Não podia vê-lo, mas podia senti-lo.

Naquele momento, nada no mundo poderia ser mais importante que sentir aquela pequena vida em seus braços.

Por sorte, estava escuro, quando uma lágrima rolou sobre a face de Nenê. Tudo de que ela não precisava era gerar ainda mais dúvidas na cabeça de Vitor.

Preenchida por uma coragem que não sentia há dias, ela encheu o peito de ar e falou.

Sua voz saiu abafada, por causa do som da tempestade e do ritmo frenético em que os corações batiam naquela sala escura:

– Precisamos tirar Peter daqui.

– Para onde você vai levá-lo? – Vitor indagou na escuridão.

Ela não precisou pensar para dar aquela resposta.

Negara por muito tempo, mas seu coração sempre soube qual seria o destino de Peter.

Jamais poderia entregá-lo aos membros do Maquinário. Nem ao menos deixá-los saber que o *menino diferente* respirava e habitava o mundo que eles controlavam, sempre em busca de uma sociedade prática e perfeita. *Sem defeitos.*

As limitações e diferenças de Peter não importavam a Vanessa.

Apenas ele e sua vida eram importantes.

– *Para casa* – ela sussurrou.

Parte dois

Do caos aos sonhos

Capítulo 19

A LUZ SÓ EXISTE EM MEIO ÀS TREVAS

ERA COMO SE A Cidade Que Nunca Dorme tivesse se acostumado ao caos e às sombras.

A tempestade havia finalmente passado, e novas Manchas podiam ser avistadas pelas ruas e noticiadas aos cidadãos, que já não se abatiam.

Quando o mundo fora dominado pelas Manchas anos atrás, as pessoas enfrentaram uma luta diária pela sobrevivência. Viveram dias sofríveis e anos de tristeza e perdas.

Por sorte, o Maquinário ensinara a não valorizarem as vidas, as perdas, os sofrimentos – alegavam.

Em meio a esse clima, as máquinas capazes de sugar as Manchas haviam sido criadas.

Entretanto, com a atmosfera cada vez mais condenada e a natureza a cada dia mais catastrófica, era natural que novas Manchas se formassem.

Mais poderosas e resistentes, elas eram indestrutíveis e aumentavam a cada dia.

O céu alaranjado possuía, agora, vastos pontos enegrecidos, tornando os dias mais escuros e as vidas mais doloridas. A cidade se encontrava revestida por um manto pesaroso, que se alastrava por toda a humanidade.

O medo e o caos inicial, no dia em que o Maquinário avisou sobre o ressurgimento das Manchas, deram espaço à apatia e à inércia.

As classes P, M, R e E iam e vinham. Cumpriam suas tarefas. Dormiam. Sufocavam. Existiam.

O mundo todo era um globo da morte, que apresentava diferentes facetas e armadilhas, pronto a matá-los de diversas e terríveis formas.

De nada adiantava ter medo ou se entregar ao desespero.

Os cidadãos deveriam apenas existir e, quando a morte chegasse, entregar-se a ela, como quem se depara com uma viajante misteriosa, uma sombra que os perseguiu a cada esquina e, finalmente, deu-lhe as mãos e os chamou para junto de si.

O Maquinário continuou a disponibilizar centenas de cientistas para pesquisar uma forma de sugar novamente as Manchas, mas, com o tempo, pararam de dispensar esforços em uma guerra perdida. Mudaram a tática, treinando agora os cidadãos para a falta de medo e para a conformação.

Assim, *tudo ia bem*.

A madrugada era fria e escura. Seguia a tempestade, que destruíra mais partes da cidade, mas que também fizera companhia a Vanessa durante momentos dolorosos de sua vida. O problema era que, após seu fim, a calmaria não viera. Não para Nenê.

Já em casa, ela aproveitou aquelas poucas horas que lhe restavam para dormir. Não queria entregar-se ao sono, tinha muito a fazer. Entretanto, não dormia há dias e o cansaço a consumia de forma rápida e desgastante.

Não pôde evitar.

Por sorte e graça do destino, em meio ao turbilhão de pesadelos vivos que sua rotina lhe trazia diariamente, um sonho se formou.

Um cavalo percorria os gramados extensos.

Ele era lindo e majestoso, com pelagem branca, contrastando com a crina e a cauda, completamente negras.

Não parecia real.

Não parecia ter sido um dia real.

Vanessa ficou a contemplar o animal, extinto há séculos, que adentrava os domínios dos seus sonhos.

Aquele mais parecia um sonho de Junior.

Rodeada pela natureza mais perfeita que já existiu e por um cavalo a galopar sem pressa, tudo o que ela mais queria era poder encontrar o irmão naquele instante.

– Junior! – ela berrou por entre as flores dos campos que o cavalo percorria.

Nada podia ser ouvido, além do som manso do vento e do eco que sua voz produzia por entre as colinas.

– Meu menino, por favor!

Ela correu. O mais rápido que pôde.

Percorreu áreas verdes, revestidas por flores. Riachos e mata densa. Dia e noite. Sempre na companhia do cavalo, que galopava ao longe.

Mas a paz daquele sonho não preenchia totalmente seu peito. Tudo que ela queria era poder abraçar Junior mais uma vez.

A falta que o irmão fazia em sua vida era cruel demais para existir também nos sonhos.

Indignada, jogou-se exausta ao chão e por muito tempo implorou ao céu azul que trouxesse o irmão até ela.

Nada aconteceu.

O cavalo continuou a galopar faceiro sobre a terra e o céu azul continuou a sorrir em sua direção.

E Junior continuou ausente.

E sua ausência continuou a doer.

Após uma longa lamentação, que de nada adiantou, Vanessa notou que, pela primeira vez, o animal se aproximava dela e diminuía o ritmo do próprio galope.

Trotando suavemente, o cavalo chegou perto de Vanessa e fez-lhe uma reverência, convidando-a a juntar-se a ele naquela corrida pelos campos dos sonhos.

Poderia ser revitalizante galopar. Estar com um animal tão lindo já lhe renovava as esperanças. Resolveu dar-lhe uma chance. Além do mais, realizar um dos sonhos de Junior faria com que sentisse o irmão mais vivo em seu peito.

Sem pestanejar, subiu no animal, feliz e corajosa, e deixou que ele a guiasse para onde quisesse, sem pressa de chegar.

Ela viu tudo de mais lindo que um dia existiu no mundo e que agora era real apenas nos sonhos.

Florestas e campinas, montanhas e mares.

Galopou sob o céu azul-claro e sob a noite estrelada.

Revisitou sonhos antigos.

O sol e a lua, juntos, amando-se eternamente no mesmo céu.

O Vale das Árvores Lamuriosas, agora revestido de silêncio e calma e percorrido por um riacho de flores alegres, que tinha o formato exato de um sorriso. *Um sorriso estampado na face daquela terra* que, um dia, havia sido coroada por prantos. Aquilo era passado.

Não havia mais lágrimas. Não havia mais pesar.

Visitou também o lago sem fim, que trouxera até ela uma criança especial, vinda em um pequeno barco capaz de carregar toda a humanidade.

Uma criança que mudava de aparência e que tinha um coração do tamanho do universo. Uma criança que pintava telas e que havia pintado tudo o que existia no mundo.

Feliz por entre as lindas e infinitas terras que dominavam seus sonhos, Vanessa percebeu que o cavalo diminuiu novamente o ritmo do galope ao chegar a um jardim.

Com o coração acelerado, a moça desceu do animal, deixando-o descansar à sombra de um arbusto.

Era o jardim que ela visitara no primeiro sonho com seu amado.

O rapaz misterioso e sem face, que trouxera a cura e as respostas para o amor que vivera sufocado em seu peito sem ter, antes, a chance de libertar-se.

Ele havia libertado todo aquele amor e ensinado a Vanessa que seus corações, assim como suas vidas, haviam sido criados juntos e batiam no mesmo ritmo, pois...

Qualquer jardim regado a dois é mais florido.

Olhando agora para o jardim que haviam regado juntos, viu as flores e cores que não tinham fim, mas algumas plantas haviam morrido.

Outras sorriam alegres e vivas.

Abelhas, mariposas e borboletas saltitavam por entre os aromas diversos e o vento, que deslizava suave, trazendo ainda mais vida àquele cenário.

E, por entre as flores, *ele* surgiu.

Vanessa correu em meio a girassóis, gerânios e copos-de-leite, direto ao seu encontro.

Entregaram-se a um abraço lento e demorado.

O tempo ali não existia. Ali, eles podiam libertar os sentimentos. Ali, podiam ser livres.

Máquinas gêmeas.

Almas gêmeas, como outros diriam.

Não importava.

Apenas bastava saber que seus corações se pertenciam e se completavam.

Ele segurou Vanessa com força, para não deixá-la mais se afastar, nem por um instante sequer. E ela o apertou contra o peito, sentindo que daquela forma toda dor seria suavizada.

– Tem sido tão difícil – Nenê murmurou após muito tempo.

– Eu sei. Eu posso sentir o seu sofrimento.

– Por favor – ela pediu ao rapaz sem face –, não volte a sumir de meus sonhos. Não suma mais de minha vida. Eu preciso saber quem você é.

– Eu também – ele respondeu aflito. – Eu não consigo me lembrar de sua face quando acordo.

Aquela informação fez o peito de Vanessa estremecer novamente.

O rapaz podia ver sua face e dizer seu nome nos sonhos, mas, quando acordava, as lembranças nítidas o deixavam.

Ela, por outro lado, podia recordar os sonhos com mais nitidez, mas não era capaz de ver sua face ou descobrir sua identidade.

– Tudo isso faz parte de um plano – o rapaz disse em um sussurro. – Fique calma, as respostas chegarão.

Ela sabia que ele era *uma verdade*. Não era apenas sonho ou devaneio. Não mediria esforços para descobri-lo no mundo real.

Por ora, estava satisfeita em poder abraçá-lo e desfrutar de sua companhia nos sonhos. *Eles sonhavam juntos*. Isso significava tudo de mais lindo que uma vida podia ter.

– Precisamos regar nosso jardim – ela disse, pegando um regador por entre as flores. – Algumas plantas morreram.

– Não foi por falta de amor – o rapaz disse, pensativo. – Nós, eu e você, sorrimos juntos outro dia em meio às flores, e compartilhamos o amor maior que se pode sentir. Mas nós também sofremos juntos. Choramos juntos. A sua dor é a minha dor e ela se reflete em nosso jardim.

– Eu creio que qualquer vida seja assim. Qualquer vida se dá em meio a prantos e risos, assim como em qualquer jardim há flores vivas e mortas. Tenho aprendido isso a duras penas por minha caminhada.

Ele a abraçou e segurou firme. Não pegou o outro regador. Apenas amparou as mãos de Nenê. Então, unidos, regaram as flores que os rodeavam.

Não adiantava chorar pelas que haviam morrido no caminho.

As perdas eram parte da jornada. Assim como o amor e os sorrisos.

Por um tempo que jamais acabou, eles continuaram a regar o jardim que haviam construído.

No alto do céu, enquanto traziam vida às flores, os dois puderam visualizar uma criança sobre as nuvens.

Era um menino loiro, pequeno, de olhinhos azuis.

Sempre a sorrir. Sempre com os olhinhos a brilhar.

Aquela criança já havia se apresentado de diversas formas. A última havia sido de cabelos vermelhos e sardas no nariz, quando, com a aparência de uma menina travessa, adentrara o Vale das Árvores Lamuriosas e silenciara o pranto das árvores e o de Vanessa.

Agora, assumindo o aspecto de uma nova criança, Ele pintava uma tela lá no alto do céu.

Segurando um pequeno e simples pincel, usando tons claros e suaves, o pequeno pintor desenhava um jardim, repleto de flores vivas e lindas.

– Ele parece adorar jardins – disse Vanessa ao rapaz misterioso. – Temos muito em comum com Ele.

– Tenho certeza de que adora. Veja como Ele está feliz.

Ainda regando flores, o casal continuou a desviar olhares àquela criança que, lá no alto céu, coloria telas e pintava vidas, exalando alegria e amor.

Por entre as cores e os rabiscos do menino, risos se formavam, e Vanessa, regando o próprio jardim com o amor de sua vida, aceitou que as flores mortas significavam plantações de aprendizados que agora germinavam em seu ser.

Tudo era um plano, tudo tivera um propósito – as frases do rapaz sem face e de Junior, ditas pouco antes de ele morrer, misturaram-se, enfim, fazendo sentido.

Ela teve vontade de galopar mais uma vez. Aquilo a aproximava de Junior de alguma forma.

Não foi preciso expressar com palavras aquele desejo.

Sorrindo com o olhar, o rapaz a acompanhou.

Subiram no cavalo e ele começou a correr pelos campos dos sonhos.

A sensação de felicidade e descobrimento os invadiu e eles quiseram que aquele sonho, de fato, não tivesse fim.

O animal apenas parou quando, depois de adentrar em uma floresta densa, encontrou uma pequena clareira.

Ali, aos pés de uma árvore, repousava um baú dos tesouros.

Vanessa e o rapaz se lembravam.

O pequeno pintor travesso havia deixado aquele baú aos seus cuidados.

Ela tentou abri-lo, em vão. Porém, notou que ele estava um pouco mais frouxo que da outra vez.

– Está chegando a hora – o rapaz disse, abraçando-a.

Os segredos seriam revelados. *Faltava pouco.*

Nesse momento, um choro fraco a acordou, envolvendo-a na dura realidade de sua vida e tirando-a dos braços de quem tanto amava.

Ao lado de Vanessa na cama, pequenino e especial, Peter repousava na mais profunda escuridão.

Ela e Vitor haviam improvisado uma caixa escura, que antes servia para armazenar conservantes, para trazê-lo do hospital. Já em casa, Nenê apagara todas as pequeninas fontes de luz do quarto, cerrara todas as janelas e cortinas com força e envolvera o bebê em seus braços.

Trouxera do Centro Gestacional uma pequena máquina de amamentação (*mãe artificial*), muito usada para as classes baixas, já que aqueles bebês eram propriedade do Maquinário e jamais teriam contato físico com as mães biológicas.

Vitor dera-lhe todas as provas possíveis de amizade e lealdade naquela noite, ajudando-a sem questionar em tudo de que ela precisou para trazer o bebê a salvo para casa.

Lucy tinha infinitas perguntas, mas a dona ordenou que deixasse o quarto, sem nada responder. O som das esteiras deslizando para fora do cômodo dessa vez a fez rir. Já não estava irritada como quando as mudanças começaram a surgir em sua vida. O crescimento dentro de seu peito era notável, assim como sua forma de ver *tudo*.

Dominique dormia quando Vanessa chegou, portanto, ainda não soubera de Peter.

Nem o fato de ter roubado uma criança (além de uma máquina de amamentação) a fazia sentir-se culpada.

Tudo o que conseguia sentir era que Peter trazia-lhe parte da paz que fora roubada quando Junior partira.

Nada nem ninguém jamais substituiria o irmão, mas ter Peter em seus braços fazia com que a dor parecesse diminuir um pouco, à medida que seu coração amolecia frente a uma nova vida.

Vida que ela salvara e gerara e já era capaz de amar.

Peter não podia viver nem um segundo sequer em meio à luz.

Mas ele era sua própria luz.

Na mais densa escuridão em que Peter se encontrava, Vanessa não conseguia sentir medo ou pavor.

Sabia que ele era especial e que ele era a própria luz. Ele era capaz de dissipar trevas e acalmar corações.

Fizera isso com ela ao nascer. Trouxera à sua existência, banhada de escuridão, uma luz diferente e divina. Uma chama da vida, que ela pensou jamais voltar a sentir.

Peter jamais viveria na luz, por ser fonte própria de brilho, por iluminar as trevas apenas pelo fato de estar vivo. Se sua luz não era visível, era porque certamente faria com que os olhos doessem. Tamanha era sua força. *Avassaladora e salvadora.*

Ele simbolizava tudo de mais lindo que havia no mundo, ou que *deveria haver.* Tudo que Vanessa resgatara de bom de dentro do seu peito – os próprios sentimentos –, em meio a tanto esforço e dor.

Ele era luz em meio às trevas. E para sempre seria. A escuridão era nada.

Nenê ficou a embalá-lo em seus braços, pensando em como tudo mudara no dia em que prometera salvá-lo.

Com ele, a vida de Vanessa se transformava e se reinventava ainda mais, assim como ela própria.

E, apesar de parecer impossível que mais estranhezas acontecessem, o Vigia da casa anunciou uma não aguardada aproximação.

Acalmando Peter e deixando-o no quarto escuro, Vanessa foi até a sala verificar quem havia chegado naquela manhã.

Deparou-se com Dominique e os robôs festejando em volta de algo.

Pediu que se afastassem e, então, contemplando o motivo da alegria, caiu ao chão de susto, dizendo:

– *Adrielle!*

Era *muito* para a cabeça e o coração de Vanessa.

Ela se sentia sugada por um poço infinito. Não parava mais de cair.

Não era possível. Nada daquilo era possível.

"A mensagem na garrafa. Os sonhos. A cidade destruída e sem esperanças. Zildhe. As Manchas. A Mancha que sugara a vida de Junior. O misterioso rapaz que tinha que encontrar. A criança dos sonhos que mudava de forma e acalmava prantos. A catedral. Os sentimentos que redescobria. A oração que nunca aprendera a fazer. A morte do irmão. O nascimento de Peter. Seu roubo. O crime de salvar uma vida diferente. A doença de Peter. Ele era luz em meio às trevas, ao mesmo tempo em que era impossibilitado de suportar qualquer tipo de claridade."

Tudo rodopiou e a atormentou de forma cruel e pesarosa naqueles instantes avassaladores.

Lentamente abriu os olhos, contemplando, ainda sem foco, a sala de sua casa.

Os robôs a fitavam de cima, assim como a irmã.

– O que aconteceu? – ela indagou, engasgando.

– Você caiu, acho que desmaiou – disse Dominique.

– Eu ando muito cansada e com muitas preocupações...

Vanessa ia dizendo, quando, de repente, a robô rosa fluorescente que pertencera a Junior apareceu em sua visão.

Era verdade.

Estava, de fato, cansada e com excesso de preocupações, porém havia outro motivo para o desmaio.

Como era possível que Adrielle estivesse ali, na sala de sua casa?

Junior havia morrido!

Os robôs particulares eram levados para a Fábrica dos Mortos junto de seus donos, para terem suas memórias apagadas e poderem ser reutilizados.

Nada se perde – alegava o Maquinário.

– O que faz aqui? – Nenê perguntou lentamente para a robô, sentindo que não aguentava mais fortes emoções.

– Eu voltei para casa – ela respondeu timidamente.

– Mas o Junior está vivo?

– Não, claro que não. Ele morreu nos seus braços, lembra?

Vanessa lembrava-se de cada instante daquele momento e daquela dor, contudo, não compreendia como a robô poderia estar ali.

Ela sempre fora a mais sensível e tímida dos robôs da casa e, com sua voz suave e delicada, explicou a todos:

– Eu fugi da fábrica. Sou pequena. Levei o dia todo me escondendo nos cantos e percorrendo os corredores somente quando estavam vazios. Aquele local é imenso! Finalmente, consegui atravessar os portões e voltar para casa.

Ainda confusa, Vanessa disse:

– Isso é ótimo. Mas por quê?

– Junior era muito especial. Eu não queria esquecê-lo. Não podia permitir que apagassem sua vida para sempre.

Nenê fitou a robô, enquanto novas indagações rodopiavam por sua mente.

Não seria preciso verbalizá-las. A resposta, no fim das contas, era apenas uma: Junior não podia ser esquecido.

Ele era um herói.

Ele fizera de Vanessa um ser sensível e capaz de amar. Tinha de ser lembrado e imitado para que, assim, a *reinvenção* – aquela mencionada na mensagem na garrafa – do mundo pudesse ser iniciada.

Vanessa abraçou a robô, disse que era muito bem-vinda e que aquela sempre seria sua casa.

Felizes, todos a rodearam, enquanto ela abriu o próprio sistema e deixou que as lembranças de Junior se projetassem em uma tela virtual imensa na sala.

Estava tudo ali.

Cada instante de sua vida, desde o momento em que ele fora gerado em uma Cama no Hospital dos Embriões.

Seus primeiros passos e palavras. Seus estudos, cada uma de suas pesquisas.

As imagens incontáveis da natureza e, sobretudo, dos cavalos, que ele tanto amava.

Cada dia dos nove anos de puro amor que ele vivera estava gravado na memória de Adrielle.

Dominique sorria ao poder ver o irmão novamente. Lucy e Flummys estavam agitados como nunca. E Vanessa não conseguia frear os sentimentos ao ter Adrielle novamente em casa, ao ter para sempre as cenas da vida de Junior, ao poder vê-lo nas telas, lembrando-se do amor que ele a fizera sentir.

Emocionada, Nenê abraçou a robô rosa fluorescente e disse:

– Obrigada.

Antes, porém, que qualquer resposta pudesse ser dada, um choro inundou a sala, vindo do quarto de Vanessa.

– O que é isso? – Nique perguntou.

Lucy esticou os olhos para a dona, desconfiada.

Todos queriam respostas.

Capítulo 20

Pesadelo

DOMINIQUE ESTAVA ASSUSTADA COM o cenário que via. Os gritos ecoavam em seus ouvidos, atingindo-os feito facas cortantes dilacerando a pele fria.

A voz de Marina era entrecortada pelo som dos dirigíveis em alta velocidade, que flutuavam a centímetros do solo pelas estradas ladeadas por construções incontáveis.

Poucas vezes ela saíra de casa. Não imaginava que o mundo estivesse tão lotado e desordenado e, muito menos, o perigo que significava ir de uma cidade para outra.

Preocupava-se apenas com Peter.

Como estaria o pequeno menino que não suportava a luz? Marina, seguida pelas robôs Violeta e Adrielle, o carregava.

Todas as vezes em que Nique tentou olhar para trás com o intuito de saber se o pequenino estava seguro, Marina gritou ainda mais alto para que ela continuasse a correr.

Altos edifícios, céu cinza-escuro alaranjado, veículos e aglomerações. Do outro lado, casas de cidadãos das classes R e E, protegidas por redoma.

Era noite quando chegaram à Cidade que Nada Teme.

Vanessa cerrou os olhos por um instante, pensando que aquilo tudo se tratava de um pesadelo.

Contudo, quando tornou a abri-los, a realidade a engoliu com sede de vingança e ódio.

Ela agira contra o sistema.

Diversas vezes.

O robô gigante, de sessenta metros de altura, cujos pés bem articulados, para espanto de Nenê, transformavam-se em uma espécie de barca, capazes de atravessar o mar marrom e lodoso, a transportou em alta velocidade até a Ilha.

Apesar da distância, fora uma travessia rápida, porém tenebrosa. A natureza, com mesclas de tons laranja e marrom, tornava tudo ainda mais sombrio.

Ao avistar a Ilha pela primeira vez, teve certeza de que o aspecto do local era ainda mais repugnante do que haviam descrito.

Estar ali era pior que qualquer pesadelo, isso, por si só, a fazia crer na terrível nova realidade de sua vida. Ruim daquele jeito, só podia ser real.

Pisando em terra firme, após a desagradável travessia, ela percebeu o propósito do Maquinário ao manter os prisioneiros naquele local.

Não havia construções, ou grades, ou celas.

Apenas a natureza inóspita, que aprisionava os seres humanos naquele pedaço do inferno sobre a Terra.

O veneno presente no ar que inalava e o mau cheiro que lhe adentrava as narinas fizeram com que se esquecesse de tudo o que vivera até ali e de tudo pelo que lutara.

Estava tudo acabado.

Aquela era sua nova vida.

Seu novo pesadelo.

Real.

Vitor desesperou-se ao ouvir as novidades.

Uma nova Geradora foi designada para sua ala. O trabalho prosseguiu normalmente, após uma grande inspeção do Maquinário no Centro Gestacional para conferir se nenhuma outra Descarga havia sido evitada nos casos de bebês deficientes.

O rapaz não aceitava outra pessoa ali. Aquele cargo era – e seria para sempre – de Nenê. Eles trabalhavam em perfeita sintonia e compreendiam-se, respeitavam-se. Ele tinha que ajudá-la, era também responsável por ter sustentado suas loucuras de trazer Peter ao mundo.

Não podia suportar que, talvez, nunca mais pudesse vê-la.

Qual é o propósito de tudo? Da vida? Desta cidade? Do Maquinário? E o meu propósito? ele questionou a si mesmo, percorrendo os corredores entre as Camas.

Aquelas perguntas provavam o quanto as mudanças de Vanessa haviam contagiado todos ao seu redor.

Uma grande rede de reinvenções estava começando a se formar.

Bernardo procurou Johnny. Sabia que o rapaz era membro do Maquinário e vizinho de Vanessa desde que nasceram. Era sua única esperança de trazer Nenê de volta para casa.

Porém, para seu pesar e desapontamento, Johnny disse:

– Eu não tenho autoridade para tirá-la da Ilha. Sou apenas um membro regular do Maquinário, não faço parte do Conselho e das decisões. Acredite, eu também queria tê-la de volta.

Gus sentiu falta da companheira de horas e mais horas de conversa sobre os Antigos. Ao descobrir que ela havia sido presa, juntou todos os livros de que dispunha e que poderiam ter alguma linha que defendesse as atitudes de Vanessa.

Percebendo que os crimes da amiga eram inaceitáveis ao Maquinário, tudo o que pôde fazer foi recorrer ao costume dos Antigos...

CJ e Gus eram os únicos presentes na catedral esquecida e silenciosa. Quando soube dos motivos que levaram Gus até aquele local, CJ imaginou que só podia se tratar da moça de olhar triste e sofrido; a única que tivera coragem para percorrer aquele corredor e abrir-se ao invisível.

O historiador mostrou-lhe uma imagem de Vanessa, confirmando as suspeitas do limpador da escadaria. Então, caindo sobre os próprios joelhos, sem poder acreditar na triste sorte daquela pobre jovem, CJ uniu-se a Gus próximo ao altar, que ainda apresentava vestígios da ira de Nenê, e, juntos, pediram aos céus que não permitissem que ela continuasse no inferno para o qual havia sido enviada.

ALGUMAS HORAS MAIS CEDO

Dominique jamais censuraria ou julgaria a irmã por ter trazido Peter para casa. Era ainda muito jovem e dominada pelos ensinamentos do Maquinário para expressar suas emoções, mas sorriu quando, no escuro, pôde sentir a pequena forma de vida que ali se encontrava.

Talvez pela morte recente de Junior, ela teve vontade de segurar aquele pequeno bebê no colo, senti-lo, sussurrando que *sentia* como se estivesse ganhando um novo irmãozinho.

Aliviada, Vanessa contou também com o apoio dos robôs. Inclusive de Lucy, com quem estava apreensiva, por ser extremamente ciumenta.

Surpreendentemente, a robô gostou da ideia de uma nova criança na casa.

Era um alívio. Uma briga com Lucy seria dispensável naquele momento.

A maior surpresa, entretanto, foi a conexão que Marina teve com o *menino diferente*.

Assim que chegou com Violeta para o trabalho na casa, Vanessa contou-lhe tudo, certa de que ela descobriria de qualquer forma.

Apreensiva, aguardou as primeiras palavras da empregada, que de certo a repreenderia pela loucura.

Contudo, Marina pareceu compadecer-se do caso de Peter. Tão diferente. Tão especial. Tão desprotegido.

Seus instintos liberaram palavras de afeto e encorajamento para Vanessa, afirmando que ela havia feito o certo ao não lhe dar a Descarga.

Outra boa notícia para a empregada foi a volta de Adrielle.

Imediatamente, ela deu uma ideia à Vanessa:

– Os robôs têm capacidade de armazenar a vida toda de seus donos. A vida de Junior foi tão curta. Tenho certeza de que há espaço suficiente – e vontade – em Adrielle para armazenar também a vida de Peter. Será uma vida diferente e digna de registro.

– Eu não havia pensado nisso – confessou Vanessa. – Você está certa. Peter merece ter cada instante de sua vida registrado e armazenado. Nada mais perfeito que compartilhar a mesma robô com Junior. Ambos são especiais e fontes de luz, cada um ao seu próprio modo.

Adrielle vibrou com a novidade e prometeu velar os sonos e suspiros do bebê nos dias e nas noites de escuridão. Cuidaria dele com devoção e afinco.

A escuridão não a intimidaria se ela estivesse com seu protegido. Por ele, deixaria de ser a robô medrosa que se escondia sob as camas durante as tempestades.

E foi em meio a momentos raros de paz, quando todos aceitaram e acolheram Peter, quando Nenê pela primeira vez em dias conseguiu finalmente sentir-se aliviada, que os membros do Maquinário invadiram a casa.

Por sorte, não sabiam de Peter. O motivo da prisão era outro. Eram os sonhos e os sentimentos.

Receberam a denúncia de que, logo após a morte do irmão caçula, a moça havia se desesperado. *Chorado. Sentido.*

Aquilo era intolerável no novo mundo que construíram.

Ao pesquisarem sua vida, os cientistas detectaram baixa atividade em sua Máquina de Sonhos, e logo chegaram à conclusão de que ela deveria estar sonhando por conta própria!

A Ilha era um destino bom demais para uma jovem com tamanhos distúrbios e teimosias, conforme os membros do Maquinário decidiram.

No momento em que a prenderam, Adrielle havia escondido Peter dentro do guarda-roupa, implorando a ele para que não chorasse naqueles poucos minutos em que a casa estava repleta de cidadãos E's.

– Eu vou protegê-lo, eu vou cuidar de você – a robô disse-lhe na escuridão repetidamente.

Aquilo, entretanto, não era o suficiente para deixar Vanessa tranquila.

Enquanto era carregada para seu terrível destino, ela olhou com força para Marina, bem dentro de seus olhos. Tudo o que lhe disse foi:

– Dominique. Peter.

A empregada e, acima de tudo, amiga, compreendeu.

Não deixaria que o Maquinário levasse também as crianças.

Precisavam fugir.

A Ilha era uma porção de terra alta que restara após a inundação das cidades costeiras ao longo dos séculos.

Um ambiente completamente inóspito e inabitável. Cada centímetro daquela porção de terra era uma armadilha para a vida de seus prisioneiros.

A vegetação rasteira e espinhosa se projetava de seu solo seco e arenoso, castigado pelo sol. A falta de proteção contra seus raios diretos era não apenas uma forma de castigar a terra, como os seres que nela habitavam.

Ali os prisioneiros queimavam dia após dia, definhando progressivamente.

A estadia, portanto, não seria longa. Em caso algum. Tampouco seria indolor.

Se não bastassem o sol e os espinhos da vegetação, ainda havia o ar.

Completamente poluído, ele diminuía a chance de sobrevida dos prisioneiros a cada novo arfar.

E tudo sem proteção alguma.

E tudo rodeado apenas pelo mar.

Era aquele mesmo mar que Vanessa vira no dia em que encontrara a mensagem na garrafa. Tanta coisa acontecera desde aquele dia que parecia ter sido em outra vida. Uma vida ainda com as esperanças a germinar.

Ela daria tudo para ter de volta aquela velha sensação.

Agora, toda e qualquer esperança que um dia tivera estava morta. Tanto quanto ela estaria em poucos dias naquele local.

A fuga era impossível.

Os dois dos robôs gigantes que traziam os prisioneiros também faziam guarda, vigiando a Ilha o tempo todo.

Além disso, o mar lodoso era impossível de ser atravessado, principalmente a uma distância tão grande do continente. Tampouco seria possível andar sobre ele, assim como ninguém seria capaz de "nadar" em suas águas densas e marrons.

Vanessa ouvira boatos de que não havia divisão de sexo, idade ou classe social na Ilha. Eles simplesmente eram jogados ali, feito presas fáceis.

Os boatos de abuso por parte dos homens que haviam se entregado à selvageria não eram poucos e, a cada novo passo naquele local, Nenê sentia que dezenas de pares de olhos famintos a fitavam, prontos para o bote.

Outros prisioneiros, entretanto, alimentando-se de raiz e lama, não se deram ao trabalho de fitar a nova prisioneira.

O Maquinário enviava novos cidadãos diariamente para lá e, à medida que morriam, seus corpos eram jogados feito lixo no mar ao redor, misturando-se ao lodo e reduzindo-se a nada.

Logo após ser atirada por um dos robôs gigantes na Ilha, Vanessa percebeu que vários boatos que corriam pelo continente acerca daquele local eram reais, embora tivesse a ligeira impressão de que muitos seriam ainda piores na realidade.

Tentando dar passos lentos, para não ter de forçar a respiração, poupando ao máximo o pulmão do ar envenenado e as narinas do cheiro fétido, ela quase caiu em um buraco.

Alguém, em seu interior, gritou e esbravejou.

Sentindo-se ainda mais intimidada, Vanessa percebeu o que aquele buraco representava.

Girou nos próprios calcanhares e notou um número sem fim de tocas. Em cada uma cabia um ser humano exato, ou melhor, a própria pessoa que a cavara. Elas estavam por toda a extensão da Ilha, eram a forma que os prisioneiros haviam encontrado para não morrerem queimados pelo sol imediatamente.

Ficavam ali, escondidos embaixo da terra, até que a morte descobrisse seus esconderijos e carregasse um por um. Papel que desempenhava sem descanso naquela prisão.

Se o Maquinário a enviara ali em função dos *sonhos* e *sentimentos* que ela apresentava, não podia imaginar o que fariam quando descobrissem Peter.

E eles iriam descobrir. Rapidamente após a denúncia de sua demonstração de sentimentos, rastrearam sua Máquina de Sonhos. Poderia levar alguns dias para saberem de Peter, já que ela não deixara rastros. Mas era impossível esconder qualquer coisa dos membros do Maquinário. Eles tinham olhos e ouvidos por toda a cidade e, certamente, estavam interessados em saber mais a respeito de Nenê, a moça que sonhava e sentia.

O pior de tudo, entretanto, não era simplesmente o fato de ter roubado Peter. Mas, sim, o de ter trazido ao mundo uma criança diferente, que deveria ser eliminada o mais rapidamente possível.

Não se preocupava consigo. Preocupava-se com Peter. O que aconteceria a ele?

Ela jurara protegê-lo.

Onde estariam agora ele, Dominique e Marina?

E Vitor? Ela não podia tê-lo envolvido nisso tudo.

Com a raiva – um novo sentimento – preenchendo cada fibra de seu ser, ela começou a cavar a terra com as próprias mãos.

Os cidadãos das classes baixas poderiam – e deveriam – ter um filho apenas e doá-lo ao Maquinário, para que as funções inferiores continuassem a ser executadas nas cidades.

Os pais de Marina, contudo, foram criminosos.

Haviam tido sentimentos um pelo outro e, mesmo sendo pobres, tiveram dois filhos.

O casal morreu na prisão, na mesma Ilha que agora Vanessa habitava. Por isso, Marina compreendia sua dor, suas perdas e lutas.

A empregada era um ser, como todos os demais, que lutava para encobrir, para camuflar os próprios sentimentos. Mas, como muitos, Marina também já não conseguia escondê-los tão bem.

Acima de tudo, ela compreendia e temia o terror que Vanessa estaria vivendo naquela porção de terra rodeada por um lodo infinito.

Marina e o irmão, Giga, haviam sido separados assim que ele nasceu. O Maquinário decidiu não executar as crianças e sim aproveitá-las na sociedade.

Separando-os de cidade não haveria problemas quanto à criação de laços familiares, proibidos às classes baixas. E, assim, anos se passaram.

Esperta e bem informada, Marina havia conseguido localizar seu irmão há pouco mais de dois anos.

As cidades eram grudadas e, apesar de ter de percorrer ruas perigosas por uma distância considerável, além de tomar duas conduções públicas caóticas, ela o visitara algumas vezes.

Em segredo.

Ela própria cometia seus crimes.

O mais grave certamente era o desejo de ter uma família.

Quando as tempestades atingiam a Cidade que Nunca Dorme, mas eram noticiadas como mais brandas na Cidade que Nada Teme, para lá ela ia refugiar-se, junto de Violeta. As tempestades costumavam ser piores na Cidade que Nunca Dorme por esta ser litorânea (se é que *aquilo* pudesse ser chamado de *litoral*).

Nunca dissera nada a Vanessa, mas o irmão já salvara sua vida algumas vezes, visto que o local que ela habitava havia sido destruído pela última forte tempestade que assolara a cidade.

No momento em que sentiu a urgência de tirar Nique e Peter de casa, não pensou duas vezes para onde os levaria.

Com a caixa preta que Nenê havia improvisado quando tirou o bebê do hospital, ela começou a correr assim que ganhou a rua. Instruindo Dominique a fazer o mesmo.

Violeta, sua robô ajudante, teve a função de carregar a mãe artificial, que nada mais era que uma máquina de amamentação cilíndrica e metálica, de cerca de trinta centímetros.

Era um pouco pesada, por isso Adrielle, que não abandonaria seu protegido, juntou-se a ela na função. Assim, o estranho grupo fugiu pela cidade, disfarçando para não ser notado nas conduções flutuantes superlotadas e correndo o máximo possível quando seus pés atingiam o solo.

Até que a Cidade que Nada Teme os recebeu. Após alguns metros percorridos, Giga abriu-lhes a porta, assustado com a chegada de um bando tão excêntrico.

Sua irmã, carregando uma criança em uma caixa preta, que dizia não poder ter contato com a luz; uma menina de olhar assustado e pernas a tremer em razão da correria; além de duas robôs, que carregavam uma máquina de amamentação.

Se o Maquinário havia poupado sua vida quando ele nasceu sem poder, tinha certeza de que não fariam o mesmo se descobrissem seu envolvimento com esse grupo.

Mas isso não fez com que ele se questionasse nem uma única vez a respeito do que faria.

Sua casa tinha apenas um cômodo e ficava em uma alta construção vertical para indivíduos P's e M's. Mas quando abriu a porta da frente para acolher a irmã e seus companheiros, a moradia tornou-se um lar quente e confortável.

E seguro.

Por enquanto.

Capítulo 21

Os crimes que ela cometeu

GIGA NÃO ERA DIFERENTE de Marina. Estava também na casa dos vinte anos, embora fosse um pouco mais jovem.

Sabia que estava no fim da vida, já era quase um senhor perante sua classe social.

A vida tingida por tons de laranja, cinza e marrom nunca o deprimiu. A sociedade que o esmagava nunca lhe foi motivo de tristeza. O Maquinário nunca o intimidou.

Ele soube conservar o legado que os pais haviam deixado ao morrerem na prisão por amar.

Giga conservara essa essência, e a vida lhe retribuiu da melhor forma possível, quando fez a irmã, perdida há muitos anos, bater à sua porta pela primeira vez.

Cada nova visita de Marina enchia seu coração de sentimentos. Se tudo aquilo era um crime para o mundo, não era um crime para ele. O rapaz permitia-se amar e sentir, ciente de que o Maquinário jamais descobriria quem ele era por dentro. Para a classe E, ele não passava de mais um cidadão que colaborava com a sociedade de forma prática e ágil.

Agora, após o susto inicial de acolher a irmã e seu estranho grupo, Giga estava fascinado com a história de Dominique, Peter e, sobretudo, de Vanessa.

Admirava a moça, mesmo sem conhecê-la, e queria ajudar como pudesse.

– Você e seus amigos são bem-vindos para ficar aqui em casa o tempo que precisarem, minha irmã – ele disse à Marina, após ouvir todas as suas explicações.

Sorrindo, ela o abraçou com força, sentindo o laço invisível de amor que os unia. Laço pelo qual os pais viveram e morreram.

Laço que nada nem ninguém jamais seria capaz de destruir.

Giga construiu uma espécie de cabana com todo material disponível que possuía, como placas, cobertas e até pequenos utensílios, do tamanho que caberia um adulto sentado em seu interior, além de Peter.

Assim, ele e Marina poderiam se revezar para tomar conta do pequeno e a cabana não ocuparia espaço demasiado em sua casa. Ela impedia que a luz atingisse o neném, e, por isso, ele repousou tranquilo ao ser colocado ali, sobre uma grossa manta.

Em poucas horas, todo o passado que envolvia a própria família fez Giga se apegar a Peter e Dominique de uma forma linda e verdadeira.

A rede de sentimentos continuava a crescer silenciosa pelo mundo, nos lugares em que menos se podia imaginar.

Lucy e Flummys permaneciam sozinhos na casa de Vanessa, castigados pelo peso das horas que passavam e não traziam novidades.

Haviam testemunhado a prisão de Nenê, seguida pela fuga dos demais.

Marina os impedira de ir, já que Violeta e Adrielle trariam suspeitas suficientes quando fossem avistadas pelas ruas.

Assim, os outros dois robôs, o de Nique e o de Vanessa, tiveram que permanecer na casa e esperar.

Os minutos pareciam eternos e a angústia os atormentava. Eram programados para controlar e auxiliar a vida dos donos, além de protegê-los em todas as situações. Não poder fazer nada perante os conflitos que a família vivenciava transformou aqueles instantes em tortura para as duas pobres criaturas.

Desesperada, Lucy começou a correr em círculos pela casa, girando suas esteiras o mais rápido que podia.

Flummys a fitava, tornando-se ainda mais ansioso ao ver o desespero da outra robô.

Com o peso das horas, ela não mais se controlou e começou a bater a cabeça metálica em forma de cogumelo na parede da casa.

Lucy precisava fazer algo. Precisava de notícias. Precisava de Vanessa e de sua *família*.

O calor infernal cobria todo seu corpo de desespero.

No interior da toca que acabara de cavar, Vanessa derretia e se contorcia em desespero.

O espaço apertado não permitia que seus movimentos fossem amplos, machucando os próprios braços e pernas, chegando a manchar a terra árida de vermelho sangue.

A dor, a fome e o desespero, mesclados com o calor e a falta de notícias da família e dos amigos, produziram em Nenê um estado de torpor e delírio.

Ao longe, podia ouvir o que se passava na Ilha, do lado de fora de sua toca.

Gritos e mais gritos. Apenas eles irrompiam pelo ar quente.

O mar continuava paralisado em seu lodo e os seres humanos morriam naquela porção de terra alta que restara do que, um dia, fora uma cidade.

Em meio a seus devaneios, pensou nos Antigos.

O mundo antigamente era dividido por países, conforme ela estudara. Agora era um aglomerado de cidades, controladas pelo Maquinário. Boa parte das porções habitáveis do planeta havia sido coberta pela água e, posteriormente, pelo lodo do mar. Os continentes eram muito menores que outrora.

Ao longo dos séculos, várias tentativas de habitação haviam sido feitas pela humanidade, que chegou a construir plataformas para abrigar cidades sobre o mar.

Após mortes e catástrofes, restaram apenas as ruínas.

Vanessa, mais que nunca, era parte daquele cenário catastrófico e moderno que a humanidade atingira, após séculos de destruição e tentativas falhas.

Continuava a desejar que tivesse nascido em outra época, *na qual* não seria presa por ter sentimentos, *na qual* não teria que se refugiar do sol e ser envenenada pelo ar.

Na qual poderia adotar uma criança diferente e criá-la de uma forma justa e humana. *Na qual* poderia ter o direito de chorar pela morte do irmão. E dos pais.

Caco e Valentina. *Seus pais.*

Na ocasião em que morreram, pela incompreensível morte abrupta, Vanessa era jovem e ainda seguia alguns protocolos, como não exteriorizar ou ao menos aceitar os próprios sentimentos.

Mas nem por isso a ausência deles deixara de doer.

Até hoje doía. Agora ela podia perceber isso.

Os minutos de desespero fizeram com que o devaneio se tornasse mais intenso.

Ele não veio sozinho. *O devaneio trouxe as lembranças...*

Nenê podia assistir a cenas de sua infância, com Lucy em seu encalço pela casa, enquanto a mãe e o pai seguiam suas vidas programadas.

Eles obedeceram ao sistema, mas, sem querer, deram tanto amor à Vanessa, Dominique e Junior, que era impossível não o sentir.

Vanessa sabia que aquele amor era a origem de tudo. Ele havia feito sentimentos proibidos pelo Maquinário brotarem e crescerem em seu interior. Com a morte de Junior e todas as demais mudanças pelas quais passara recentemente, aqueles sentimentos, agora com raízes profundas e estáveis, haviam crescido tanto em seu peito que acabaram por mostrar seus frutos ao mundo, levando Vanessa à prisão por possuí-los.

Lembrou-se das brincadeiras com o pai e das conversas com a mãe. Valentina havia lhe contado muito sobre o mundo e sobre os Antigos e lhe preparara para ser a mulher que Vanessa havia se tornado. Uma mulher capaz de amar, em um mundo no qual sonhar e ter sentimentos era crime.

Ela não tinha vergonha nem se arrependia dos crimes que cometera.

Eles a tornavam diferente e eram a única esperança para que a humanidade pudesse começar seu processo de reinvenção, segundo a mensagem na garrafa lhe alertara.

Agora ela compreendia que a chave de tudo estava no passado.

Se não era possível voltar, era possível recomeçar e seguir em frente de uma nova forma. Com *sentimentos* e atitudes diferentes. Era preciso olhar para o passado, mudar o presente e reconstruir o futuro.

As lembranças dos pais, vivos e amorosos, rodopiaram à sua volta na toca que ela cavara na Ilha, atormentando-a ainda mais, uma vez que agora ela já conhecia a dolorosa *saudade*.

Junior também lhe envolvia em abraços ilusórios e lhe falava sobre seus sonhos e suas paixões.

– Meu menino. Ah, meu menino. Eu não consigo me acostumar com sua ausência.

Continuou a debater-se e agitar-se, tentando livrar-se do calor e do sofrimento, tentando afastar as lembranças. Elas não eram boas companheiras naquele momento, traziam ainda mais dor. As memórias riam e debochavam de sua cara, irônicas, mostrando como poderia ter sido tudo diferente.

Peter.

O menino que não podia ver a luz apareceu em sua mente, desde seus estágios iniciais de gestação extracorpórea até o momento de seu nascimento.

Onde estaria ele agora? Estaria protegido e seguro? O que aconteceria a ele quando o Maquinário descobrisse mais esse crime de Vanessa?

Por fim, a cartada final de sua mente descontrolada, que sentia prazer em atormentar-lhe e aumentar a dor de sua existência, foi trazer-lhe à mente os sonhos.

Se ao menos ela tivesse tido a chance de encontrar o rapaz misterioso além dos sonhos, juntos eles poderiam ter lutado. Ela sabia da força e do poder do amor que compartilhavam. Sabia também que ele estivera por perto em sua vida, *bem perto*.

Mais que nunca, naquela prisão, à beira da morte, ela sentia que *precisava dele*.

Precisava de seu abraço afetuoso e de sua presença calorosa, que aquecia seu coração de ternura e espantava todos os seus temores.

Ela precisava dele, seu amigo, seu amor, seu companheiro de sonhos, sua máquina gêmea, o dono do coração que pulsava junto do seu independentemente da distância ou da saudade. O único capaz de fazê-la sorrir na dor e de fazê-la entregar-se à chuva em qualquer tempestade.

Juntos eles regaram e cultivaram os jardins dos sonhos que projetaram.

Vanessa gritou de desespero, mesclando o próprio grito aos que ecoavam por toda a Ilha, ao lembrar-se de que não veria sua face, nunca saberia seu nome, nunca lhe daria um abraço real. *A vida sem ele doía*. Então, era melhor que acabasse logo.

E, em meio à amargura que as doces lembranças e os suaves sonhos lhe traziam, ela adormeceu.

E sonhou.

Vanessa abriu os olhos, mas foi como se ainda os mantivesse fechados.

A escuridão pesou sobre seus ombros.

Piscou diversas vezes, mas o negror da noite sem lua e estrelas só aumentou ainda mais.

Caminhou noite adentro, entregando-se à escuridão completa, desejando mais que nunca encontrar alguma fonte de luz.

A cada novo passo pensava em Peter e em como sua vida toda seria daquela forma, tingida por uma noite escura e sem estrelas.

Mas sabia que ele era luz. Ele guardava luz dentro de si. A escuridão jamais o impediria de ser feliz. Era isso o que ela sonhava para ele, seu *pequeno menino diferente*.

Já ela, mesmo podendo estar na luz, não conseguia.

Sua própria existência estava tingida de escuro. Ela deixara isso acontecer, e parecia não ter mais volta.

Tateando na escuridão, caminhou pelos domínios dos seus sonhos, sem esperanças de que voltasse a ter um pouquinho de luz em sua vida.

Após muito tempo de uma caminhada que jamais a levaria a lugar algum, ela começou a pensar na criança dos sonhos antigos. Aquela criança especial, que pintava telas, e cujos olhinhos eram fonte de luz por si só.

Pensou nela, desejando que estivesse em sua companhia novamente.

Em seguida, trouxe de volta os pensamentos sobre sua própria vida, mesclando, agora, sentimentos duvidosos a vestígios de fé e a resquícios de esperança, finalmente. Era o resultado de ter pensado *na criança*.

Então, muito ao longe, avistou um pontinho dourado.

Não podia ser!

Seria uma miragem ou um novo devaneio?

Em meio a tanto negror, aquele pontinho era como uma centelha de vida para Nenê. Sem pensar, ela correu para alcançá-lo.

Era tão minúsculo, mas ainda assim era capaz de guiá-la. Estava tão longe e, mesmo após correr por um momento que simbolizou horas, ela ainda estava cheia de esperanças ao se aproximar.

Timidamente, chegou mais perto daquela fonte de luz que, apesar de pequena, era intensa e capaz de fazer-lhe a vista doer, após tanto tempo em que estivera mergulhada na escuridão profunda.

Para sua alegria e surpresa, a luz, forte e maravilhosa, vinha de um pequeno potinho. Este, por sua vez, estava nas mãos de um simpático menino, cuja face Vanessa pôde ver entre os raios de luz.

Ele era moreno, de cabelo completamente raspado e, quando sorriu, Nenê percebeu que não tinha alguns dentes.

Simpático, ele disse:

– Estou feliz por reencontrá-la.

Apesar de nunca ter visto aquela face antes, Vanessa se lembrava de que aquela criança especial podia assumir a forma que desejasse. Sorrindo, após muito tempo envolta por dor e pesar, ela finalmente falou:

– Também estou feliz e aliviada por voltar a ver um pouco de luz.

– Você gostou das minhas estrelas? – o menino indagou alegre.

– São estrelas?

– Isso mesmo. Este é o meu potinho de estrelas – ele disse erguendo o objeto no ar. – Quando tudo ficar escuro e você não conseguir ver nada à sua volta, lembre-se de que eu guardei as estrelas em um potinho para você. Nenhuma escuridão dura para sempre, veja...

Dizendo isso, Ele abriu o pequeno pote, libertando a luz que guardara. Assim, milhares de estrelas saíram do potinho, feito mágica, e assumiram seus devidos lugares no céu, coroando a noite escura de brilho e revestindo o caminho de Nenê feito um tapete de luzes.

Ela chorou de emoção, caindo sobre os próprios joelhos.

– Não chore. Vai ficar tudo bem. Confie em mim – disse o menino, abraçando-a.

Eles ficaram ali, por horas, admirando a beleza das luzes.

Vanessa pensou muito na própria vida e em como tudo podia ser diferente se ela encontrasse o próprio potinho de estrelas que perdera pelo caminho.

Talvez.

Apenas TALVEZ nem tudo estivesse perdido.

Após muito tempo, a noite estrelada finalmente despediu-se de Vanessa e de seu fiel amigo, dando lugar a um lindo dia nos vastos domínios das terras dos seus sonhos, que ofuscou novamente os olhos de Nenê e que permitiu a ela ver com perfeição aquele reino lindo, com colinas e campinas por todos os lados.

– Você pintou tudo isso, não foi? – ela questionou o menino.

– Sim, fui eu.

– Então, por que os céus da realidade não são mais azuis?

– Isso é uma grande tristeza. – Ele disse, diminuindo o sorriso pela primeira vez. – Eu os pintei de azul, mas vocês mesclaram as cores e recobriram minha pintura original com tons melancólicos de laranja e cinza.

Vanessa sabia o que Ele queria dizer. Fazia parte de um mundo que bagunçara todas as cores.

– Falando em cores – disse o menino –, eu sei de algo que pode te alegrar e mostrar o caminho.

Dizendo isso, Ele sumiu no ar, mas deixou um presente maravilhoso à Nenê.

Um arco-íris de flores formou-se em meio ao vento, a partir da colina mais próxima.

A criança estava certa. Aquela visão fantástica, de cores e flores, fez Vanessa se sentir bem novamente.

Sem pensar, ela começou a caminhar sobre o arco-íris. Algumas flores a envolveram e cobriram seu corpo, simbolizando a força que as palavras daquele menino teve. Aquele era o seu presente *divino.* Ela sorriu com as flores a fazer-lhe cócegas.

Chegando ao meio do caminho sobre o lindo arco-íris, Vanessa parou para observar as terras dos seus sonhos. Eram domínios infinitos de uma natureza perfeita e maravilhosa. Viu tudo ao longe, o Vale das Árvores Lamuriosas, do qual já não se ouviam prantos, o lago infinito, a floresta que guardava o baú dos tesouros, o jardim regado a dois.

E lá estava *ele*, seu amado.

De volta aos seus sonhos e mais vivo que nunca em seu coração, ele acenava alegremente para Vanessa, enquanto a aguardava para regarem juntos as flores.

Ainda não era possível ver sua face, mas era possível sentir seu amor.

Nenê, por uma fração de segundos, sentiu-se a pessoa mais feliz que já existiu, envolta por carinho e amor.

Sentiu que a distância do céu diminuía, graças à grandiosidade de seus sentimentos.

Assim, sorrindo, ela esticou uma das mãos, ainda sobre o arco-íris de flores, e literalmente tocou o céu azul.

Após a estranha e nova sensação de tocar o céu, sorrindo e com o coração acelerado e cheio de fé, ela fitou uma montanha, que se movia sozinha sobre a campina. Era uma porção de terra altíssima e imensa.

Mas isso não importava.

Não importava o tamanho do desafio, nem o problema que envolvia sua vida.

Ela era capaz de tocar os céus e de mover montanhas.

Satisfeita e feliz, percorreu o restante do arco-íris e surpreendeu-se com o que encontrou em seu final.

Parado sobre a grama da colina estava um rapaz com uma longa veste cinza, que lhe cobria os pés e as mãos, além de um capuz revestindo a cabeça.

Vanessa conseguiu ter um rápido vislumbre de sua face. Ela nunca o havia visto, mas seu sorriso assustador fez com que a moça desse um passo para trás.

– Não fuja. Você não vai conseguir.

Ele exercia um tipo de domínio assustador e viciante sobre Vanessa.

Em meio a tantas dúvidas e a uma fascinação inexplicável, Nenê não ousou correr. Apenas ficou a fitá-lo.

Tomando coragem, após um tempo, indagou:

– Quem é você?

Gargalhando de uma forma horripilante, que ecoou por toda a campina, ele respondeu:

– É essa a pergunta que eu espero há tanto tempo.

– Desculpe, mas nós nos conhecemos?

– Sim, somos velhos conhecidos. Você apenas não assume, mas estou sempre a vigiá-la.

Divertindo-se com o fato de que Vanessa nada compreendia, o rapaz de capuz cinza continuou:

– Eu sempre rodeei sua vida. Sei de tudo sobre seus dias. Durante os últimos acontecimentos, você, sem querer, permitiu que eu me aproximasse cada vez mais. Prazer, Vanessa, eu sou o Medo.

– Mas o que você faz aqui?

– Estou apenas me apresentando e dizendo que, por mais assustador que isso pareça, você nunca está sozinha.

– Talvez fosse melhor que eu estivesse.

– Não diga isso – falou o Medo. – Eu a acompanho e sei que muitas de suas atitudes mais corretas foram tomadas por causa da minha influência. Agora, pare de ter medo de mim – ele riu com a própria piada. – Deixe-me ajudá-la a seguir em frente. *Está na hora de assumir seus maiores temores, para, assim, ser capaz de combatê-los com garra.* Eu sou o irmão mais velho da Coragem. Ela só vem após a minha chegada.

– Mas minha vida acabou. Não há nada mais para se fazer.

– Engano seu. Permita-me mostrar-lhe novos caminhos. Caminhos que você jamais ousaria tomar sem mim.

Confusa com a presença daquele rapaz e com suas informações, ela pensou que, de fato, não tinha escolha alguma. Se a única opção era deixar que o Medo a guiasse, assim ela faria.

O medo de nunca mais estar com os amigos e com a família; o medo de que algo acontecesse a Peter ou a Dominique; o medo de que jamais descobrisse quem era o rapaz de seus sonhos; o medo de que partisse do mundo sem ter feito algo para melhorá-lo.

Tudo isso a guiaria se ela permitisse.

O arco-íris fora presente da criança especial, em quem ela tanto confiava. Se, ao seu final, o Medo lhe estendia os braços, isso só podia significar um novo rumo.

Ela apenas conseguiu mover montanhas e tocar o céu quando assumiu os próprios sentimentos e revelou-se a si mesma. O Medo nada mais era do que uma parte dela, da qual precisava para seguir em frente.

O rapaz de capuz ainda sorria, enquanto lhe estendia os braços.

Vanessa deu as mãos ao Medo e, então, eles caminharam lado a lado.

Ela sabia que isso mudaria tudo.

Mudaria suas atitudes e seus pensamentos e, talvez, os caminhos que tomaria a partir de agora.

Capítulo 22

Seu próprio potinho de estrelas

"NEM MESMO O CÉU NEM AS ESTRELAS, nem mesmo o mar e o infinito. Nada é maior que o meu amor nem mais bonito."[2]

A música suave e a voz doce foram penetrando os ouvidos de Vanessa sorrateiramente despertando-a dos sonhos lindos e excêntricos que tivera.

Vagarosamente ela abriu os olhos e espiou para fora da toca que construíra.

Ainda era verdade.

A terrível verdade de estar presa na Ilha. Porém, o ambiente parecia mais calmo em meio àquela canção que chegava aos seus ouvidos feito mágica.

---

2 Composição de Milton Nascimento e Fernando Brant, vários intérpretes.

A canção data do século XX, sendo, portanto, extremamente antiga à Vanessa. A data remota, a letra encantadora e, sobretudo, o momento especial em que teve contato com ela fez Nenê se encantar. Ela aprendeu à custa de muito sofrimento que o passado guarda lindas respostas. Segundo ela, os Antigos tiveram muita sorte!

Saiu da toca e deparou-se com um rapaz sentado bem perto, absorto em sua própria melodia, queimando expondo-se ao sol.

Ela nunca ouvira aquela canção, mas a paz que sentiu foi tão grande que não se importou com o ar ou com as prováveis queimaduras, apenas entregou-se àqueles instantes de prazer.

O moço estava tão concentrado que só notou a presença de Vanessa quando parou de cantar.

Parecendo indiferente àquela aproximação, ele apenas disse:

– É uma canção dos Antigos.

– Eu imaginei que fosse – Nenê respondeu.

Passados alguns instantes de silêncio, nos quais ela ficou a contemplar aquele jovem de olhos verdes tristes e pele branca que queimava ao sol, Nenê resolveu apresentar-se. Sem olhá-la nos olhos, ele respondeu:

– Sou o Lúcio.

Desistindo de qualquer tipo de conversa, Vanessa resolveu voltar para sua toca. Porém, a voz do rapaz a envolveu antes disso:

– Por que você está aqui?

– Você quer mesmo saber?

– Claro. Eu perguntei.

– Mas você vai pensar mal de mim quando souber – ela disse.

– Tente.

Assim, Vanessa contou tudo a ele, desde a Máquina de Sonhos que não funcionava direito até a morte de Junior e a descoberta dos próprios sentimentos.

Não conhecia aquele rapaz, mas não tinha nada a perder. Após momentos angustiantes vividos em sua toca, era bom poder falar com alguém novamente. Ele parecia sentir o mesmo.

– Eu estou aqui – foi a vez de Lúcio contar –, pois me envolvi demais com meu trabalho. Sou um membro do Maquinário e minha função é pesquisar os Antigos.

– Eu tenho um amigo que é historiador – disse Vanessa, lembrando-se de Gus.

– As tarefas são um pouco diferentes. Basicamente, nós, pesquisadores, encontramos as ferramentas e as disponibilizamos para que os historiadores trabalhem.

Vanessa assentiu, mostrando que compreendera. Então, Lúcio continuou:

– Com o tempo, acabei mergulhando completamente no mundo dos Antigos, tamanha foi minha fascinação. Cheguei a um ponto em que cantava canções como aquela que você ouviu em pleno serviço. E eu podia jurar que era capaz de ver o azul. Que besteira! O azul está extinto da natureza há tanto tempo! Enfim, meus companheiros de serviço disseram que sou louco e enviaram-me para cá. *Isso é tudo o que posso dizer a meu respeito.*

Apesar de não o conhecer, Vanessa teve absoluta certeza de que ele não era louco. Era apenas mais um cidadão não adaptado àquele mundo sem sentimentos, canções e azul. Entretanto, o mistério em seus olhos e em suas últimas palavras lhe chamara a atenção. Será que isso não era tudo? Será que ele escondia algo importante e confidencial?

Ela tinha seus próprios mistérios e paixão pelos tempos que já se foram. Identificou-se com aquele rapaz.

Tomada por um impulso que nunca sentira, mas que parecia originar-se de um sonho confuso que tivera, com um arco-íris de flores e um rapaz de capuz cinzento, Vanessa disse:

– Nós não podemos ficar aqui. Não podemos aceitar esse fim; não fizemos nada de errado. Vamos fugir! Tenho certeza de que, juntos, podemos ter alguma chance de escapar.

– Não seja boba. Ninguém consegue fugir daqui. Os que tentaram foram mortos imediatamente.

– Nós vamos morrer de qualquer forma! Eu prefiro morrer tentando. Se quiser me acompanhar, será bem-vindo.

– Qual o seu plano? – Lúcio perguntou, demonstrando certo interesse.

– No momento, meu plano é pensar em um plano.

A vontade de Vitor era agarrar o pescoço fino e comprido do robô e quebrar-lhe em várias partes.

Fuzilando, ele percorria os corredores do Centro Gestacional no Hospital dos Embriões.

Andava a passos apressados, sem olhar para a frente. Topou com um dos androides da equipe (*ex*-equipe) de Vanessa e quase caiu ao chão.

– Aconteceu alguma coisa, patrão? – o androide questionou, retomando o equilíbrio.

– ACONTECEU, SIM!

Nem Vitor previra que seu grito sairia tão estridente e furioso. Ainda em alto som, continuou a dizer:

– Aquele imprestável do Timóteo, o robô mais fofoqueiro e insuportável que já conheci, contou coisas que não devia aos membros do Maquinário que estiveram aqui hoje cedo, fazendo perguntas sobre Vanessa.

– Que coisas?

– Sobre Peter, o bebê que Vanessa salvou da Descarga.

Entregando-se ainda mais ao desespero, Vitor disse:

– O Timóteo acabou com qualquer chance que a Vanessa tinha de sobrevivência, e também com a vida de Peter. Onde quer que ele esteja, o Maquinário vai encontrá-lo.

Lucy voltou a bater a cabeça contra a parede, ficando com machucados e partes quebradas. O desespero não lhe dava chances de seguir em frente e esperar.

A única notícia que tivera fora a pior possível.

O Maquinário invadira e vasculhara sua casa, já tendo descoberto a respeito de Peter.

Eles deixaram bem claro que não descansariam até encontrá-lo e que todos os responsáveis iriam pagar.

– Sabe, pequenino, você é tão calmo, tão especial. Mesmo na escuridão, consegue se destacar. Eu sei que aí dentro bate um coraçãozinho muito especial, que encantou Vanessa e, por algum motivo maravilhoso, fez com que ela o salvasse – falou Marina, embalando Peter no interior da cabana que Giga construíra. – Você tem um grande destino, tenho certeza disso. Você será grande, pequenino. E será luz.

De dentro da toca, Vanessa ouviu quando Lúcio chamou o seu nome.

Assustou-se ao sair e perceber que ele não estava sozinho. Trouxera consigo uma jovem, de cabelos loiros e desgrenhados e pele vermelha, destruída pelo sol que coroava a Ilha.

– Esta é a Raina – ele explicou. – Fui enviado para cá no mesmo dia que ela, e passamos horas conversando. Ela disse que vai nos ajudar a fugir.

Vendo que Nenê estava confusa, ele emendou:

– Você está certa. Se vamos morrer de qualquer jeito, melhor que seja tentando.

– Eu já gostei de você apenas pelas palavras de Lúcio a seu respeito – falou Raina, estendendo-lhe a mão.

Vanessa retribuiu o cumprimento e, em seguida, os três começaram a confabular sobre um possível plano de fuga.

– Temos que agir rapidamente. Estão rolando boatos de que, com o aumento do número de prisões pelo mundo e de casos de sentimentalismo, o Maquinário está, neste momento, desenvolvendo a Terapia de Choque. Ela fará com que os cidadãos se esqueçam completamente do passado e dos sentimentos por meio de métodos de tortura modernos. Os pesquisadores e historiadores não irão mais existir, assim como nada que remeta aos Antigos, como construções, livros e filmes – Raina explicou.

Vanessa lembrou-se dos filmes que tanto amava, da visita à Biblioteca Proibida com Gus, da catedral, o maravilhoso prédio construído há tantos séculos.

Não queria viver em um mundo em que tudo aquilo estivesse apagado e destruído.

Lutaria por tudo, ou morreria tentando.

Apesar do sol escaldante que recobria o céu laranja, tudo em seu interior era escuridão, em função da falta de esperança.

Ela resolveu mudar. Resolveu virar o jogo.

Nesse instante, encontrou seu próprio potinho de estrelas, que havia perdido ao longo do caminho, e libertou a luz do céu. Agora, com as estrelas brilhando novamente e clareando seus pensamentos, ela e os novos amigos conseguiram pensar em um plano, que precisava ser executado imediatamente. Ao longe, podiam ver um barco do Maquinário se aproximando da Ilha.

Capítulo 23

VANESSA

A VIDA NÃO PARECE JUSTA. É sempre assim.

Nos últimos tempos, eu enfrentei perdas e dores que jamais imaginei. Eu descobri o amor e suas diversas manifestações.

Ora, divinas. Ora, malignas.

Eu chorei com vontade, e qualquer tentativa de sorriso se tornou vazia.

Eu projetei em Junior meu desespero, e em Peter, minha esperança.

Assim como Dominique passou a ser a única ligação que eu tinha com minha família. Morta. Toda a minha família estava morta, exceto por Nique.

Eu construí com Lucy, o ser robótico que sempre esteve ao meu lado e que me mostrou que as máquinas substituíram os seres humanos não apenas em suas tarefas, uma amizade duradoura e estável, apesar das brigas cotidianas.

Eu falei com o invisível.

Eu movi montanhas e toquei o céu.

Eu senti a mão de criança a me impulsionar para a frente, não permitindo que eu desistisse daquilo que a vida me obrigava a enfrentar, e que eu, teimosa, insistia não ser forte o suficiente para aguentar.

Sempre a sorrir. Sempre com os olhinhos a brilhar.

Aquela criança era especial e vivia em meus sonhos.

Os sonhos...

Pedacinhos divinos da minha existência, que me trouxeram novas certezas e novos caminhos.

Eu permiti que os prantos silenciassem e que as flores do meu jardim revivessem.

Eu aceitei caminhar de mãos dadas com o Medo, vendo-o agora como um amigo que, independentemente da minha vontade, sempre estará presente. Eu deixei de negá-lo ou de ignorá-lo. E, o mais importante, deixei de fazer dele um obstáculo.

Eu amei.

Eu amo.

Nos sonhos e na realidade.

Um mesmo rapaz, cuja face ainda desconheço, mas cujo coração é meu por completo desde o princípio de tudo – princípio esse que não sou capaz de definir.

Agora, nos momentos de dor, eu preciso ainda mais dele ao meu lado. Preciso poder contemplar seu sorriso próximo ao meu e abraçá-lo.

Abraçá-lo sem pressa e sem restrições. Abraçá-lo podendo ver sua face. Tão amada. De certo, tão perfeita para mim.

Eu o amo de corpo e alma. Por completo. Por inteiro. Com medo e com força.

O sentimento devastador que abrigo em meu peito é prova de que tudo é real, e não apenas um sonho bom.

Eu vivo e sou meu amor – sem face – por ele. É inexplicável e intimidador amar assim: com tanta intensidade e, ao mesmo tempo, com tantas dúvidas.

Eu só decidi continuar porque preciso ter a chance de olhá-lo nos olhos.

De verdade e, ao menos, uma única vez.

Depois, pode o sol queimar-me por completo ou o ar envenenar-me. Posso afogar-me no mar lodoso. Posso jamais voltar a abrir os olhos.

Desde que a última visão que tais olhos guardem para sempre seja a dos olhos que também me aguardam em silêncio.

Olhos que, eu sei, também sofrem pela minha ausência e hão de esperar-me até o fim.

Por amor, eu decidi continuar.

Eu, Vanessa.

E foi desta maneira que consegui escapar da prisão.

Lúcio e Raina sabiam o que fazer. Eu não estava muito certa, mas continuei a correr.

O ar castigava pela densidade, sujidade e, acima de tudo, pelo peso com que atingia meus pulmões em fúria.

Mas não deixei de correr, nem por um segundo sequer.

O Maquinário nunca ia até a Ilha, o serviço todo ficava a cargo dos robôs gigantes.

Aquela aparição repentina significava que algum dos presos havia estourado sua cota permitida de ultrajes às ordens da Classe E. Ou seja, pena de morte.

Poderia ser por minha causa que estavam ali?

Algo me dizia que Peter, a luz da minha vida, podia estar correndo perigo além do que eu me julgava capaz de imaginar.

Eu tinha de correr. Por mim e por meus amores.

Assim, cheguei arfando a uma das extremidades da Ilha.

Havia ali um robô gigante solitário. Imenso e assustador, ele era um monumento à ditadura das máquinas e da falta de sentimentos. "Assentimentalismo", como diria meu saudoso amigo Gus.

O outro robô fazia a ronda na extremidade oposta, e os visitantes não esperados do Maquinário reviravam o interior da Ilha, claramente à procura de alguém.

Eu, Raina e Lúcio nos aproximamos do robô de sessenta metros de altura ao mesmo tempo, cada um de nós vindo de uma direção oposta.

Conforme Raina dissera – e sua dica havia sido fundamental para nossa loucura, digo, tentativa de fuga –, os robôs gigantes da Ilha tinham uma espécie de sensor em vez de olhos, que lhes informava a distância da pessoa mais próxima a eles. Assim, mantendo todos os presos a uma distância segura, o tal sensor era mais uma ferramenta que impossibilitava a fuga do presídio.

Entretanto, chegando os três exatamente no mesmo instante – tudo cronometrado, passo por passo – e à mesma distância do grandalhão, poderíamos confundi-lo.

A parte inicial do plano dera certo.

Conseguimos atrapalhá-lo o suficiente para que subíssemos em seu corpo robótico e nos escondêssemos por entre as engrenagens daquela máquina imensa.

Ainda segundo Raina, a única parte do corpo dos robôs gigantes que tinha sensibilidade era os pés, para que os novos presos não saltassem no momento da travessia até a Ilha, quando os terríveis pés robóticos transformavam-se em barcos.

Eu não tive muito tempo de conversar com a Raina, para descobrir qual sua profissão e por que ela havia sido presa. Mas a verdade era que, sem suas informações, jamais teríamos escapado com vida daquele inferno.

E ela estava certa em tudo que dissera. Não havia motivos para construir um robô gigante com sensibilidade em todo corpo.

Se o pé protegia da fuga inicial dos presos, o sensor alertaria sobre qualquer aproximação, e, assim, faria com que as imensas e bem articuladas mãos do gigante robótico capturassem qualquer fugitivo e o esmagassem ou arremessassem ao longe assim que se aproximasse. O tamanho daqueles monstros e seus urros ocasionais já eram o suficiente para que as fugas não acontecessem. Além do mar inóspito que envolvia a Ilha e das condições climáticas que levavam os prisioneiros à morte antes que pudessem pensar em fugir. A própria natureza impedia uma rebelião ali. Os robôs gigantes apenas aumentavam a falta de coragem.

Por sorte, o amor me despertara a tempo. Por sorte, pude contar com Lúcio e Raina. Sentimentos novos e desconhecidos nos fizeram ter a ousadia de tentar.

Raina!

Onde estava ela?

Ainda ofegante e sentindo-me mais fraca que nunca, presa entre as engrenagens do que seria o joelho do robô, contemplei apenas Lúcio ao meu lado.

Eu estava prestes a perguntar-lhe sobre nossa fiel companheira, quando um grito cortante atravessou o ar envenenado e silenciou apenas ao encontrar o lodo.

Era Raina.

Devíamos tudo a ela.

Mais que nunca eu aprendi que os sentimentos são tão fortes que, quanto mais reprimidos, com maior intensidade retornam quando menos se espera. Raina, sem conhecer-nos ao certo, dera sua vida por nós.

Agora ela jazia para sempre no lodo do mar marrom, onde o robô a havia sufocado.

Eu e Lúcio compartilhamos a ideia de que ela, de certo, sabia que isso aconteceria. Sabia que precisaria distrair o robô até que estivéssemos a salvo em suas engrenagens.

– Eu devia ter previsto – disse Lúcio com pesar, olhando dentro dos meus olhos. – Ela disse algo... Não consigo me lembrar das palavras exatas, mas era como se não tivesse mais fé em si mesma, mas tivesse fé na gente. Em mim, em você, no mundo, no qual já não tinha nada mais a fazer.

Aceitando o triste destino, agradeci àquela jovem, mantendo meus olhos fechados e meu peito aberto. Assim como ela morrera.

Olhos fechados. Peito aberto.

Covardia e coragem coexistiam em seu ato. Eu não sabia e não queria saber qual desses sentimentos falara mais alto.

Deixei que as lágrimas me sufocassem enquanto ouvia Lúcio cantar canções dos Antigos.

Nós tínhamos muito em comum. Mais do que poderíamos supor.

E, no momento em que todo meu corpo doía por estar na mesma posição há horas, o robô ativou seus pés para o formato barca e atravessou o mar lodoso, com o intuito de recepcionar os novos prisioneiros vindos do continente e levá-los à prisão.

Olhei para trás.

Os membros do Maquinário revistavam a Ilha toda, cada cantinho e cada toca daquele lugar.

Raina era parte do cenário sombrio e marrom. Era triste pensar no seu fim, que havia, ironicamente, possibilitado o recomeço de tudo.

Assim como eu aprendera com aquela jovem, de olhos fechados (semicerrados, na verdade, em razão da velocidade do robô) e peito aberto, eu aceitei meu recomeço e todas as lutas que isso poderia implicar.

Eu ainda tinha batalhas a vencer. E teria pela vida toda.

A Ilha foi diminuindo à medida que ficava cada vez mais distante, até que ganhamos o continente e ela se tornou apenas um pontinho triste ao longe.

Escorregando discretamente para a terra firme junto de meu novo amigo, por entre as reentrâncias da máquina monstruosa que nos conduzira, voltei a correr.

Eu definitivamente não sabia para onde estávamos indo.

Apenas queria estar bem longe dali.

Eu, Vanessa.

E foi nesse momento que percebi o quanto era bom estar viva.

Corri.

Apenas corri.

Livre.

Capítulo 24

Castelinho de Areia

VANESSA ABRIU OS OLHOS. Espreguiçou-se lentamente, sentindo o cansaço do corpo castigado. Lúcio respirava com força ao seu lado. Ainda era noite. Ela cerrou os olhos e voltou a sonhar.

Caminhavam lado a lado.

Vanessa e o rapaz misterioso de seus sonhos.

Pelos campos lindos e verdes, eles riam e conversavam, sempre falando sobre os sentimentos que nutriam um pelo outro.

Por aquelas lindas terras, Vanessa lembrou-se de todos os seus sonhos.

Aproveitou os silêncios entre as conversas com seu amado para tentar encontrar alguma pista perdida ao longo dos sonhos já vividos. Qualquer dica que revelasse sua identidade na vida real.

Lembrou-se do sol e da lua, dividindo o mesmo céu. Tornando um amor impossível, um espetáculo. O jardim regado a dois, com flores mortas e vivas – os aprendizados e os obstáculos que atravessaram juntos. O cavalo branco de crina preta, mágico e envolvente, como sempre fora.

O lago infinito, que trouxera uma criança num barco pequenino, do tamanho do Universo.

O potinho de estrelas, que havia iluminado uma vez mais seu céu escuro.

O arco-íris de flores; o Medo e seu capuz cinzento.

Lembrou-se também do Vale das Árvores Lamuriosas. Desejou de todo o coração e, então, ao lado do rapaz, adentrou aquele cantinho de seus sonhos uma vez mais.

Como era de se esperar, o vale estava em completo silêncio.

O riacho colorido percorria todas as reentrâncias daquela terra, e as flores coroavam as árvores com graciosidade. Elas confiavam em Vanessa, não voltariam a chorar.

Tentou de todas as formas, a cada novo passo por aqueles domínios já conhecidos de seus sonhos, pensar em detalhes que pudessem dizer-lhe de quem era a face misteriosa que a acompanhava e lhe dava forças.

Mais que tudo, dava-lhe RAZÕES.

Tentou, então, pensar em sua vida quando acordada.

Muitos amigos vieram-lhe à mente. Cada um com seu jeito especial havia se tornado, ao longo do tempo, uma parte importante de sua vida.

Johnny. Vitor. Bernardo. Gus. CJ. Lúcio.

Até mesmo o Lúcio?

Eles haviam se conhecido há pouco, mas por que não?

As perguntas se embaralhavam à medida que ela pensava em cada um daqueles rapazes e nos diferentes tipos de sentimentos que nutria por eles. Um poderia ser como um irmão, outro, como um colega divertido, outro, como um amigo para todos os momentos.

Ela sentia, lá no fundo, que seu coração sabia qual deles tinha a chave para abri-lo e era amado de forma única. Mas ainda não conseguia distinguir sua face por entre borrões em seus sonhos e turbilhões de sentimentos recém-descobertos e confusos.

Nenê soltou a mão do rapaz e afastou-se dele, em direção a um tapete colorido que se estendia em uma das extremidades do vale.

Ao aproximar-se, perplexa, notou que era um quebra-cabeça gigante, formado por flores. As mesmas que haviam caído do céu e trazido paz ao Vale das Árvores Lamuriosas.

Agoniada, pegou as peças imensas nas mãos e tentou encaixá-las, em vão.

O rapaz a observava ao longe. Ele sabia que certas respostas ela teria de buscar. E, mais que tudo, sabia que certas peças ainda estavam faltando naquele jogo de mistérios e sentimentos.

Cansada de tentar encaixar as peças sem sucesso, Vanessa juntou-se novamente a seu amado e continuaram a percorrer a terra dos sonhos que projetavam juntos.

Seus corações batiam como um só.

Seus sentimentos eram os mesmos.

Assim como seus medos e desejos mais íntimos.

Eles eram *máquinas gêmeas*, projetadas para pulsar sempre no mesmo ritmo, reconhecendo-se e amando-se.

Após saírem do vale, deixando para trás as árvores, agora mansas e sem vestígios de lágrimas, Vanessa e ele adentraram a floresta.

Ali, em meio a uma clareira, estava o baú dos tesouros.

O que ele guardaria?

Abaixando-se para abri-lo, Vanessa ficou desapontada por ainda não ter sucesso na tarefa. Contudo, logo foi distraída ao assustar-se com o som de um movimento atrás da árvore que o protegia.

Um riso ecoou por toda aquela terra infinita dos sonhos, e Nenê reconheceu o som gracioso.

Uma linda menina, de cabelos curtos e cacheados, radiante feito um anjo, e cujos olhos mais pareciam duas esmeraldas de valor inestimável, saiu de trás do arbusto e disse entre um novo sorriso, aproximando-se do casal:

–Vocês conhecem a história dessa árvore?

Ela se referia à árvore em cujos pés descansava o baú dos tesouros. Achando graça, Vanessa respondeu:

– Não. Eu não sabia que árvore tinha história.

– E como tem! – a menina disse. – Cada uma dessas árvores tem uma história diferente. Você gostaria de ouvir?

Olhando ao redor e contemplando a quantidade imensa de árvores que ali havia, Vanessa riu com a ideia de que cada uma delas pudesse ter sua própria história. Entretanto, querendo conversar cada vez mais com aquela criança especial, ela disse que adoraria ouvir a história que ela tinha para contar.

"A árvore, que hoje guarda o baú dos tesouros, foi, um dia, uma sementinha. Apesar de muito pequena, ela tinha o único objetivo de se tornar uma árvore frondosa. Com o passar dos anos, vieram as tormentas, os ventos fortes e o sol escaldante; cada um deles foi um desafio para o crescimento de nossa amiga. Mas ela estava determinada a vencer qualquer obstáculo e atingir seus sonhos. Pouco a pouco, ano após ano, apesar da espera aparentemente infinita e das dores que, muitas vezes, fizeram com que todas as demais árvores da floresta pensassem que ela jamais vingaria, começou a crescer. Aprendeu a usar as dificuldades a seu favor. Das tempestades, tirou alimento; com os ventos, espalhou suas sementes; e do sol, captou a energia para continuar a crescer. Assim, contrariando a todas expectativas, ela cresceu. E continuou a crescer. Hoje, ela é a árvore mais alta desta floresta. Vê tudo de cima e protege inúmeras formas de vida ao seu redor. Ela ganhou o respeito e a admiração de todos. Além disso, jamais ousou brigar com aqueles que nela não acreditaram durante os momentos ruins. Ela conseguiu e sempre soube que conseguiria. É, portanto, um exemplo para todos ao seu redor. É fonte de vida. É abrigo. É sombra fresca. E é proteção. Ela sabia que seria assim. Sabia que, se acreditasse e perseverasse, iria conseguir o impossível. Sim, seus sonhos eram impossíveis. Hoje, são realidades atingidas e semeadas com amor e determinação."

Refletindo sobre a linda história que a menininha de olhos brilhantes havia acabado de narrar com graça, Vanessa assustou-se quando ela segurou uma de suas mãos e disse com força:

– Essa árvore é como você.

Ciente de que aquela linda criança era o Criador de tudo e de todos, Nenê respondeu emocionada, ainda segurando as mãos de seu Pai, ou melhor, daquela linda e doce menina:

– E o mundo é como esta floresta. Eu sou mais uma árvore desacreditada, que precisa ir mais longe.

– Mais alto! – disse a menina. – Lembre-se disto: mais alto!

Vanessa abriu os olhos por causa da claridade repentina que lhe ofuscou a vista.

– O que está acontecendo? Onde estou? – perguntou a si mesma, demorando a assimilar a realidade após um sonho tão doce.

CJ segurava compostos nas mãos, que fizeram os olhos de Nenê arregalarem-se de alívio e seu estômago agitar-se de fome; além de bombinhas respiratórias, que trouxeram a sensação da *vida* de volta aos seus pulmões.

A claridade que lhe despertara surgira quando CJ abriu a porta do cômodo escuro em que ela e Lúcio estavam.

Após alimentar-se, Nenê pensou no dia anterior e em como ela e o amigo de prisão foram parar ali. Cenas embaralhadas passavam por sua mente.

Lembrava-se de ter corrido muito.

– Nós estamos na catedral, certo? – ela indagou a CJ, o limpador de escadas que conhecera quando visitou o local pela primeira vez.

– Mais precisamente no porão – ele explicou.

– Você não lembra, Vanessa? – indagou Lúcio, entrando na conversa. – Você sugeriu que viéssemos para cá.

– Eu? – ela não queria dar o braço a torcer. Mas, no fundo, lembrava-se de que, após fugirem das proximidades do local em que os presos embarcavam para a Ilha, ela e Lúcio não sabiam muito bem para onde iriam. O rapaz dera algumas sugestões, que poderiam ser arriscadas. Voltar para casa também seria impossível naquele momento, já que o Maquinário devia estar mantendo tudo sob vigília constante. Então, ela havia sugerido que fossem para a catedral.

– Quando chegaram aqui, vocês estavam quase mortos, em decorrência da desidratação e da fome excessiva, além do cansaço e do estresse pelo qual haviam passado. Eu sei que estou me arriscando, mas ofereci para escondê-los no porão – falou CJ.

– Eu não sei como agradecer – Vanessa disse ao rapaz.

– Eu sei – CJ respondeu. – Sobreviva. E *lute*.

Dizendo isso, ele abriu a porta do pequeno cômodo e saiu. Por instantes, a fresta de sol novamente invadiu o porão, mas logo deixou Lúcio e Vanessa imersos na escuridão. Ela se lembrou de Peter.

Daria tudo para estar com ele agora, mergulhada na mais profunda e assoladora escuridão. Ele seria sua luz.

No entanto, se quisesse rever seus amigos e sua família e, sobretudo, encontrar seu verdadeiro amor, ela teria de focar-se no que faria a seguir.

Mais uma vez, seu plano era nada mais que pensar em um plano.

Entretendo-se com as lindas canções antigas que Lúcio cantava, Vanessa encontrou nele um consolo para aquele momento difícil. Ele também não sabia para onde iria, nem o que faria a seguir.

– Pelo menos você tem alguém por quem lutar – ele falou, referindo-se à família da amiga, após muito conversarem.

– Mas você não tem família nenhuma? Você é de classe alta! Como isso é possível?

Vanessa falara muito a respeito de sua vida e de seus afetos. Lúcio, por sua vez, nada dissera. Ela estava cada vez mais curiosa e confusa com a falta de informações sobre o rapaz.

Lúcio ficou em silêncio, evitando responder à pergunta.

– Onde você morava antes de ser preso?

Novamente, sem nada revelar de sua vida, ele mudou o rumo da conversa.

Tudo o que Nenê sabia a seu respeito era que ele era um pesquisador, fissurado pelos Antigos, a ponto de ter chamado a atenção do Maquinário e ser levado para a Ilha.

Entretanto, agora ela tinha de focar suas energias no plano que deveria traçar para os próximos dias. Além disso, apesar de misterioso, ela não podia negar que Lúcio era uma excelente companhia e lhe trazia conforto em meio ao caos. Ela o deixaria livre para trazer-lhe as respostas quando descobrisse o momento certo.

As coisas ficaram piores e mais confusas quando, mais tarde, naquele mesmo dia, CJ trouxe a terrível notícia de que Vanessa e Lúcio estavam sendo procurados.

– O Maquinário espalhou imagens de vocês pelas redes. Creio que não seja seguro deixarem o porão da catedral por um bom tempo.

Ver CJ era sempre um momento agradável, mas não daquela vez.

Como ela poderia traçar um plano se nem podia sair de seu esconderijo?

– Eu preferia ter ficado naquela Ilha e esperado a morte chegar – confessou a Lúcio, quando eles ficaram novamente sozinhos no porão.

– Não diga bobagens. A morte ali seria dolorosa e você jamais teria a chance de reencontrar sua família.

– Pode-se dizer o mesmo agora.

Lúcio voltou a cantar. E só parou quando o choro de Vanessa se fez tão alto que atrapalhou sua doce melodia antiga:

– Venha cá – ele falou sem jeito, envolvendo a moça em seus braços.

– Tudo o que eu queria – Nenê falou entre soluços e suspiros – era voltar no tempo e poder ter Junior mais uma vez ao meu lado. Seus olhinhos, suas palavras... Tudo nele era carregado de esperança. Ele me daria forças para seguir em frente.

Lúcio recuou, separando-se da amiga e entregando-se a um pensamento profundo.

– Ei, o que aconteceu? – indagou Nenê.

– Nada. Quero dizer, o que você disse foi... Engraçado.

– Engraçado?

– Não. Desculpe, é claro que não foi engraçado. A graça está no fato de que talvez eu possa ajudá-la por mais estranho que isso pareça.

– Como assim? Você sabe como voltar no tempo?

– Não exatamente.

Vanessa agitou-se e cruzou as pernas, sentando-se de frente a Lúcio.

Mesmo que a escuridão do porão dominasse, podia distinguir os contornos do rapaz nas sombras. Inquieta e ansiosa, ela falou:

– Você precisa me explicar essa história. Por favor, pare de mistérios.

– Com os mistérios *a meu respeito* não poderei parar – ele disse com um sorriso –, mas posso revelar-lhe algo.

Respirando fundo para preparar-se para o que ouviria a seguir, Nenê encorajou o rapaz a continuar.

– Eu conheço um local – ele disse – que pode possibilitar que você reencontre seu irmão.

Vanessa levantou-se em um pulo.

– O quê?

–Você sabe que nos últimos séculos a clonagem era uma prática um tanto comum na humanidade, certo?

Vanessa concordou.

– E deve saber também que ela foi proibida, em função dos fortes argumentos do Maquinário: não se deve criar vínculos a ponto de querer ter uma pessoa morta de novo ao seu lado. Segundo argumento: *uma vida é apenas uma vida.* Portanto, qual o motivo de se ter um clone quando as tecnologias atuais nos dão tudo de que precisamos? E, o mais importante, quando as famílias são uma instituição mantida apenas nas classes altas, como patrimônio cultural do que um dia foi a humanidade.

Vanessa não concordava com o Maquinário, como sempre, mas já ouvira todos aqueles argumentos, em diferentes situações. Por isso, pediu que Lúcio continuasse suas explicações.

– Porém, há muitas coisas que o Maquinário não revela para a população. Sendo um pesquisador, tive acesso a algo extremamente confidencial, mas que pode ser útil a você. Eu não tenho nada a perder, portanto, vou lhe contar, na esperança de que isso a ajude.

– Eu estou quase desmaiando com a expectativa de onde você está querendo chegar.

Lúcio riu e pegou as mãos da amiga, conduzindo-a a sentar-se novamente ao seu lado. A notícia realmente seria chocante.

– Existe uma máquina, Vanessa. Uma Máquina do Tempo. O Maquinário faz uso dela para extrair o que julga necessário do passado. E, o mais importante, mais do que recriar situações ou ambientes, essa máquina, trabalhando o tempo como se ele fosse um ciclo, consegue localizar determinada pessoa e promover um reencontro. Uma forma muito mais prática e real que a clonagem de fazer alguém reviver, eu diria. Clonagem, definitivamente, é coisa do passado. Hoje, em segredo, o Maquinário pode trazer pessoas que morreram à vida, e não apenas suas aparências físicas, mas a pessoa por completo – mais uma vantagem sobre o uso dos clones. A descoberta do tempo cíclico faz com que nada nem ninguém morra. É como se, em algum momento do ciclo sem fim, tudo permanecesse vivo.

– Eu entendi corretamente? Eu poderia reencontrar meu irmão e meus pais?

– *SE* conseguirmos chegar à máquina e, de fato, reencontrar alguém que você deseja em algum ponto do ciclo da vida, eu sugiro que seja apenas uma pessoa. Isso já nos causará problemas suficientes.

–Você estaria se arriscando muito por mim – ela falou.

– Estaria. Mas, como eu disse, não tenho nada a perder.

– Eu, pelo contrário, não posso me arriscar demasiadamente e deixar Nique e Peter sozinhos no mundo. Por outro lado, não tenho nenhuma outra opção. Nem sei onde eles estão. Talvez a minha única salvação esteja, novamente, no Junior. É ele, meu querido irmão, que eu quero reencontrar. Ele vai ser minha estrela-guia, como sempre foi, tenho certeza.

Confiante, Vanessa levantou-se, mas algo ainda pairava sobre seus pensamentos:

– Você disse que o tempo é um ciclo, certo? É possível percorrê-lo?

– Sim – disse Lúcio –, mas essa questão toda é muito complexa. Creio que quanto menos você souber, mais segura será.

– Concordo. Mas preciso entender uma coisa.

– O quê?

– O Junior pode vir do passado e continuar vivo no presente?

Lúcio respirou profundamente. Estava claro que não queria dar aquela resposta. Após alguns instantes de reflexão, ele disse por fim:

– Pode.

– E como posso fazer isso acontecer? –Vanessa perguntou.

– É muito simples, na verdade. Quando reencontrá-lo, basta que você o convide a voltar.

– Pronto para mais uma fuga? – perguntou Vanessa, animada como há muito tempo não estivera.

CJ provou-se um forte aliado na fuga, embora ainda achasse que Vanessa e Lúcio deveriam esperar mais um pouco.

A moça explicou que não poderia perder tempo, pois os membros do Maquinário estariam procurando Peter e Nique, e, caso os encontrassem, o pior poderia acontecer. Ela tinha de pensar em um jeito de reunir sua família e lutar contra o Maquinário e sabia que a força viria dos familiares e amigos. Tinha de dar o primeiro passo – que seria para trás, voltando no tempo.

O limpador da escadaria da catedral ajudou os dois fugitivos a se disfarçar e a sair pelas ruas, com suas bombinhas respiratórias legítimas de cidadãos das classes baixas – o que, por si só, já era um tremendo disfarce para os dois, que pertenciam às classes altas.

Atrapalhada com as vestes e com o cabelo novo, Nenê andou desengonçada ao lado de Lúcio, que parecia se divertir com a situação.

Mais estranho que caminhar em liberdade pela cidade novamente, era ver imagens suas projetadas em telas, com o aviso: "Fugitivos da Ilha: loucos e perigosos".

Os disfarces não podiam falhar. Assim como as pernas não podiam ter o luxo de cansarem-se.

Após uma caminhada tensa e apressada, chegaram finalmente ao Centro de Pesquisas do Maquinário, uma construção incrivelmente alta e espelhada, que parecia tocar o céu com seus pilares cilíndricos e prateados.

Ficaram escondidos a um canto próximo à entrada do prédio. Como conhecia bem o funcionamento de tudo daquele lugar, Lúcio sabia que estava quase na hora de realizar seu plano – entrar no prédio sem se identificar (ele não estava com seu material de identificação ali e, caso sua entrada fosse registrada, o Maquinário iria capturá-los na mesma hora).

No momento esperado, um rapaz que Nenê desconhecia aproximou-se da porta de entrada do Centro de Pesquisas, e Lúcio prontamente o puxou para a lateral, causando um susto visível.

Apreensiva, Nenê esperou que eles conversassem. Então, após segundos de tensão e expectativa, Lúcio fez sinal e ela, aliviada, o seguiu.

Já no interior do prédio, ele disse à Vanessa:

– Depois lhe explico como convenci o Ted, meu colega de departamento, a nos deixar entrar. Mas, para que entendesse tudo, você precisaria de outras informações a meu respeito.

– Eu não tenho informações porque você se nega a fornecê-las! – Vanessa falou irritada.

– Se sobrevivermos a tudo isso, prometo contar tudo. Agora não é a hora.

Ted os conduzia pelos corredores prateados e brilhantes, similares a tubos gigantes e horizontais, do Centro de Pesquisas.

Vanessa ainda não sabia como Lúcio o convencera a fazer aquilo, mas ele precisava levá-los até a sala onde estava a Máquina do Tempo, para que pudessem usar seus objetos de identificação.

Distraída com a beleza, elegância e tecnologia daquele local, Nenê sentia-se dentro de uma imensa máquina, e nem percebeu quando, finalmente, pararam de caminhar.

Sua vida tornara-se uma bagunça nos últimos tempos, mas a Cidade que Nunca Dorme continuava a funcionar. As máquinas não podiam parar, assim como o "progresso". Era estranho ver que as pessoas seguiam com suas vidas normalmente, enquanto a dela perdera-se ao longo do caminho.

Curiosamente, não havia nada ali onde haviam parado, exceto um corredor estreito – e, pelo tanto que caminharam, Vanessa podia jurar que estavam no subsolo do Centro de Pesquisas.

Tocando uma parede aparentemente lisa e vazia, Ted fez com que placas azuis se projetassem em sua superfície e, para espanto de Nenê, formassem uma porta.

Aquilo era incrível! A Máquina do Tempo estava escondida em uma sala secreta, com direito à porta invisível. O Maquinário dispunha de tecnologias e segredos que a população nem ousava imaginar.

Após as identificações feitas por Ted na superfície da porta, ele deixou Lúcio e Vanessa sozinhos no corredor silencioso e desapareceu apressado.

Também em silêncio, os fugitivos cruzaram a porta secreta, agitados com a expectativa do que aconteceria a seguir.

A sala que guardava a máquina almejada era pequena, em tamanho circular, e revestida por um conjunto de placas azul neon.

Havia apenas um objeto ali. Era um arco, também azul, que cintilava no meio do cômodo: a Máquina do Tempo.

Ela era do tamanho exato para que duas pessoas a atravessassem. Sendo a sala um cômodo baixo e estreito, podia-se dizer que a máquina quase tocava o teto e as paredes laterais, além de iluminar cada espacinho daquele lugar místico.

– Lembre-se: você tem apenas alguns minutos. As câmeras do centro podem fazer com que o Maquinário nos identifique, apesar de nossos disfarces. Como você sabe, eles têm olhos e ouvidos em todos os lugares. Portanto, volte rapidamente assim que eu a chamar, está bem?

– E como saberei que você está chamando?

– Fique tranquila, será fácil – disse Lúcio. – Agora, concentre-se no seu irmão e aproxime-se da máquina. Quando o arco azul ficar verde, atravesse-o.

Lembranças lindas e coloridas de Junior penetraram a mente de Vanessa instantaneamente.

Ela pensou em seus sorrisos e em suas palavras doces. Em seu coração manso. Em seus sonhos sem fim. Em sua capacidade de amar.

Imaginou-se abraçando-o com força.

Então, uma luz verde maravilhosa cintilou, revestindo todo o arco e banhando o cômodo secreto.

Vanessa atravessou.

O mar parecia calmo e sereno, assim como o céu azul que o encimava.

O barulho das ondas fez Nenê despertar do transe que a viagem no tempo lhe causara, e seu coração sorriu por estar em meio a uma natureza tão linda e extinta há tanto tempo.

Na beira da praia, onde as ondas remanescentes podiam atingir seus pés e tocá-los com suavidade, um menino construía um castelinho na areia. Parecia concentrado na tarefa, mas abriu um amplo sorriso ao perceber a aproximação de Vanessa.

– Nenê! – ele falou, ainda com areia molhada entre os dedinhos. – Veja o castelinho que eu construí!

– É lindo – ela disse chorando. As lágrimas vieram com força e sem aviso, banhando-lhe a face completamente. – Seu castelinho é lindo, meu menino, meu amor! Ah, Junior! Como eu amo você!

Capítulo 25

A RMS

NENÊ ABAIXOU-SE E ABRAÇOU o irmão com força. Não queria nunca mais largá-lo. Não queria nunca mais perdê-lo. Não podia viver mais nenhum dia sem a sua presença, que era só amor.

Levara tantos anos para aceitar a existência do amor em seu peito; agora sabia que uma vida sem ele não fazia sentido.

Feliz por estar novamente na presença da irmã, Junior disse:

– É lindo aqui, não há redomas! Sabe, Nenê, eu vi um cavalo outro dia. Foi o momento mais lindo! Ele era tão manso que pude chegar perto e tocá-lo. Lá onde eu moro há animais, e há natureza de verdade.

Ciente de que não tinha tempo para perguntar ao irmão a respeito das artimanhas do tempo e da vida após a morte, Vanessa simplesmente deixou que Junior falasse sobre o cavalo que vira e sobre outros sonhos que realizara ou construíra.

Ele era, definitivamente, o maior construtor de sonhos que já passara por sua vida. Assim como naquele castelinho de areia, ele valorizava cada grãozinho do caminho e, no final, seus castelos tinham paredes sólidas.

– Eu disse que você era especial e que realizaria seus sonhos – Nenê falou, apertando-o entre os braços. – Seus olhos nunca mentiram, eles sabiam de sua grandeza.

Não querendo perder tempo, ela pegou uma das mãozinhas de Junior e o levou para caminhar à beira-mar.

– Querido, você precisa voltar comigo. Estamos vivendo um momento muito difícil, precisamos de sua força.

Junior parou de caminhar e ficou a contemplar o céu azul por um momento, sorrindo.

Apressada, Nenê indagou:

– Junior? Você ouviu o que eu disse?

Ainda sorrindo, ele olhou com ternura para a irmã e falou calmamente:

– Eu não posso voltar.

– Como não? – Vanessa perguntou desesperada.

– Não posso – ele falou mais uma vez com serenidade.

– Junior, você entendeu o que eu disse? Eu, você e a Nique podemos viver todos juntos outra vez! Só depende do seu desejo de voltar!

– Eu entendi sim, Nenê. Mas realmente não posso.

– Por que não?

– Antes do nosso encontro, explicaram-me que há uma ordem natural da vida. Eu não quero atrapalhá-la.

– Você não pode deixar que ninguém lhe diga o que fazer – falou Nenê chorando.

– A decisão final é minha. Lá onde eu vivo há um cavalo de verdade, o céu é azul e eu posso correr na grama verde e brincar nas cachoeiras. Lá, as penas não são apenas uma miragem, como aquela que persegui no dia em que a Mancha me envolveu. Eu arrisquei minha vida por uma pena, que era como uma miragem, um oásis. *Lá onde eu vivo* tudo isso é real.

– Mas...

– Nenê, eu amo você e a Nique – Junior disse com calma –, e sinto muitas saudades. Meu peito chega a doer, juro. Só que eu entendi que minha vida não é mais com vocês. E você precisa aceitar isso.

Vanessa chorava desesperadamente. Ela não conseguia entender como Junior podia traí-la daquela maneira.

– Eu amo você – ela disse em meio às lágrimas abundantes. – Eu vou *morrer* se você não voltar!

Junior sorriu com aquele comentário, e respondeu:

– Estranho. Eu pensei que não fosse possível morrer por amor. Apenas *viver*.

Sentindo-se péssima, Vanessa implorou de joelhos:

– Por favor...

Junior, apesar de pequeno, sempre fora muito grande. Grande de alma e coração. Ele manteve-se sereno durante o reencontro com a irmã. Sabia que tudo tinha um propósito. Consolando-a, disse:

– Nenê, nós realmente precisávamos nos encontrar. Eu tenho algo importante a lhe dizer.

– Diga – ela falou, soluçando e olhando dentro dos seus olhos.

– *Os sonhos são o caminho.*

– O quê?

– Eu sonhava também, muito além da Máquina dos Sonhos. Nunca lhe contei por medo – ele confessou –, mas, acredite, há mais sonhadores pelo mundo, e, na atualidade, não há distância que não possa ser vencida. Você e os demais sonhadores têm o futuro de nosso planeta nas mãos.

– Os sonhos? Mas como?

– Isso é tudo o que eu sei.

Nesse instante, um arco verde cintilante surgiu sobre a areia, bem à frente dos irmãos, e a voz de Lúcio chamou Nenê de volta.

– Você precisa ir – Junior disse.

– Não sem você. Se você não quiser voltar, eu também não voltarei.

– Não faça isso. Você vai deixar a Nique sozinha? Além disso, *você tem sonhos a tornar realidade!*

Como sempre, durante as conversas com Junior, Vanessa sentia como se ela fosse a irmã caçula. Ele sempre demonstrara a sabedoria que a encantou durante os anos em que viveram juntos.

– Uma vez eu lhe perguntei se nada dura para sempre. Hoje eu sei que certas coisas duram, sim – Junior falou. – Os sentimentos são para sempre.

Vanessa olhou para a Máquina do Tempo, desejando que tivesse mais alguns segundos. Então, ousou olhar bem dentro dos olhos de Junior novamente, onde era possível ver os sentimentos dos quais ele falava.

Aquele olhar sempre dissera tudo no silêncio. Aquele olhar sempre construíra sonhos e castelos na areia. Aquele olhar sempre fora a razão dos dias felizes de Vanessa. E continuaria a ser. Por que não?

Ela se afastou do irmão, com a certeza de deixar cravada em sua memória a imagem de seus olhos. E, ainda mais, com a certeza de que a partir daquele encontro mágico no ciclo do tempo e da vida, no qual ninguém morre de verdade, ela teria forças para continuar a viver seu presente.

Junior estava vivo. Sempre estaria. Assim como as lembranças mais lindas que ele e Nenê tinham juntos. Talvez, lá no fundo, ela conseguisse entender a decisão do irmão de não retornar. Afinal, se tudo aquilo era real, também poderia ser possível a existência de algo ou de alguém muito grandioso, que tinha fé em suas ações e lhe dera os sonhos como uma ferramenta de reconstrução do mundo. Alguém que tinha planos maiores, que ela ainda não podia compreender, mas que tinha a explicação para todas as dores e dúvidas de seu ser.

Prestes a atravessar a máquina, Vanessa girou e fitou Junior uma vez mais. Ele voltara a construir seu castelinho na areia.

Não tinha como não sorrir com aquela cena tão linda.

Por fim, Nenê perguntou:

– Você disse que alguém lhe explicou sobre a ordem natural da vida. Quem foi?

Sorrindo com graça, Junior falou:

– Foi uma criança. É engraçado, cada vez que a vejo ela está com uma aparência diferente. Vive lá onde eu vivo agora. Ela é muito especial e sabe muitas coisas, adora pintar telas e diz que pintou tudo o que existe...

Sempre a sorrir. Sempre com os olhinhos a brilhar.

Nenê também conhecia aquela criança.

Talvez os planos maiores fossem *dela*.

Respirando fundo, cruzou a Máquina do Tempo.

De volta ao porão da catedral, Vanessa e Lúcio animaram-se com a presença de CJ e com seus cuidados. A moça estava cada vez mais encantada com as pessoas especiais que haviam cruzado seu caminho das formas mais inusitadas.

Lúcio prometera contar-lhe mais a seu respeito, mas ela preferiu esperar alguns dias. As emoções do encontro com Junior haviam sido suficientes por ora.

Cansada, Nenê deitou-se sobre o chão frio, dizendo aos amigos que precisava descansar.

Contudo, dormir tornou-se ilusão.

Sua mente não parava. Seu peito não lhe dava paz.

O encontro com Junior em meio ao ciclo do tempo havia sido tão intenso que ela quase era capaz de ainda sentir o cheiro do sal do mar. A brisa fresca, o abraço do irmão. De olhos fechados, ainda podia ver o castelinho.

E ver seus olhos, e ouvir suas palavras...

Tudo em Junior era especial e, de fato, apesar da decepção de não o trazer de volta, aquele encontro fora fundamental para que algo mudasse dentro dela.

Vanessa agora precisava organizar as ideias e as emoções, mas já não era a mesma.

A grandiosidade da escolha de Junior, de deixar as coisas como estavam, fez Vanessa, mesmo com o peito a doer, admirá-lo e amá-lo ainda mais. Fez com que ela reencontrasse a esperança dentro de si mesma.

Esperança na vida e no tempo.

As coisas podiam mudar.

Se Junior estivesse certo (e, com certeza, ele estava), a chave para a solução estava nos sonhos. Neles, Vanessa era especialista.

Ficou muito tempo pensando nos sonhos que tivera. Pensou em absolutamente todos aqueles que não haviam sido projetados pela Máquina dos Sonhos, mas por seu próprio coração.

Pensou também na família e em Lucy.

Como estaria a robô?

Lucy, aquela atrevida, era tão importante para Nenê. Era também um membro da família. Assim como Flummys e Adrielle.

Pensou em Marina e para onde ela teria levado Nique e Peter.

Estaria Peter protegido da luz?

Ela tinha certeza de que a irmã e a amiga estavam cuidando bem dele. O que a preocupava de verdade era o Maquinário. Independentemente de qual fosse o esconderijo para o qual Marina tivesse levado as crianças, Vanessa sabia que tinha de agir rápido, pois a classe E conseguiria encontrá-los.

Assim como aquele porão da catedral não seria seguro por muito tempo.

Com um misto de desespero e esperança – dois sentimentos que, apesar de opostos, quando unidos para a mesma finalidade podem gerar bons frutos –, ela passou horas a pensar na vida e no que tinha de fazer.

Deixou que todos os sentimentos recém-descobertos lhe invadissem por completo e lhe mostrassem o caminho. Deixou que os sonhos se tornassem uma realidade a ser seguida.

Os sonhos – e os sentimentos – lhe mostraram a direção e lhe deram algumas respostas.

Quando CJ chegou pela manhã para ver como os amigos estavam, Vanessa conversou com ele e Lúcio.

Não disse exatamente o que tinha em mente, mas deu algumas informações necessárias, a fim de descobrir se eles podiam ajudá-la.

Infelizmente, Lúcio não poderia fazer muito. CJ, por ser de classe baixa e trabalhar na catedral, também não atendia aos requisitos de que Nenê precisava. Porém, prometeram ajudar como pudessem. Vanessa sabia que podia contar com eles.

Suas outras opções incluíam Vitor, Johnny, Bernardo e Gus.

Johnny com certeza poderia ajudar no que ela precisava, mas, por ser membro do Maquinário, ela logo descartou o vizinho-mala. Seria muito arriscado. Vitor também não poderia ajudar; pelo fato de ser colega de trabalho de Vanessa, certamente estaria sendo vigiado de alguma forma.

Seria arriscado também tentar entrar em contato com Bernardo, afinal de contas, ele era o rapaz com quem Vanessa deveria ficar. Pelos menos, segundo o Maquinário.

Há tempos, ela percebera que eles não combinavam, e o amor era um sentimento que já brotava silenciosamente em seu peito na época em que foram unidos pela classe E. Vanessa sempre se incomodou com a relação forçada que tinham. Mesmo ele sendo uma boa pessoa, definitivamente, para ela, não era o namorado que desejava. É claro que o Maquinário não sabia de mais essa de suas rebeldias contra o sistema. Portanto, de certo, estariam atentos caso Vanessa tentasse entrar em contato com Bernardo.

Restava apenas Gus em sua lista de possíveis ajudantes para o plano, que já parecia ruir...

A lentidão das horas se intensificava, enquanto ela não colocava o plano em ação. Presa naquele porão, certamente não conseguiria executar plano algum. Precisava de ajuda.

Aprendera durante toda sua trajetória de redescobrimento que é impossível chegar a algum lugar sozinho.

A sociedade não queria amigos, nem ao menos laços familiares profundos. Porém, seria essa a verdade que existia dentro do peito de cada cidadão? Ou cada um deles, em todos os cantos do mundo, sofria de solidão? E, acima de tudo, sofria pela dor de aprisionar os próprios sentimentos...

Talvez, alimentando as distâncias e a frouxidão dos laços que uniam as pessoas, o Maquinário estivesse construindo uma sociedade exatamente como queria. Unidos, os cidadãos teriam força de lutar contra o sistema. Se libertassem os sentimentos, trariam a cor de volta ao mundo cinzento que a classe E construíra com orgulho.

Era verdade que tal libertação trouxera dor à Vanessa, mas era uma dor costurada em meio ao crescimento. Todos deveriam ter essa *chance*. De certo, aquele era o caminho.

Os pensamentos de Nenê a castigaram durante a agonia da espera.

Desde que formulou o plano em sua cabeça e deu algumas informações a CJ e Lúcio, teve de esperar até que o limpador da escadaria da catedral – o único entre eles que podia se arriscar pelas ruas da cidade – encontrasse um Comunicador, para que ela tentasse falar com Gus.

Por ser da classe P, CJ não tinha o próprio Comunicador. Ele demorou dois dias até conseguir trazer um para a catedral.

Depois de dois dias de uma espera torturante, ele desceu até o porão, entregou o objeto a Vanessa e sentou-se junto dela e de Lúcio na escuridão agora iluminada pela tela virtual.

Era chegada a hora de Vanessa contar não apenas a Lúcio e CJ, mas também a Gus, o seu plano completo.

Ela pediu ao invisível, que habitava aquele lugar sagrado, que a ajudasse nos momentos cruciais que estavam por vir.

Gus era o historiador que Vanessa conhecera por causa da morte de Derby – a moça que encontrara sem querer no cinema e que havia sido vítima da morte abrupta.

Quantas pessoas Vanessa ainda perderia pelo caminho?

Por que os mistérios não paravam de rodeá-la? Seus pais também haviam morrido de morte abrupta, mas qual seria a explicação para isso?

Gus, por ter paixões e motivações semelhantes às suas, compreendia suas dores. Acima de tudo, Vanessa agradeceu ao invisível quando ele disse estar maravilhado com seu plano.

Aquele sonho beneficiaria não apenas a família dela, como poderia beneficiar o mundo todo.

Os sonhos eram o caminho.

Os sonhos tinham as respostas.

Assim que se despediu da amiga pelo Comunicador, Gus começou imediatamente a trabalhar em sua tarefa.

Lenta e silenciosamente, *ela* se espalhou pelo mundo durante aquela noite.

Lugares distantes passaram a conhecer a *RMS*, que ganhou adeptos rapidamente.

As mudanças só estavam começando.

Era chegada a hora da *reinvenção*.

– Pare, Lucy! Eu estou implorando! Se continuar com isso, você não estará viva quando a Nenê voltar para nós! – berrava Flummys, em desespero.

Mas nada adiantava. Lucy não lhe dava mais ouvidos.

– Ela vai voltar, eu tenho certeza. Por favor, Lucy, por ela, pare com isso!

A robô, mesmo assim, não conseguia parar.

Adrielle ficou paralisada enquanto, pela segunda vez, assistia o Maquinário carregar alguém com quem se importava.

Mais que nunca ela esbravejou e até tentou agredir alguns daqueles homens.

Em vão.

Ela não conseguira proteger Peter. *Falhara.*

Se tivesse lágrimas, estaria afogada naquele momento.

Só restaram ela e a outra robô, Violeta, sozinhas na pequena residência de Giga.

O rapaz, Marina, Peter e Nique. Todos haviam sido levados para um destino cruel.

Logo agora que tudo corria bem.

Aqueles dias na casa de Giga haviam sido um alívio para todos. Em meio a tanto sofrimento com a prisão de Nenê e a morte de Junior, eles se alegravam com a presença de Peter, mesmo que, quando quisessem abraçá-lo, tivessem que mergulhar na mais profunda escuridão.

Ele trouxera alegria e esperança a todos. Mas agora tudo estava acabado.

Os membros do Maquinário invadiram a pequena casa na Cidade que Nada Teme. Chegaram a caçoar da condição de Peter e torturar o pequenino, colocando-o por alguns segundos na luz.

Foi o suficiente para que se divertissem e também para que Peter quase morresse.

Por sorte, levaram-no dentro da caixa preta, para que ele chegasse com vida à sede do Maquinário e todos pudessem ver aquela *aberração*.

Na verdade, Adrielle não sabia se realmente podia chamar aquilo de *sorte*.

Tudo de que ela tinha certeza era que falhara em sua missão.

O menino que não podia ver a luz estava agora entregue à *própria sorte*.

Capítulo 26

A ESTRANHA MANIA DE TER FÉ NA VIDA

TUDO ESTAVA DIFERENTE DESTA vez. Nenê olhava ao redor assustada. A terra dos seus sonhos não era aquela que conhecia tão bem e amava. As paisagens, na verdade, eram as mesmas, mas agora tingidas por tons pálidos, de transição, e a impressão de que tudo mudara a rodeava.

Talvez isso se desse pelo fato de Nenê ter mudado por dentro.

O tempo, as dificuldades, a vida, os sentimentos, o reencontro com Junior, a busca por seu amor. Tudo havia feito de Vanessa uma nova mulher, reconstruída a partir de perdas, dores e reinvenções.

Em meio a tons melancólicos, por entre as colinas, surgiu uma figura conhecida que sorria e, correndo, se aproximava de Vanessa.

Era Dominique, sua querida irmã.

Por estarem separadas na realidade, Vanessa aproveitou aquele momento encantador para abraçá-la e matar as saudades.

Dominique tinha cheirinho de infância e carinho. Ela era muito importante para Vanessa e, junto de Junior, havia lhe ensinado o valor da família.

Enquanto Nenê ainda se recuperava da emoção de abraçar a irmã, percebeu que novas pessoas surgiram ao seu redor.

Lá estava o rapaz misterioso que ela tanto amava e por quem seu coração gritava. Sua face começava a apresentar contornos, sugerindo que, muito em breve, eles poderiam estar juntos por completo, sem segredos e sem mistérios. Chegava o momento de olhar dentro de seus olhos? Qual seria a cor deles? E o formato? Tudo isso era parte do mistério mais lindo que Vanessa já vivera.

O momento da revelação se aproximava.

Além dele, estavam ali os pais de Vanessa.

Caco e Valentina sorriam e, entre eles, estava Junior. Também sorrindo e fitando a irmã.

Todos a encorajaram a caminhar rumo à floresta.

De mãos dadas com todos aqueles que haviam feito o amor desabrochar em seu peito, Vanessa caminhou corajosa e logo descobriu o motivo de estar ali, em meio a tantos corações conhecidos.

O baú dos tesouros jazia aos pés da árvore mais alta da floresta.

Era hora de abri-lo.

Sem esforço algum, Vanessa conseguiu levantar sua tampa.

Imediatamente, cores e formas a envolveram. Tudo girou, o céu tomou o lugar do chão, e ela foi sugada para dentro do baú.

A linha cíclica do tempo girava enquanto Vanessa a percorria.

Junto daqueles que amava, ela descobriu o tesouro que o baú guardava: o passado da humanidade.

Era preciso aprender com ele, para reinventar o presente e, assim, reconstruir o futuro.

Os erros e acertos deveriam ser exemplo para os novos seres humanos. Vanessa era um deles. Ela podia ajudar na continuação da história do mundo.

Junto daqueles que haviam lhe dado razões para tudo de melhor que vivera e com que sonhara, Vanessa visitou seus antepassados.

Caminhou por paisagens áridas e cavernosas, desde a pré-história. Desde a época em que o homem ainda não se diferenciava muito das demais espécies que habitavam o planeta.

Assistiu a tudo. Aos momentos que provocaram mudanças e também àqueles que, de tão singelos, fizeram os sentimentos desabrocharem na humanidade.

Continuando sua caminhada, visitou civilizações e, depois, suas ruínas.

Tragédias, vitórias e conquistas.

Tudo havia feito parte da jornada.

Chegou a grandes impérios, que, da imponência, foram ao chão. E aos novos que se ergueram. Tudo, sempre, em ciclos.

Castelos medievais, guerras sangrentas, amores impossíveis. Depois, as navegações e os novos continentes à espera de uma chance para que seus gritos fossem ouvidos pelo mundo todo.

Vanessa pôde conhecer cada segredo da humanidade e cada motivo que a levou a chegar ao ponto em que estava. *Devastada.* Cada detalhe, mesmo que quase despercebido, havia contribuído para o mundo que agora Vanessa conhecia e pelo qual decidira lutar.

Quando chegou o momento de percorrer o ano de 2012, Vanessa viu, com um misto de nostalgia e emoção, uma mulher de meia-idade escrevendo uma mensagem e colocando-a em uma garrafa.

Naquela época, o mar ainda era azul.

A mensagem que, muito tempo depois, chegaria às suas mãos através de um mar lodoso, marrom e sem ondas.

O cenário mudara; os erros nem tanto.

Com pesar, ela viu os olhos da mulher encherem-se de lágrimas no instante em que contemplou a garrafa com a mensagem se afastar pelo azul.

Naquela época, ainda era permitido ter sentimentos.

De certo, a mulher sonhava com um novo mundo e queria fazer parte de sua reconstrução. Ela depositara, mais que tudo, sonhos naquela garrafa.

Naquela época, os homens eram livres para sonhar.

Então, após vislumbrar aquela antiga mulher que, por uma graça do destino, havia contribuído para Vanessa se tornar quem agora era, ela continuou a percorrer a linha cíclica do tempo.

Assistiu ao passado de seu mundo, desde o ano de 2012 até os dias que agora transcorriam em tons alaranjados.

Sim, foi isso mesmo que ela viu.

Os tons de azul extinguirem-se, abrindo espaço para alvoreceres melancólicos.

Durante aqueles séculos, o azul foi extinto na natureza. O laranja, o cinza e o marrom tornaram-se os protagonistas do novo cenário mundial, cada vez mais denso e carregado de culpa.

Vanessa pôde ver a natureza acabar, o mar morrer, a dor dilacerar e a fome calar (para sempre).

Pôde ver valores desaparecer. Novas guerras. Novos medos. Novos terrores – reais – que seus antepassados enfrentaram.

Aproximadamente no ano de 2900, a religião fora banida da humanidade, em razão de tanto sangue jorrado em seu nome.

Assim, cada vez mais desprovida de natureza, fé, família e esperança, a humanidade caminhou para aquilo que era agora: mecânica, robótica, "assentimentalista" (termos novos haviam surgido, para expressar as novas condições do ser humano).

Agora, assistindo a tudo de perto, Vanessa tinha tantas respostas...

Olhou para a mãe e o pai, levados há anos pela terrível morte abrupta, que carregava inúmeras vidas todos os dias.

As respostas sempre estiveram ali, por toda parte, rodeando-a. Os cientistas e o Maquinário jamais entenderiam, mas o coração de Vanessa podia compreender.

A falta de sentimentos gerara, ao longo dos séculos, um buraco, um vazio, uma mancha no coração de todos. Assim, sem mais nem menos, muitos sucumbiam a essa dor sem-nome.

A morte abrupta, tão pesquisada, era explicada pela ausência dos sentimentos, que doía e tornava os homens vulneráveis.

Mesmo tendo deixado marcas sentimentais em Vanessa e na família, Caco e Valentina haviam sido vítimas do maior mal que os seres humanos de seu tempo presenciavam: a vida em que os sentimentos deviam ser aprisionados e – para todos os efeitos – esquecidos.

Outra explicação lhe ocorreu quando ela viu árvores e mais árvores serem derrubadas ao longo dos séculos. *E o verde dando espaço ao sombrio.* O ar puro intoxicando-se. Matando seres, roubando os últimos suspiros de esperança do planeta. Aí estava a explicação do Vale das Árvores Lamuriosas, que ela tão bem conhecia. O vale era, na verdade, uma extensão da dor da humanidade presente em seus sonhos. Era a representação de todo o sofrimento da natureza, morta ao longo de anos incontáveis de destruição.

Mas o pranto daquelas árvores havia sido silenciado por uma *mão.*

Talvez ainda houvesse esperança.

Com pesar, arrastando-se agora pelos últimos anos vividos pela humanidade na linha do tempo, Vanessa pôde assistir a si própria, desde o instante em que começara a ganhar forma, em uma

Cama no Centro Gestacional, até os dias em que se escondia no porão da catedral.

Chorou ao assistir à própria vida. Chorou pela morte dos pais – naquela época, ainda não havia libertado as próprias emoções; chorou por Junior, Zildhe, Derby, Raina e, acima de tudo, chorou por si mesma.

Quando se deu conta, enquanto se arrastava pela linha do tempo, notou que seus pés literalmente *sangravam*.

As pedras abundantes do trajeto a haviam ferido.

A dor era profunda e o sangue manchava o chão.

Contudo, uma pedra maior que as demais impediu que ela continuasse. Era cinzenta e terrível.

Vanessa reuniu as últimas forças que tinha para movê-la.

Então, a pedra se ergueu e teve sua forma desfeita. Na verdade, aquela pedra era o Medo. O rapaz de capuz que Vanessa conhecera em outro sonho. Ele se levantou e desfez sua posição de rocha, fazendo, em seguida, uma demorada reverência a Nenê, permitindo, assim, que ela continuasse a caminhada.

Após afastar o Medo em sua forma rochosa, Vanessa viu uma nova criança surgir no cenário.

Era uma garotinha de pele muito branca, olhos claros e cabelos castanhos, muito lisos e com uma franja que lhe cobria toda a testa.

Nenê nunca vira aquela menina, mas a conhecia. Era ela a criança que pintava telas e mudava de aparência quando queria. Ela também havia feito as árvores do vale pararem de chorar e devolvera as estrelas do céu escuro de Nenê, que havia guardado em um potinho. Aquela criança responsável por todas as cores, seres, vidas e tudo mais que existia, vivia agora junto de Junior.

Aproximando-se de Vanessa, a doce menina falou:

–Você conseguiu. Eu estou muito orgulhosa.

– Mas eu não sei o que consegui –Vanessa respondeu.

– Não seja modesta. Valorize quem você é e suas atitudes.

Percebendo que a jovem permanecia confusa, a menina de franja respondeu gentilmente:

–Você lutou bravamente, mesmo com os pés sangrando, não deixou de caminhar. Você lutou contra o mundo, deixando que os sentimentos brotassem, para que, agora, pudesse finalmente lutar a favor do mesmo mundo. Você está pronta, Vanessa. É dos sentimentos e sonhos que precisamos.

Naquele instante, a menina começou a cantar. Sua voz era doce e mansa, e o sorriso não a deixava nem por um instante sequer.

A canção era antiga, daquelas que Lúcio certamente cantaria.

Vanessa deixou que aquela voz tão linda e pura invadisse seu coração.

"Uma mulher que merece

Viver e amar como outra qualquer do planeta.

É o som. É a cor. É o suor.

É uma dose mais forte e lenta

De uma gente que ri quando deve chorar,

E não vive, apenas aguenta.

Mas é preciso ter força, é preciso ter raça,

É preciso ter gana sempre.

Mas é preciso ter manha, é preciso ter graça,

É preciso ter sonhos SEMPRE.

Quem traz na pele essa marca possui a estranha mania de ter fé na vida." [3]

Ao término da canção, Vanessa compreendia mais que nunca.

Ela era Maria, Maria e Maria.

Era Marina, Marília e Mariana. Era Zildhe, Valentina e Dominique. Era Viviane, Odete e Nair. Era Aline, Alícia e Anny. Era Cátia, Jane e Janine.

Era *Vanessa*.

Como qualquer outra, em qualquer época, em qualquer canto do mundo.

Ela tinha fé.

Tinha a estranha mania de ter fé na vida.

Era parte de um todo, pelo qual lutaria. Em nome de todas, todos e do amor. Todo amor do mundo cabia em seu peito.

Sua própria reinvenção a ajudaria na realização de seus sonhos. Sim, ela tinha sonhos SEMPRE.

Fora preciso descobrir-se primeiro, para agora descobrir sua função no mundo.

A *RMS* era apenas o início de sua luta. E ela não estava sozinha. Jamais deixaria de lutar. O mais importante agora era que jamais deixaria de acreditar.

Ela acreditava na vida, nas lutas que tinha de travar, no mundo que encontraria o caminho para a própria reinvenção, e no amor – cuja face estava prestes a descobrir.

---

3 Essa canção data do século XX e também foi parte essencial para o entendimento de Vanessa acerca dos encantos da vida dos Antigos e as respostas que ela guarda.

Ainda com os pés sangrando, Vanessa olhou para trás.

A linha do tempo da humanidade estava lá. Marcada. Era impossível voltar atrás.

E olhando para frente pela primeira vez, Vanessa viu o futuro.

Era um caminho invisível, que brilhava no ar, ainda a ser percorrido.

Os dias que viriam ainda seriam escritos.

A fé, estranha e, agora, inabalável, a atingiu.

Ela era parte daquilo e, junto de todos, *Marias* e *Joãos*, escreveria o dia de amanhã na linha do tempo.

Olhou uma última vez para todos que a acompanhavam naquele sonho: seus pais, Junior, Dominique, seu amado misterioso.

Sabia que estariam sempre juntos, ligados por algo grandioso e inquebrável. Até a decisão de Junior de não ter voltado com ela no tempo já não a feria mais.

Olhou, então, para a menina especial que estava ao seu lado. Era a pequena pintora de telas e colecionadora de estrelas.

Sempre a sorrir. Sempre com os olhinhos a brilhar.

Vanessa aproximou-se dela e deu-lhe um beijo demorado na face, dizendo:

– Obrigada.

A menina apenas sorriu e abriu uma portinha, que fez com que Vanessa girasse de volta para o baú dos tesouros. E, em seguida, de volta à realidade.

Ela abriu os olhos.

Estava na escuridão do porão da catedral.

Tudo era exatamente igual ao momento em que ela fechara os olhos para dormir.

Exceto ela.

Vanessa não era a mesma – há muito tempo.

Com o passar dos dias, Nenê recebia notícias de Gus pelo Comunicador que CJ conseguira, e ficava cada vez mais animada com o rápido avanço que a RMS fazia pelo mundo.

Seu plano, apesar de doido e arriscado, estava funcionando.

Mas em meio à agitação pelo progresso do plano, no dia seguinte ao sonho maravilhoso e mágico que tivera, no qual descobrira finalmente o que o baú dos tesouros guardava, Vanessa recebeu uma péssima notícia.

O Maquinário voltou a fazer um anúncio, daqueles que ecoavam por toda a cidade e eram ouvidos por todos os cidadãos simultaneamente.

"Uma jovem, Marina, havia sido presa e seria executada no dia seguinte em decorrência do crime sem perdão que cometera: ser cúmplice do roubo de uma criança deficiente, além de ainda ter laços com o irmão, sendo eles cidadãos da classe P."

Os membros do Maquinário convidavam a todos os moradores da Cidade que Nunca Dorme a assistirem à execução da jovem, para que sua atitude abominável jamais fosse repetida.

Tremendo a cada nova palavra, Vanessa continuou a ouvir o anúncio ao lado de Lúcio e CJ.

Alegrou-se ingenuamente ao ouvir que havia ainda uma forma para que Marina fosse poupada de sua pena de morte.

Disse o Maquinário claramente:

"A jovem para quem Marina trabalhava é a verdadeira culpada por todos esses crimes. Ela já foi presa por demonstrar sentimentos e por sabotar a Máquina de Sonhos, mas escapou da Ilha em um ato rebelde e arriscado. Ela é extremamente perigosa e acredita-se que ainda esteja à solta em nossa cidade. Portanto, Vanessa, onde quer que você esteja, entregue-se, e deixaremos Marina sobreviver, assim como Dominique e Peter, que também estão conosco. Se você tem tantos sentimentos, prove-os, encarando-nos frente a frente".

Vitor. Johnny. Bernardo. CJ. Lúcio. Gus. E, talvez, até o irmão de Marina, Giga, que Vanessa ainda não conhecia, mas que já lhe era querido.

Todos eles haviam lutado junto dela de alguma forma e contribuído com seus sonhos durante toda sua jornada de reinvenção.

Mas qual deles seria o rapaz misterioso?

Seu coração mais que nunca gritava em desespero, querendo descobrir a face que lhe era tão amada.

Só o amor faria Vanessa tomar as decisões corretas a partir daquele momento.

Só o amor a salvaria e a ajudaria a salvar a todos que amava.

Só o amor a faria abrir a porta daquele porão e entregar-se de cabeça erguida ao Maquinário.

Capítulo 27

Qual o propósito de tudo?

"É EXPRESSAMENTE PROIBIDO SONHAR e ter sentimentos. O mundo é perfeito do jeito que o projetamos. Tudo funciona. Os progressos científicos e tecnológicos não param. Vivemos e trabalhamos pelo coletivo. Que os crimes imperdoáveis cometidos pela jovem Vanessa sirvam de exemplo a todos desta cidade: não adianta lutar por algo que já não existe. Sua punição será a morte e a exposição pública, de forma lenta e dolorosa. Com muito orgulho, o Maquinário anuncia a todos da Cidade que Nunca Dorme que a cidadã criminosa acaba de se entregar e sua punição começará a ser aplicada em instantes."

MAIS CEDO

CJ abriu a velha porta do porão.

A luz alaranjada e o ar denso fizeram os olhos de Vanessa quase lacrimejarem.

Com uma timidez que não lhe era natural, ela ganhou a rua.

Enfrentar Lúcio e CJ não havia sido fácil. Os amigos não queriam que ela se entregasse, sugeriram haver outra solução. Mas ela sabia que a única solução possível seria enfrentar o Maquinário. E, se seu destino fosse a morte, levaria consigo muito dessa vida, principalmente o amor.

Era dolorido ter de aceitar que talvez nunca viesse a ver a face do rapaz dos seus sonhos. Além disso, o que seria de Peter e Dominique? O Maquinário não seria misericordioso com o menino que não podia ver a luz.

Vanessa sabia que, por suas escolhas e atitudes, Peter pagaria um preço muito alto. Estaria ele protegido naquele momento? Estaria ainda vivo?

Ela tinha muitos motivos para aceitar seu terrível destino. Não podia simplesmente continuar escondida enquanto outros pagavam por seus "crimes".

Com muito esforço, convenceu CJ e Lúcio a deixarem que fosse sozinha. Jamais aceitaria que eles também pagassem – afinal de contas, Lúcio era, assim como ela, um fugitivo, e CJ havia lhes dado proteção.

Ela podia jurar que, antes de desaparecer na rua, viu CJ abandonar a limpeza das escadas e entrar na catedral. Provavelmente para falar com o invisível naquele momento tão difícil.

Respirando com ajuda da bombinha, Vanessa caminhou pelas ruas com desânimo. Não sabia se seria pior chegar ao seu destino ou encontrar uma Mancha pelo caminho.

Pensando bem, diante de tantas humilhações pelas quais o Maquinário passava, principalmente por não ter conseguido extinguir as Manchas dessa vez, Vanessa sabia que o ato de a punir publicamente era uma das medidas desesperadas que a classe E estava tomando para tentar restaurar seu poder e a idolatria por parte dos cidadãos.

No meio de uma grande avenida, bem no centro da cidade, estava a sede do Maquinário da Cidade que Nunca Dorme.

Nenê já vira aquela construção inúmeras vezes, porém, ela parecia mais assustadora agora.

Tratava-se de um prédio circular, sustentado por uma haste cilíndrica, que o projetava em direção ao céu laranja. Sua posição elevada era símbolo do controle e do poder que a classe E exercia sobre o mundo; suas inúmeras janelas eram prova de que estavam sempre atentos, com olhos e ouvidos em todos os lugares; a alta tecnologia e a modernidade de sua aparência evidenciavam os progressos tecnológicos e científicos de que tanto se orgulhavam.

Robôs gigantes, como aqueles que guardavam a prisão, rodeavam o prédio, o que trouxe ainda mais lembranças ruins à Vanessa.

Ela não precisou se aproximar muito do prédio para ser prontamente identificada e levada para seu interior.

Mais uma vez, deu as mãos ao Medo.

O anúncio ecoou por toda a cidade, dando a notícia de que Vanessa havia se entregado.

A voz robótica do Maquinário causava arrepios todas as vezes que se dirigia aos cidadãos, mas, dessa vez, trouxera a Gus uma sensação ainda mais desconfortante.

Sua amiga logo seria punida por atitudes que jamais deveriam ser consideradas crime.

Pensando bem, talvez ele tivesse uma arma poderosa em suas mãos. Uma arma que a própria Vanessa criara.

A *RMS*.

– Eu quero ver a minha irmã e o meu filho!

Vanessa gritou enquanto dois grandalhões a empurravam por corredores estreitos.

Um terceiro membro do Maquinário, rindo da situação, disse com sarcasmo:

– Consta em nossos registros que você não teve filhos.

– O PETER É MEU FILHO!

O homem estava esperando exatamente por aquela resposta. Com a têmpora pulsando e corando de raiva, ele se aproximou de Vanessa e cuspiu-lhe na face. Em seguida, deu-lhe um tapa feroz, que a fez cair no chão.

– Eu não tenho medo de vocês. Nunca tive. Podem fazer o que quiserem comigo. Mas eu fiz a minha parte do combinado. Estou aqui! Agora, soltem a Marina e as crianças!

– Vejam só – falou uma mulher da classe E, que viera ver a cena de perto. – Ela acha que tem o direito de exigir algo.

Virando-se para Vanessa, disse com ênfase em cada palavra: – Todos vocês irão pagar. E nós ainda vamos descobrir quem a ajudou durante os últimos dias. Todos que estão ligados a você e aos seus crimes serão usados em nossa nova campanha. *Como exemplo*.

Ao término daquelas palavras gélidas, Vanessa foi jogada dentro de uma pequena sala.

Para seu alívio, todos estavam ali: Marina, com uma caixinha preta nos braços, onde Peter repousava a salvo; Dominique, abraçada a um rapaz forte, que Nenê imaginou ser Giga.

Todos tinham hematomas – assim como ela própria, após apanhar enquanto era conduzida até aquela sala – e, apesar da tristeza que recobria cada par de olhos, todos se viraram para Nenê e sorriram pesarosos ao vê-la.

Se aquele era o fim, melhor que estivessem juntos.

Marina foi a primeira a ser levada.

Agarrada à caixinha preta e à Nique ao mesmo tempo, e envolvida pelos braços fortes de Giga, Nenê ouviu enquanto a fiel amiga sofria do lado de fora da porta.

Além dos socos e pontapés, era possível ouvir o som de um aparelho de choque sendo constantemente descarregado em Marina.

Seus gritos eram enlouquecedores, mas foi ainda pior quando silenciaram.

Nenê correu até a porta e a esmurrou com força:

– O que vocês fizeram? Monstros!

De nada adiantava. Estava claro que os membros da classe E fizeram questão de agredir Marina ali, onde os demais prisioneiros pudessem ouvir cada detalhe. Essa já era uma forma de iniciar a punição de todos.

Aqueles minutos foram intensos e terríveis. Passaram de forma lenta e dolorosa.

Peter começou a chorar no interior da caixinha; Dominique começou a berrar de medo; Giga andava inquieto pela pequena sala. E Vanessa... bem, Vanessa desesperava-se por não saber o que fazer.

Precisava de um *milagre*.

Naquele momento de profundo desespero, com tantos pensamentos assombrosos atormentando-a ainda mais, ela se esqueceu do que Junior dissera quando se encontraram na linha do tempo: as respostas estavam nos sonhos.

Os sonhos!

Eles sempre a envolveram com ternura e a transportaram para fora de sua realidade sofrida, representando uma nova esperança.

Não apenas as respostas, mas a *solução* também estaria nos sonhos.

Um barulho distante atravessou as paredes da sede do Maquinário.

Não era possível distingui-lo com clareza, por causa da forte estrutura daquela construção. Entretanto, pela forma enérgica como chegava aos ouvidos de Nenê, ela podia jurar que se tratava de algo grandioso.

Os sons ficavam mais nítidos a cada instante, e Vanessa, com esforço, podia distinguir algumas frases. Mas seria aquilo real ou delírio? Ou seria um novo sonho?

A dor e a angústia a sufocaram e ela já não sabia se estava sonhando ou se estava acordada, se estava viva ou morta.

Só obteve resposta para aquela dúvida, percebendo que estava de fato viva e acordada, quando alguns membros do Maquinário a puxaram com força para fora da sala, ignorando os gritos e protestos de Nique e Giga, e começaram a agredi-la com força.

A dor era real.

Era a única realidade da qual tinha certeza naquele momento.

– O que você fez? O que significa tudo isso? – gritavam alguns cidadãos E's ao torturá-la.

Ela não tinha as respostas, mas sabia que se referiam ao barulho do lado de fora do prédio.

Duas jovens do Maquinário vieram correndo pelo corredor e fizeram sinal para que as agressões parassem. Os choques e as pancadas cessaram, contudo, Vanessa já estava quase desmaiando de dor e mal tinha consciência do que acontecia ao seu redor.

Percebeu que foi lentamente arrastada pelo mesmo corredor pelo qual elas haviam vindo. Então, após mais alguns corredores estreitos, Nenê percebeu a claridade alaranjada se aproximando e um som se intensificando.

Ela estava do lado de fora do prédio.

Não apenas ela, mas haviam trazido Nique, segurando a caixinha com Peter em seu interior, e Giga, que apoiava uma Marina desacordada entre os braços.

Depois de olhar rapidamente para os amigos, Nenê virou-se para frente e se deu conta, pela primeira vez, do que estava acontecendo.

Do alto prédio do Maquinário, ela podia ver a avenida ao longe. Centenas de pessoas estavam reunidas ali, carregando Máquinas de Sonhos individuais ou coletivas.

À frente delas, Vanessa distinguiu Gus e entendeu que aquela era a RMS.

A Rede Mundial de Sonhos.

Seu plano estava funcionando.

Pena que, ao contrário do que havia previsto, ela estava sob as garras do Maquinário e não junto ao povo.

A rede que ela e Gus construíram, e que o amigo se prontificou a espalhar pelo mundo, teve seu caminho facilitado pelos avanços tecnológicos. Em instantes, após o início do plano, milhares de pessoas de todos os lugares já haviam se conectado à rede.

Junior estava certo, *havia outros sonhadores.*

Vanessa acreditava na força do povo e dos sonhos. Muito mais fortes e verdadeiros que qualquer ideal do Maquinário.

A classe E era a menos numerosa do planeta. De certo, não resistiria a tanta pressão. Teriam de permitir os sonhos e a liberdade de sentimentos, se fosse a vontade das demais classes.

Assim desejava Vanessa de todo seu coração.

Com a boca sangrando por causa de um ferimento, ela abriu um discreto sorriso ao ver que um número gigante de pessoas sonhava, assim como ela.

Ela não era a única, nem a escolhida. Era apenas *mais uma.*

E isso significava tudo. Significava o sucesso do seu plano e os rumos da reinvenção do mundo.

Todos aqueles ao longe, Marias, Joãos e tantos outros, de todas as classes, também tinham sonhos e sentimentos e, por isso, tinham atendido ao chamado de Gus pela rede.

Cidadãos da Cidade que Nunca Dorme e de outras cidades já se encontravam ali. E pessoas vindas de mais longe chegavam a cada instante e aumentavam o sucesso da Rede Mundial de Sonhos.

O desespero na face dos membros do Maquinário era evidente.

Muitos deles surgiram para ver o que estava acontecendo, e agora sussurravam entre si, angustiados, tentando encontrar uma solução.

Entre eles, estava Johnny, o vizinho-mala. Vanessa estava atenta as suas expressões, mas ficou satisfeita ao notar que ele sorria. Talvez alguns membros do próprio Maquinário, como Johnny, também tinham sonhos e já não aguentavam aquela vida mecânica.

Foi então que um som ainda mais forte, em meio aos gritos e protestos da RMS, chamou a atenção de Vanessa e dos companheiros.

Foi lindo de se ver.

Todos os cidadãos que se espalhavam pela longa avenida quebraram suas Máquinas de Sonhos.

O barulho era ensurdecedor, com tantas máquinas sendo destruídas ao mesmo tempo. A esperança que aquele som trazia encheu Vanessa de alegria e acalmou todas as suas dores.

A destruição das Máquinas dos Sonhos era um ato de coragem do povo e, acima de tudo, representava liberdade.

Representava que todos eram iguais. Todos haviam travado lutas silenciosas como a de Vanessa, enquanto descobriam os sentimentos que jaziam camuflados em seus peitos. Todos haviam, um dia, sonhado de verdade. A dor silenciosa de cada cidadão agora ganhava voz. *Liberdade.*

Uma liberdade extinta há séculos, mas que encontrara seu caminho de volta para casa.

O caminho era – e sempre tinha sido – os sonhos.

– Você precisava ver a cara deles. Foi a reunião mais divertida da qual já participei – disse Johnny.

Vanessa ria enquanto o vizinho lhe contava tudo sobre a reunião com os demais membros do Maquinário.

Por ora, a soltura e a liberdade de Vanessa e seus amigos haviam sido decretadas. As Máquinas de Sonhos que não haviam sido quebradas durante o movimento da RMS seriam recolhidas e reaproveitadas para outros fins.

Contudo, a reinvenção estava apenas começando. Aquele protesto havia marcado o início de um recomeço. Ainda havia muito a ser feito.

Nenê encontrava-se agora no hospital. Poucas horas haviam se passado desde que ela deixara a sede do Maquinário de cabeça erguida. Suas feridas já estavam quase cicatrizadas por causa do auxílio de máquinas e aparelhos.

O Maquinário lhe dera direito aos tratamentos mais avançados que existiam.

De alguma forma, ela realmente servira de exemplo para a campanha do Maquinário. Apenas não havia sido como eles planejaram.

Marina e Giga haviam ido para a casa de Vanessa, com Nique e Peter, aguardando por sua recuperação. Eles também haviam recebido atendimentos modernos. Contudo, ela ainda não recebera notícias de Lucy e dos demais robôs. Estava muito preocupada e com muitas saudades deles e de sua casa.

Recebera diversas visitas dos amigos no hospital.

Vitor, por trabalhar no prédio ao lado, já a havia visitado várias vezes e assegurado que ela teria sua função de Geradora de volta. Além de dizer, com satisfação, que o robô dedo-duro, Timóteo, havia sido levado para trabalhar em outra ala.

Bernardo viera tímido e receoso, afinal de contas, o relacionamento deles estava indefinido, embora ele já tivesse uma vaga noção do rumo que as coisas tomariam.

CJ e Gus fizeram visitas extremamente agradáveis e Vanessa não tinha palavras para agradecê-los o suficiente. Gus ainda lhe contara que, após muito estudar os Antigos e o sistema de adoção que eles empregavam (que já não existia há séculos), fizera um pedido especial a Johnny, para que Peter pudesse ser considerado legalmente filho de Vanessa.

Johnny trouxera as boas notícias a respeito da reunião do Maquinário e das decisões que haviam tomado, embora muitos assuntos ainda estivessem pendentes. Ele havia concordado com Gus e feito o pedido aos demais membros da classe E. Esperava ter a resposta em breve a respeito da guarda definitiva do menino que não podia ver a luz.

Surpreendente, contudo, foi a última visita que Nenê recebeu, no instante em que estava sendo liberada e ansiosa para voltar para casa.

Lúcio apareceu, dizendo:

–Você precisa vir comigo.

– Agora? Eu preciso ir para casa ver minha família...

– Será rápido, eu prometo. Estou lhe devendo algumas explicações.

De fato, estava. A curiosidade de Vanessa e a gratidão e o carinho que tinha pelo rapaz a fizeram ir com ele, adiando mais um pouquinho sua volta para casa.

– Para onde estamos indo? – ela indagou.

– Fazer uma nova visitinha à Máquina do Tempo.

A sensação de liberdade era renovadora para Vanessa e Lúcio. Andar livremente por aquelas ruas conhecidas dava-lhes a sensação de vida nova.

– Finalmente descobrirei seus mistérios? –Vanessa indagou ao amigo durante o caminho.

Ele apenas esboçou um sorriso discreto.

Após divertirem-se com os olhares curiosos na rua e com os cochichos por onde passavam, enquanto eram reconhecidos pelos demais cidadãos, chegaram ao Centro de Pesquisas e dirigiram-se para o corredor subterrâneo, no qual a porta secreta jazia invisível esperando por eles.

Com as identificações de Lúcio, a porta revelou-se em meio à parede lisa e abriu-se, deixando que, mais uma vez, Vanessa e o amigo entrassem na saleta circular que abrigava a Máquina do Tempo.

– Por que estamos aqui? – Vanessa perguntou, confusa.

– Porque eu estou *voltando para casa* – disse Lúcio.

Rindo com a cara de espanto da amiga, o rapaz continuou a falar:

– Eu não sou deste tempo. Eu fui trazido do passado.

– Por quê?

– O Maquinário adotou essa prática silenciosa e discreta, trazendo alguns cidadãos do passado para que colaborassem com seus conhecimentos com o mundo novo. Eu realmente sou um pesquisador do meu tempo e forneci informações relevantes ao Maquinário.

– Por isso você nunca disse nada a respeito de sua família...

– Exato. Eu tenho família. Vivo com meus pais, no ano de 2278. Eles pensam que estou realizando uma viagem a trabalho. Não estão completamente errados – ele riu –, mas agora preciso voltar.

– Você é um *viajante do tempo*.

Lúcio sorriu, concordando.

– Mas você havia sido preso – Vanessa disse ainda confusa. – O que aconteceu?

– Quando eu era mais jovem, com uns quinze anos, eu tinha uma banda – explicou Lúcio. – Sei que isso já não existe, mas acredite, é muito legal. Eu e meus amigos cantávamos em bares nos finais de semana. Sou apaixonado pela música e, de fato, aborreci muito a classe E com minhas canções antigas no prédio do Maquinário.

– E por isso você foi preso?

– Não exatamente – ele falou. – Na verdade, quando alguém do passado é trazido para cá, é feita uma preparação intensa. Porém, eu não resisti. Qualquer preparação não seria suficiente para que eu me adaptasse a este caos em que vocês vivem. Eu comecei a delirar, a falar sobre a música e sobre o azul. Com medo de que eu revelasse informações importantes a quem não devia, a classe E optou por prender-me.

– Mas e seus pais?

– Provavelmente seriam notificados de que faleci durante a viagem.

– Isso seria muito triste – falou Vanessa, que já conhecia bem a dor da perda.

– Exato. Por isso, não quero perder tempo. Preciso voltar para casa e para minha família. Mas eu não podia ir sem me despedir de você.

Vanessa viu o amor nos olhos de Lúcio. O amor que ele tinha pelos pais e pela vida. Mais uma vez, o propósito de tudo, de todas as lutas e angústias, era o amor.

Ela sentiria falta do amigo, contudo, jamais poderia pedir que ele ficasse.

– Há muitos como você? – Vanessa indagou. – Digo, muitos cidadãos do passado estão infiltrados em nosso tempo?

– Eu não diria muitos, mas há um número maior do que você imagina. Lembra-se do Ted, meu amigo, que nos ajudou a entrar no Centro de Pesquisas pela primeira vez?

– Claro que me lembro dele! Não me diga que...

– Exatamente! O Ted também foi trazido do passado. Ele retornou há alguns dias para seu tempo. Por isso, não hesitou em me ajudar daquela vez, quando precisamos. Ele também não se adaptou a este tempo.

Achando graça das expressões confusas de Vanessa, Lúcio disse por fim:

– Minha amiga, eu a admiro muito e conheço sua luta. Jamais me esquecerei do tempo que passamos juntos. Aprendi muito com você. Agora, sabendo do futuro que nos aguarda, lutarei em meu tempo, prometo. Mas também quero dar-lhe uma última ajuda, se você permitir.

Vanessa sorriu e pediu que ele continuasse a falar.

– Eu deixei uma lista em seus contatos. Você a encontrará quando voltar para casa e tiver a posse de seu Comunicador novamente. Trata-se de uma lista com cidadãos trazidos do passado para a Cidade que Nunca Dorme. Tenho certeza de que eles terão satisfação em ajudá-la com a RMS. Eles conhecem os sonhos, os sentimentos e o azul.

– Não sei como agradecer – Vanessa disse.

Sem querer, uma lágrima rolou por sua face. Agora sabia o quanto odiava despedidas.

Lúcio havia passado rapidamente por sua vida, mas jamais seria esquecido. A intensidade dos momentos e das descobertas que fizeram juntos estaria para sempre no peito de Vanessa.

– Fique bem – ele falou. – E, se quiser me encontrar, sabe onde estarei.

Eles se abraçaram com força.

Então, Lúcio programou a máquina e esperou até que o arco ficasse verde, indicando que o momento exato do tempo para o qual ele tinha de voltar havia sido encontrado.

Com pesar, Vanessa assistiu quando ele entrou na Máquina do Tempo.

Ela estava com as identificações do amigo e, por um instante, quando ele sumiu no interior do arco e a sala voltou a ficar azul, Nenê pensou que poderia voltar no tempo mais uma vez e reencontrar Junior ou os pais. Poderia até reencontrar Zildhe e contar-lhe como Peter era lindo e como ela o amava.

Entretanto, resistiu à tentação. Sabia que a vida seguia em frente e que não era prudente ficar voltando ao passado.

Junior estava vivo em seu peito, assim como todos os demais. Ela tinha outros motivos para permanecer viva e lutar no presente.

Era chegado o momento de aceitar isso.

Com o coração leve, ela saiu da sala e dirigiu-se finalmente para casa.

Capítulo 28

Um conto sobre almas

ERA MÁGICO OUVIR A voz do Vigia novamente.

Vanessa viera caminhando pela rua, ainda com a bombinha respiratória de CJ, achando graça na situação estranha e divertida de ser apontada e reconhecida – isso acontecia quando as pessoas não estavam mais ocupadas quase morrendo com o ar envenenado e procurando desesperadamente por postos de respiração.

Agora, já na rua de casa, ela notou, aproximando-se, que alguém a esperava do lado de fora da redoma.

Era Vitor, seu querido amigo e companheiro de trabalho.

Nenê ouviu feliz a voz do Vigia anunciar sua própria chegada, e então abraçou Vitor com força.

– Sua doida – ele disse. – Você saiu do hospital sem dizer para onde ia. Eu estava preocupado, pensei que viesse direto para casa.

– Tive uns assuntos para resolver – Vanessa falou. – Estou feliz que esteja aqui para testemunhar meu retorno ao lar após tantos momentos difíceis.

Ela olhou dentro de seus olhos, tão lindos e profundos, e continuou:

– Eu cheguei a pensar que esse momento jamais chegaria, que eu jamais veria novamente meu lar, minha família, *você*.

– Eu também – disse Vitor. – Eu tive muito medo.

Vanessa conhecia aquela sensação. O medo era um velho amigo.

Feliz com a presença de Vitor, ela o convidou para entrar e, depois de muitas tempestades em sua vida, se viu mais uma vez cruzando a redoma de casa.

Nique correu e a abraçou com força, quase a derrubando no chão. Marina e Giga também a receberam com grande entusiasmo.

O mesmo fizeram Adrielle, Flummys e Violeta.

– Peter está no quarto do Junior – disse Marina –, com todas as luzes apagadas. Achei que ele iria gostar de sair da caixinha preta depois de tanto tempo preso.

Vanessa concordou e agradeceu a amiga por cuidar tão bem do bebê especial que ela amava como filho.

Mas algo estava estranho.

Apesar da alegria que todos demonstraram por ter Vanessa novamente em casa, o entusiasmo era, de alguma forma, contido.

– Onde está a Lucy? – Vanessa indagou.

Durante sua ausência, ela estivera muito preocupada com a robô que, claramente, era muito temperamental e podia não lidar bem com todos aqueles acontecimentos tumultuados.

Nenê começou a preocupar-se quando ninguém ousou responder a respeito de Lucy.

– Onde ela está? – voltou a indagar.

– No seu quarto – respondeu Flummys em um sussurro.

Vanessa correu para o cômodo. Estava com saudade da robô atrevida e tão querida, que era sua companheira desde o nascimento. Entretanto, seu coração e a estranha atmosfera da casa diziam que talvez ela não iria gostar do que estava prestes a descobrir.

Com a respiração acelerada, Vanessa abriu a porta do quarto com força.

Soltou um grito ao ver aquela cena.

Lucy jazia na cama flutuante de Nenê.

A robô estava toda quebrada.

Vanessa, temerosa, aproximou-se da cama.

Flummys apareceu no quarto e disse em voz baixa:

– A Lucy não aguentou essa situação toda. Eu implorei para que parasse, mas ela continuava batendo a cabeça contra a parede.

Sem perceber, Vanessa chorava quando perguntou:

– Ela está... *morta*?

– Ainda não – falou Flummys. – Foi terrível, Nenê. Ela ficou por muito tempo se agredindo em desespero e gritando por você. Desculpe, eu não consegui impedi-la.

Desculpando-se, o robô deslizou chateado para fora do quarto.

Vanessa sentou-se na cama com cuidado ao lado de Lucy.

Sua cabeça estava quase desfigurada, com partes amassadas e outras despedaçadas. Felizmente, os enormes olhos azuis continuavam em seus lugares.

Nenê fitou aquelas duas grandes bolas brilhantes e disse:

– Lucy, minha querida. O que você fez? Eu voltei para você!

– Eu não pude suportar, desculpe... – disse a voz fraca da robô, empregando grande esforço em cada nova palavra.

– Por favor, não diga nada. Poupe suas forças. Nós vamos levá-la para o conserto.

– Não tem como – falou Lucy, indicando o topo da cabeça em formato de cogumelo.

Era a parte que mais havia sido danificada.

Nenê compreendeu o que ela queria dizer.

Ali estava o "cérebro" da robô. Tudo o que ela sabia e armazenara durante a vida estava ali. Nenê não se importava que suas memórias e seus registros fossem perdidos. Porém, sabia que aquilo significava um dano irreversível. Lucy teria de ir para a Fábrica dos Mortos, para onde iam os robôs após a morte de seus donos. Ela seria reciclada e, então, reaproveitada da forma como pudesse. *Mas seria outra.* A Lucynda, que Vanessa tanto estimava, estava de fato indo embora.

– Eu esperei por você – disse a robô. – Eu não podia fechar os olhos antes que você chegasse.

Ela não quisera cerrá-los sem ter a chance de fitar a dona uma última vez. *Seus olhos eram da mesma cor.* Azuis como o céu de outrora. Como os céus dos sonhos de todos que agora viviam sobre a terra. Até a cor dos olhos de Lucy era especial. Até eles a ligavam à sua dona, a quem fora fiel até o fim.

– Por favor, Lucy, não vá. Não quero que você também pague por meus erros. Eu preciso de você, não irei suportar perdê-la.

– Nenê... – a robô sussurrou, com sua voz robótica sem força.

– Sim?

– Será que eu tenho...? – Lucy fez força, mas não conseguia pronunciar as palavras com exatidão.

– O quê? Será que você tem o quê, minha Lucy?

– Será que eu tenho... *Alma*?

Vanessa não sabia responder, mas depositou todos os sentimentos possíveis dentro do olhar, e fitou com força os olhos da robô em resposta, para que tais sentimentos ficassem gravados nela para sempre.

– Eu amo você, Lucy.

A boca desfigurada da robô projetou um meio sorriso e, então, seus olhos redondos perderam o brilho e, em seguida, se fecharam.

Vanessa sacudiu o que restara da robô, após tantas agressões, mas ela já não estava ali.

De alguma forma incompreensível, ela havia partido.

Vanessa não queria entregá-la à Fábrica dos Mortos, para que suas partes restantes fossem recicladas e uma nova máquina fosse criada.

Lucy era muito mais que uma máquina. Ela merecia um *adeus* digno.

Ao lado da catedral havia uma pequena porção de terra lodosa. Uma das únicas que Vanessa vira pela cidade mecânica.

Talvez aquela terra tivesse feito parte de um lindo jardim, há muito tempo, conforme Nenê gostava de pensar.

Ela costumava sonhar com um jardim imenso, regado com amor. Era como se, de alguma forma, as flores extintas fizessem parte de sua vida.

A lembrança das cores e do perfume das plantas que ela regara nos sonhos trouxe um breve momento de alívio para seu coração.

Mais uma vez a vida lhe testava e ela tinha de reunir forças que não sabia possuir.

Aquele era o adeus de Lucy.

Vitor, Dominique e Marina a acompanharam. Giga ficara na casa para tomar conta de Peter.

CJ, que estava cuidando da majestosa escadaria, recebeu o cortejo com surpresa na catedral.

Enterrar os mortos era uma prática antiga da humanidade, que fora deixada para trás há muitos séculos; contudo, ninguém ousou questionar os motivos e as ações de Vanessa.

Ela havia sofrido perdas inimaginavelmente doloridas. *Ela* havia chorado prantos silenciosos durante muito tempo e demonstrado uma força capaz de mover o mundo. Se *ela* queria enterrar com dignidade o único ser que a acompanhara durante todos os dias de sua vida, então seria isso que a ajudariam a fazer.

Lucy era especial e, de alguma forma inexplicável possuía sentimentos. Ela teria para sempre um local no peito de Vanessa, assim como seu corpo robótico teria agora um repouso sob a terra.

CJ e Vitor cavaram o pequeno buraco.

Em seguida, por entre soluços agudos e sofridos, Nenê depositou os restos da robô em sua cova.

Todos ajudaram a cobri-la com a terra lodosa.

Naquele cenário, antigo e sagrado, Lucy agora repousava em paz.

Era um final digno para um ser que muitas vezes fizera a vida de Nenê ter sentido. As máquinas haviam trazido inúmeros benefícios à humanidade ao longo dos séculos, apesar de também terem causado diversos problemas. Talvez algum limite tivesse sido ultrapassado. Vanessa não podia distinguir até que ponto elas haviam se humanizado, mas sabia que eram capazes de ir muito longe. A pergunta final de Lucy, que sempre fora muito curiosa, teria apenas o silêncio como resposta.

– Eu devo muito a você, Lucy – ela disse, fitando a terra revolvida. – Sentirei saudade todos os dias. Perdoe-me por tê-la feito sofrer, e obrigada por me amar do jeito que eu sou. *Sempre fiel.* Saiba que também sou fiel a você, Lucy. Até depois do *fim*.

Enxugando as lágrimas, pediu que os demais aguardassem ali, do lado de fora da catedral. Ela precisava entrar e ter um instante de conversa silenciosa com o invisível.

Ao sair da catedral, Vanessa notou que todos a aguardavam com tristeza nos olhos. Lucy faria falta a todos eles.

Porém, além da dor e da saudade, Vanessa constatou que sentia *algo mais*.

Era como se seu peito quisesse dizer-lhe algo. Ele parecia agitado, num misto de dor e inquietação.

Sua conversa silenciosa no interior da catedral vazia lhe havia feito muito bem. Estava mais leve e confiante e, apesar de todas as dores que agora conhecia, sentia esperança nos dias que estavam por vir.

Sentia esperança no *amor*.

Mais que nunca, era chegado o momento de *encontrá-lo*.

E ali, descendo a escadaria da catedral, após uma jornada de perdas, ela compreendeu que o amor sempre estivera ao seu lado, dando-lhe forças.

Olhou bem dentro dos olhos de Vitor e correu para abraçá-lo. Entregando-se aos seus braços e apertando-o com força contra o peito, ela pôde sentir o coração, enfim, bater feliz.

Sonho e realidade misturaram-se naquele abraço, as dores momentaneamente cessaram, e tudo fez sentido.

Capítulo 29

Flores para você

ERA DIA DE FESTA na casa de Vanessa. Johnny trouxera a tão aguardada notícia de que Peter era agora filho legítimo de Nenê. Ela mal podia acreditar.

Aquilo significava muito!

Significava o início da rendição do Maquinário e de muitas condições que eles teriam de aceitar para seguir em frente.

Significava um mundo novo com bons hábitos antigos, principalmente a importância da família e do afeto.

Significava que nunca mais ela teria de esconder quem realmente era e o que sentia.

E, acima de tudo, significava que ela era mãe de um menino lindo, o qual tinha orgulho de chamar de filho.

Assim que Johnny trouxe a notícia, Vanessa correu até o quarto escuro, no qual Peter repousava em companhia de sua fiel robô, Adrielle.

Ela o abraçou com força, sentindo a fragilidade de sua pele, e disse:

– Filho, você é luz na minha vida, e jamais vou deixar que alguém o magoe por ser diferente.

Ela tivera poucas chances de ver a face do filho. A escuridão não permitia que ela o visse. Contudo, aquilo não era um desafio. Vanessa estava acostumada a amar sem ver. Ela descobrira o amor verdadeiro dessa forma, aquele que se sente sem explicações. Não podia ver Peter, mas podia senti-lo, abraçá-lo, chamá-lo de filho. Era isso que realmente importava.

Radiante de felicidade, foi até o próprio quarto e, pelo Comunicador, chamou o amigo Gus:

– Eu consegui – ela disse, assim que ele surgiu na tela virtual –, Peter é meu filho! Graças aos seus conhecimentos sobre os Antigos. Não sei como agradecer.

– Vanessa – ele falou –, amizade não se agradece. Vamos continuar juntos unindo sonhos por meio do nosso trabalho com a RMS.

– Sempre.

– Eu gostaria de lhe contar uma novidade.

Vanessa pediu que ele prosseguisse.

– Agora que o Maquinário está liberando leis mais flexíveis, finalmente declarei meus sentimentos a uma colega de trabalho, historiadora e apaixonada pelos Antigos como eu.

– Isso é maravilhoso, Gus! Eu gostaria muito de conhecê-la! Ela é uma moça de sorte.

O rapaz sorriu timidamente e prometeu visitar a amiga em breve.

Em seguida, Vanessa voltou para a sala, onde todos a esperavam.

Marina e Giga prometeram ficar mais alguns dias, porém iriam juntos para a Cidade que Nada Teme, viver finalmente como irmãos sob o mesmo teto.

Violeta iria junto, claro.

Ela estava muito chateada. Apesar de ter passado a vida toda brigando com Lucy, sentia muita falta da rival. Mais do que gostaria de admitir.

Vanessa a ouviu sussurrando ao Flummys que daria tudo para ser chamada de "Zoião" mais uma vez.

Como presente a Marina, Giga e Violeta, Nenê resolveu dar-lhes a tela antiga que recebera de Gus. Como o historiador dissera, a beleza daquela pintura estava justamente em passá-la adiante.

As perdas estavam doendo menos no peito de Vanessa. Ela sofrera muito nos últimos tempos.

Entretanto, as alegrias também haviam sido muitas e, por elas, Vanessa agora sorria.

Na sala, Dominique, os robôs, Giga e Johnny jogavam uma partida de xadrez virtual.

O mala já não era tão *mala* assim.

Nenê aprendeu a aceitar sua amizade, e a influência que ele tinha no Maquinário fez com que sua voz e suas ideias fossem cada vez mais ouvidas nas reuniões da classe E, principalmente a respeito da Rede Mundial de Sonhos, que crescia a cada minuto.

A simpatia do rapaz já não parecia tão forçada e Vanessa acostumou-se com suas visitas.

Vitor estava lá também, esperando-a junto dos demais.

Assim que seus olhares se cruzaram, Nenê abriu um largo sorriso e o abraçou.

– Como você está? – ele perguntou.

– Muito bem, eu acho. Ter a adoção de Peter legalizada é um sonho que se tornou realidade.

– Estou muito feliz por você. Tem ideia do quanto é especial? O Peter tem muita sorte de ter uma mãe como você.

Vanessa sorriu ainda mais ao ser chamada de *mãe* pela primeira vez, principalmente por ser Vitor a dizer.

Tudo o que ela queria agora era um momento a sós com o rapaz. Eles tinham muito o que conversar.

Porém, em meio a toda bagunça que se seguia na sala de Nenê, o Vigia anunciou a chegada de mais alguém, que vinha festejar a liberdade de Vanessa e todas as suas conquistas.

Bernardo.

Aquela era uma conversa que ela, definitivamente, não podia adiar.

O rapaz veio na defensiva, alegrou-se com as notícias sobre Peter e até fez alguns comentários a respeito da partida de xadrez que continuava animada na sala.

Nenê, contudo, sabia que devia uma explicação a ele e que aquele era um dos principais motivos de sua visita. Respirando fundo, pediu que ele a seguisse até um canto sossegado da casa.

– Bernardo, eu sinto que lhe devo tantas explicações – ela começou.

– Não deve absolutamente nenhuma.

– *Não?* – indagou surpresa.

– Claro que não! Eu vim contar-lhe que me conectei à RMS!

– Você também?

– Eu nunca havia sonhado – ele confessou –, até ontem. Tive um sonho lindo, foi até difícil acordar. Finalmente, Nenê, entendi sua luta. Os sentimentos começaram a brotar no meu peito. Eu quero ter mais sonhos e aprender a buscá-los.

Com os olhos marejados, Vanessa respondeu:

– Você é tão especial. Eu tive muita sorte quando o Maquinário tentou nos unir. Tenho certeza de que a RMS vai ajudá-lo a sonhar cada vez mais e, quando menos esperar, você estará pronto para entregar seu coração a alguém. Não tenha pressa de se conhecer e de compreender os sentimentos que possui.

Eles se abraçaram e, em seguida, o rapaz recusou sua oferta de ficar para jogar com os demais. Ele tinha sonhos a buscar e a construir e, segundo Nenê, os sonhos davam muito trabalho.

A verdade era que, após a invenção da RMS, Bernardo era mais um cidadão que não queria perder tempo.

Os sonhos e os sentimentos haviam sido proibidos por tantos anos que agora era hora de deixá-los livres. Todo esse processo era lento e, muitas vezes, doloroso, como Nenê bem sabia.

Aquela noite, ela reuniu todos que ali se encontravam, Nique, Marina e o irmão, Johnny, Vitor, os robôs e, claro, Peter em sua caixinha, para uma refeição simbólica em família. Ela amava cada um deles e, após tantas tempestades, sua vida começava a sorrir de um jeito novo e seu coração pulsava em paz.

Vanessa foi exausta para a cama aquela noite.

Os visitantes já haviam ido embora e ela havia adiado mais um pouquinho a conversa com Vitor. Não tinha pressa alguma agora que seu coração encontrara muitas respostas.

Dera um beijo em Peter e em Dominique e os deixara sob os cuidados de Adrielle e Flummys. As crianças revezavam as noites com a Caixinha Mágica de Junior. Nique a adorava, pois se sentia bem próxima do irmão que partira. E Peter nitidamente ficava calmo e sereno quando podia dormir ao som da natureza extinta.

Após a triste despedida de Lucy, Vanessa decidira seguir sem um robô particular. Ninguém jamais substituiria a atrevida com cabeça em forma de cogumelo que ela amaria para sempre.

Ao deitar-se na cama flutuante, quase caiu imediatamente no sono, tamanho era seu cansaço. Sentia que seria capaz de dormir por dias consecutivos.

Contudo, um barulho começou a incomodá-la.

Parecia um apito insistente. Era um som que parava e, após alguns segundos, reiniciava.

Irritada, Vanessa levantou-se da cama e vasculhou o quarto para descobrir a fonte daquele som noturno. Parecia vir de dentro do armário.

Ela ordenou e as portas se abriram.

Para sua surpresa, o apito vinha do seu velho bloco de notas.

– Estranho – disse para si mesma. – Eu nunca usei esse bloco.

Pegando o objeto e indo sentar-se na cama, Vanessa pensou que talvez ele estivesse com algum defeito pela falta de uso.

Revirou-o, mas o apito fino e estridente continuava.

Notou que um pequeno botão roxo piscava na lateral e, assim que o apertou, uma mensagem apareceu na tela:

Não sei por que você gosta de anotar as coisas no meio da madrugada, mas deve ser importante. Deixei o bloco programado para que você pudesse lê-lo quando acordasse. E, se você permitir, eu gostaria de saber do que se trata.

Assinado: Lucy

Lucy! Sempre curiosa!

Ela devia ter programado o aparelho antes da prisão de Vanessa. Ele deveria ter apitado por todos aqueles dias, mas só agora ela podia finalmente receber a mensagem da robô. Ela era tão especial que a ajudara mesmo agora, após partir.

Ler aquela mensagem despertou ainda mais a saudade que Vanessa sentia e a nostalgia que seu peito abrigava.

O som das esteiras girando pelos cômodos e os olhos espreitando de curiosidade faziam muita falta.

Contudo, havia algo curioso.

Lucy dissera na mensagem que Vanessa costumava anotar no bloco durante a madrugada.

Definitivamente, ela não se lembrava de nada.

A curiosidade de Lucy a respeito daquele conteúdo estava clara em suas palavras, e Vanessa sorriu ao lembrar-se dos hábitos enxeridos da robô. Não havia como negar que ela própria estava muito curiosa a respeito das anotações.

Não perdeu tempo.

Era hora de conhecer-se um pouquinho mais.

Aquela noite não parecia ter fim.

Vanessa rolava na cama a cada nova mensagem que havia arquivado.

Estava tudo ali. Detalhes e sentimentos a respeito dos seus sonhos.

Antes de descobrir aquele conteúdo, ela pensava ser capaz de se lembrar de tudo ao acordar, mas agora via o quanto aquelas anotações eram valiosas. Muitos detalhes não estavam vivos em sua mente, mas estavam sendo despertados conforme ela avançava nas mensagens gravadas no bloco de notas.

A cada mensagem que lia, o sonho era formado novamente em sua mente. Era como se ela pudesse reviver cada um daqueles momentos mágicos.

As flores, o céu azul, as estrelas, a floresta, o vale, o lago... tudo estava armazenado. E, o mais importante, cada sensação que a invadira após voltar de cada sonho também estava anotada.

Aquelas mensagens eram verdadeiros tesouros que a faziam recordar vivamente de momentos lindos e lhe possibilitavam, acima de tudo, compreender-se e aceitar as razões que a tinham impulsionado nos últimos tempos.

O amor.

Sempre o amor.

Lendo aquelas mensagens preciosas e refletindo sobre a própria vida e sobre as pessoas que a rodeavam, Vanessa chegou a uma importante constatação a respeito de Vitor e dos sonhos.

E foi em meio a tantos sentimentos e a tantas redescobertas que Nenê adormeceu e, mais uma vez, se viu rodeada pela natureza antiga, vestindo as roupas antigas que tanto a deixavam confortável e livre pelo cenário dos sonhos que habitavam seu coração.

– Esse tempo todo – Vanessa falou em meio às árvores –, eu senti como se cabos invisíveis me impulsionassem para frente, dessem-me forças para prosseguir.

– Eram as minhas mãos – disse a menina que a acompanhava.

Nenê e a pequena pintora caminhavam pelo Vale das Árvores Lamuriosas.

– Hoje eu tenho a última peça do quebra-cabeça esperando por você – disse a menina com alegria.

A franja reta cobria-lhe toda a testa, destacando a coloração clara de seus olhos. Apesar de mudar sempre de aparência, ela era uma criança linda. Mais parecia um anjo.

– Estou curiosa. Onde está a peça? – indagou Vanessa.

– Espere mais um pouquinho.

O Vale das Árvores Lamuriosas era agora um espetáculo de cores e alegria que levava Vanessa a refletir a respeito das mudanças que o tempo traz.

– O tempo e as atitudes – a menina sussurrou.

Vanessa abriu os olhos. Já amanhecia.

Ela estava delirando. Aquele sonho parecia tão vivo.

Podia sentir a mãozinha suave que a conduzia.

Seu coração batia acelerado.

Ela precisava da última peça do quebra-cabeça.

– Aguarde mais um pouquinho – ouviu.

Voltou a dormir.

Sempre a sorrir. Sempre com os olhinhos a brilhar.

Vanessa e a criança correram e brincaram pelo vale.

Aquela pequena menina, que criara tudo e que podia ser quem quisesse, fazia com que ela se sentisse em paz.

Exaustas de tanto correr por entre as flores e as árvores, elas se sentaram sob uma sombra fresca. Então, respirando com força, Vanessa perguntou:

– Meu coração projeta todos esses sonhos, junto do outro coração que bate no mesmo ritmo. Certo?

– Certíssimo! – disse a menina sorrindo.

– Mas onde ele está?

– Vocês estão sempre juntos – a menina sussurrou. – E esse é o nosso segredinho.

– Como isso é possível?

– Quando eu criei as máquinas gêmeas, ou seja, os corações que se completam, criei também uma linha invisível que os une. A distância, o tempo, nada consegue destruir essa linha. Coloquei nela todo meu amor, por isso ela é *mais forte que tudo*. Você e o rapaz misterioso estão conectados de forma eterna, assim como todo coração que pulsa sobre a terra. Cada um tem o seu par.

– Mas como posso encontrá-lo?

– Se ficar em silêncio, poderá ouvir o coração dele batendo. A linha invisível e eterna que une vocês a faz ouvi-lo sempre, mesmo que pareça não ouvir nada, e, assim, você saberá encontrá-lo, saberá como ele está e terá sempre a certeza de que ele continua a pulsar junto de você.

– Você é muito sábia – Nenê falou.

Seguindo a lógica daquela explicação, elas fizeram silêncio, para que o coração desejado pudesse ser ouvido.

O coração de Vanessa sentia que não batia só. Havia, de fato, uma força que o motivava, era como um ritmo silencioso.

Ela se levantou e seguiu o som.

A Cidade que Nunca Dorme estava agitada. Vanessa podia escutá-la.

Veículos. Máquinas. Empresas. Robôs. Pessoas.

A correria de um novo dia se intensificava enquanto a manhã avançava.

E seu sonho prosseguia.

Em meio a lindos delírios, ela rolou na cama diversas vezes, agitada. Queria respostas.

Precisava olhar dentro de certo par de olhos e dizer a ele, no silêncio, tudo o que guardara durante todos aqueles anos.

Enquanto percorria as colinas dos seus sonhos, Vanessa viu ao longe uma figura de capuz cinzento.

Ela agora se distanciava.

O Medo estava partindo.

Nenê já sabia como seguir sem ele.

Abanou a mão em sua direção, saudosa, desejando-lhe boa viagem.

Ele deixou as terras de seus sonhos para sempre.

Agora cheia de coragem e determinação, Vanessa correu pela grama e chegou ao lugar que seu coração queria: o jardim.

Lá, em meio às flores, um rapaz estava abaixado, cuidando das plantas.

– Eu estava esperando por você – ele disse sem virar a face.

Aquela voz.

Vanessa conhecia *aquela voz*.

O delírio estava cada vez mais intenso.

Nenê continuava a rolar na cama.

– A voz, a voz – ela repetia.

Conhecia bem o dono daquela voz que, pela primeira vez, conseguia ouvir com clareza nos sonhos.

Aproximando-se, ela pôde ver exatamente o que ele estava fazendo. Estava terminando de construir a última peça do quebra-cabeça de flores.

Erguendo-se e girando, ele a entregou a Vanessa.

Foi nesse momento que ela percebeu que sua face já não estava borrada.

Nenê pôde enxergar com nitidez o rosto daquele rapaz que tanto amava.

– *Você*? – ela indagou.

Havia amado aquela face sem saber durante todo esse tempo. Ela o amava por completo e, se possível, a cada instante mais.

Em meio às flores, ela descobriu o segredo que seu coração sempre soubera, mas que aguardara o momento exato para revelar-lhe.

Não poderia haver momento mais perfeito. Lugar mais doce. Face mais amada.

Os sonhos eram maravilhosos, mas era preciso que em algum momento *deixassem de ser apenas sonhos.*

Vanessa estivera enganada a respeito de Vitor.

Seu amor por ele tinha outro nome: *amizade.*

Era um amor profundo e fraterno, que duraria também para sempre.

Na verdade, ela estivera enganada a respeito de muitas coisas, o que era natural, já que os sentimentos estiveram forçosamente escondidos em seu peito por tantos anos e emergiram com força nos últimos tempos, levando-a à própria reinvenção.

Nenê havia tido uma impressão errada sobre várias pessoas, enquanto descobria a si mesma. Contudo, agora tudo estava claro.

Vitor era seu grande e melhor amigo.

Mas o sentimento que tinha por aquele rapaz do jardim era outro. Ele a completava em todos os sentidos possíveis e dava sentido à sua vida. Ele a fazia feliz apenas por existir e fazia os temores se afastarem. Tudo parecia possível agora. Tudo parecia real.

E era.

Possível e real. Assim como os sentimentos.

Vanessa amava e sonhava.

Assim como muita gente ao redor do mundo. *Gente que ama, gente que sonha.*

Esse era o caminho para a reinvenção. Era o caminho para a felicidade.

– Agora tudo vai dar certo, não vai? – ela indagou ao rapaz.

– Sim.

– E se não der?

– Eu ainda estarei a seu lado.

Aquilo bastava. Para sempre.

A vida e a luta constante que ela trazia valiam a pena.

Sorrindo, eles deram as mãos e continuaram a regar os jardins dos sonhos que projetavam juntos.

A partir de agora, sem segredos e sem mistérios, fariam o jardim crescer e florescer cada vez mais.

Juntos, podiam tudo.

Vanessa deu um pulo da cama.

Seu coração estava acelerado e seu corpo todo tremia.

Colocou a veste de passeio, deu um beijo em Peter, que cochilava tranquilo na escuridão, e em Nique, que brincava na sala com Flummys.

Saiu de casa com um rumo certo.

Assim que chegou ao local desejado, avistou ao longe aquele rapaz que lhe era tão especial.

Como no sonho, ele estava abaixado e, antes de se virar, disse a Vanessa:

– Eu estava esperando por você.

Ela sorriu sem nada dizer.

O sonho era real.

No momento em que ele finalmente se virou e seus olhos se cruzaram, Vanessa sentiu que *o amor era a força capaz de mover a vida.*

O amor a fizera chegar até ali, depois de enfrentar tormentas e tempestades.

Aquele amor e aquele par de olhos faziam qualquer luta valer a pena.

O rapaz caminhou em sua direção e envolveu sua cintura com os braços.

Nenê sentiu o corpo todo estremecer.

Dessa vez, ela não estava sonhando.

Capítulo 30

Reinvenção

AS MÃOS QUENTES E suaves que a envolveram fizeram Vanessa soltar um longo e delicado suspiro, enquanto contemplava a face pela qual ansiara por tanto tempo.

Estava na escadaria da catedral, nos braços de CJ, que a envolviam com perfeição.

– Eu sempre esperei e sempre irei esperar por você – ele disse.

Então, como se o mundo todo fosse tingido de azul e os pássaros extintos pudessem voltar a voar livremente pelo céu a cantar, ele a beijou com força.

Ao sentir o toque dos lábios de CJ, Vanessa pensou que a vida era curta demais para todo o amor que sentia.

Seus lábios pesaram com força contra os seus e, a cada instante em que estiveram colados, a vida pareceu perfeita.

A vida pareceu azul.

A vida pareceu repleta de canções.

Romance.

Poesia.

Sentimentos.

Estava tudo ali e sempre estivera. No mundo todo. Dentro do peito de Vanessa.

– *Mais alto!* – *disse a menina.* – *Lembre-se disto: mais alto!* – Nenê lembrou-se do sonho que tivera com a pequena pintora. *Mais alto*, nas escadarias da catedral. Ali estava seu amor. Ali moravam todas as respostas.

Ali, passado, presente e futuro coexistiam, intensificando os sentimentos e fazendo do amor um ponto de partida.

– Você me ensinou a falar com o invisível – Vanessa disse, fitando CJ com intensidade, enquanto se lembrava da primeira vez que o vira.

– Você é muito forte, aprendeu sozinha – ele respondeu com ternura.

– Não. Foram os seus olhos. Eles me mostraram o caminho para a fé na primeira vez em que pisei nesta catedral. Seus olhos me levaram a falar com Ele.

– Seus olhos me ajudaram a esperar o momento certo de estarmos juntos.

– De alguma forma incompreensível, eu sempre soube de tudo. Quando estou perto de você, eu fico mais perto de mim.

CJ sorriu, enquanto deslizava as mãos pelos longos cabelos de Nenê.

– Você sabe há muito tempo? – ela indagou.

– Não. Descobri há alguns dias, quando meus sonhos se tornaram mais claros e quando sua proximidade fez meu coração se sentir em casa.

Aquilo era o amor.

Aquele era apenas o princípio de uma história de amor, desenhada pelas delicadas mãos de uma criança especial, que criara tudo o que existe.

Em telas. A vida era uma tela. O mundo era feito por finos pincéis.

Aquela criança criara o amor. *Ela era o amor.* Ela construíra corações em pares, para que eles se amassem por todo o sempre, construíssem sonhos juntos e regassem as flores de seus jardins.

Aqueles corações sempre se buscariam e se encontrariam. Eles pulsavam no mesmo ritmo e estavam conectados por uma linha invisível e indestrutível.

Naquele momento, na escadaria da catedral, podia-se ouvir o mesmo ritmo, vindo daqueles dois corações que se encontraram.

Precisaram se perder, encontrarem a si próprios e, então, um ao outro.

Entusiasmada, Vanessa voltou ao Centro Gestacional naquela manhã.

Tinha muitas novidades para contar a Vitor e muitas crianças para trazer ao mundo junto de sua equipe.

– Eu senti falta deste lugar – ela disse, enquanto caminhava pelos corredores, analisando com carinho cada uma das Camas.

– E este lugar sentiu falta de você – Vitor respondeu sorrindo.

O amor era lindo. E a amizade também.

Ela amava Vitor como a um irmão, e estava feliz por poder dividir as alegrias de sua vida com o rapaz. Ele ficara muito feliz quando soube a respeito dela e de CJ.

– Tenho certeza de que ele é um rapaz de sorte – disse.

Assim como o amor, a amizade não aprisiona.

Vitor e Vanessa compreendiam o papel que cada um desempenhava na vida do outro.

Ser Geradora era uma tarefa árdua e delicada, mas que Vanessa executava com maestria. Aquele dia, bebês a aguardavam para vir ao mundo.

Pela primeira vez, ela disse em um sussurro para cada um deles que estava feliz por trazê-los a um mundo que encontrara o caminho para a própria salvação.

A mensagem na garrafa, o grito silencioso que tocara seu coração, fazia mais sentido que nunca.

Com o passar dos dias, Nenê e CJ contaram a todos sobre o amor que sentiam.

O melhor de tudo foi poder assumir um sentimento sem culpa, vergonha ou receio.

As mudanças estavam só começando.

A Ilha havia sido desativada. Um novo esquema de prisão estava sendo instituído na Cidade que Nunca Dorme e seria exemplo de segurança para o mundo todo. Os crimes seriam reavaliados, conforme exigiram os porta-vozes da RMS.

A Terapia de Choque, de que Raina falara, não passou de um plano que a classe E nunca teve chance de implementar. O passado não podia – e não seria – esquecido. Os cidadãos infiltrados do passado, que Nenê localizou com auxílio das informações deixadas por Lúcio, muito ajudaram no desenvolvimento da RMS. Seus conhecimentos eram poderosos. Os segredos do Maquinário, de certa forma, passaram a ser usados contra ele próprio.

Uma das maiores conquistas do mundo se deu no dia em que o Maquinário fez um anúncio em alto som, dizendo que todas as classes seriam representadas no Conselho.

Parecia até um sonho!

Cidadãos miseráveis, pobres e ricos se juntariam aos extremamente ricos nas reuniões do Maquinário que decidiriam os rumos da humanidade.

Vanessa e Gus, os fundadores da RMS, eram convidados especiais.

Em seu primeiro discurso como membro do Conselho, Nenê falou a respeito das Manchas e das agressões à natureza. Aquilo tudo havia causado a morte de seu irmão e de milhões de pessoas pelo mundo. O ponto de partida deveria ser exatamente esse. Ela não estava preocupada apenas em exterminar as Manchas. Como da primeira vez, elas poderiam voltar. Seu discurso teve como base a prevenção delas, por meio de medidas de controle aos danos ambientais e da restauração de patrimônios naturais, como o mar e o céu.

Era um plano a ser executado a longo prazo, ela sabia disso, mas não podia deixar de sonhar com um amanhã mais *azul*, mesmo que não desfrutasse dele.

A jovem não conseguiu conter as lágrimas quando foi aplaudida após o discurso. Chorou também pelo fato de poder chorar. Deixar as lágrimas rolarem sem medo por sua face era um desejo que ela pensara nunca realizar.

Os caminhos haviam sido os sonhos e os sentimentos. Eles eram as *máquinas* mais potentes, trabalhando sempre a favor do *progresso*.

As boas notícias que chegavam enchiam o peito de Vanessa de esperança. Contudo, uma notícia não foi tão boa assim.

Após diversas pesquisas e consultas, chegou-se a conclusão de que a doença de Peter não tinha cura.

Nenhuma tecnologia ou pesquisa saberia explicar sua intolerância à luz. Ele viveria até o fim de sua vida, todos os dias, instante após instante, na escuridão completa.

Se isso seria motivo de revolta para muitos, não seria para Vanessa.

Ela nunca o amara por ele ser *diferente*, tampouco o amara com esperança de que ele se tornasse *igual*.

Ela o amara desde o princípio, quando ele ainda se formava na Cama do Centro Gestacional, por ele ser quem era. Por ele ser ele. E nada mais importava.

– Você tem um bebê lindo, Zildhe. *Perfeito.* Você teria muito orgulho dele. E eu fico satisfeita em dizer a você, onde quer que esteja, que eu cumpri minha promessa – ela falou em silêncio, mergulhada na escuridão do quarto de Peter.

Abraçou-o com força, sentindo sua pele frágil.

Nas trevas ou na luz, estava disposta a amá-lo e a criá-lo como filho.

E seria assim até o fim.

MESES DEPOIS

O dia alaranjado coroou a Cidade que Nunca Dorme.

Pessoas corriam desesperadas à procura de postos de respiração para não morrerem sufocadas no meio da rua. E, se isso acontecesse, ainda assim, seria comum.

O ar não era suave, era fatal.

O sol não era luz, era *fogo*, brasa sobre a pele exposta.

Vanessa ainda era parte de uma sociedade costurada entre defeitos e tingida por tons melancólicos, como em uma pintura feita quando a tinta azul tivesse acabado.

Mas ela agora tinha esperança de que, misturando-se outros tons, o azul poderia ser reinventado.

Levaria tempo. Daria trabalho. Custaria vidas e esforços sobre-humanos, de todos os lados e de todas as classes. Mas era possível.

Esses pensamentos invadiram sua mente enquanto seu veículo passava apressado pelas avenidas.

Ela sorriu ao olhar para o lado e encontrar o sorriso de CJ, sem barreiras, em resposta ao seu.

Quando desceu do veículo e ordenou que ele estacionasse adiante, ela não sabia que uma sensação de nostalgia lhe invadiria de maneira tão intensa.

Estava novamente naquele local onde uma fase importante de sua vida tinha começado. Agora que estava com CJ, tudo parecia ainda mais especial.

Eles caminharam de mãos dadas, com suas pesadas botas impedindo-os de darem passos largos ou apressados à beira-mar.

O lodo era pesado e dificultava a caminhada, e apenas quando chegaram a um lugar mais limpo e seco, pararam e fitaram a paisagem por um instante.

Para eles, o tom não era mais de desespero, apesar de ainda ser marrom e laranja. Dessa vez, essas cores representavam uma nova esperança, um futuro que começava a ser desenhado na linha do tempo, repleto de renovação e fé.

Os sentimentos estavam livres. As mentes estavam abertas. Os corações estavam pulsando bombardeados pelo desejo de mudança.

Isso significava que tudo valera a pena.

CJ sorriu com orgulho e satisfação quando Vanessa apertou com força a garrafa entre os dedos e, em seguida, arremessou-a longe.

Ela ficaria presa no mar marrom por um tempo, mas Vanessa tinha sonhos para aquela garrafa e, por mais que parecessem impossíveis, ela aprendera que sonhar era apenas o começo.

Nos sonhos de Nenê, aquela garrafa, que agora ela devolvia ao mar com uma mensagem escrita por ela própria sobre o mundo no qual vivia, ficaria presa no lodo pelo tempo que tivesse de ficar.

Então, quando as máquinas, que ainda seriam inventadas, fossem capazes de retirar o lodo e devolver cor e movimento ao mar, a garrafa dançaria nas ondas que, com graça, um dia iriam se formar na linha do horizonte novamente, como nos tempos *antigos.* Em meio a sua dança, a garrafa encontraria seu destino e repousaria nas *mãos certas*, num futuro distante – mas nem tanto. E as palavras que Vanessa grafara naquela mensagem dariam esperanças a quem as lesse.

O verdadeiro sonho de Vanessa, contudo, era que aquela garrafa encontrasse um dono capaz de amar, perdoar e chorar com força.

Um cidadão que habitará o planeta séculos à frente e que, se não estiver rodeado pelo azul e pelo verde, ao menos saiba sonhar com eles.

Ela respirou com força dentro do capacete e entrelaçou os dedos aos de CJ, fitando o mar marrom. A garrafa já havia desaparecido.

Aquele cenário sobrecarregado pelo mais profundo silêncio possibilitava que os sentimentos pudessem ser compreendidos em um sincero diálogo interior.

Sem nada dizer, Vanessa e o rapaz dos sonhos ficaram a observar o horizonte por mais alguns instantes.

Ela sabia que ele tinha 26 anos e que, para sua classe, já era idoso.

Nenê, contudo, não tinha medo de perdê-lo, *não tinha medo de nada mais*. Aprendera muito com Junior e com as demais perdas que a vida lhe impusera.

Estaria com ele pelo tempo que tivesse de estar e faria com que cada dia valesse por uma vida.

A intensidade dos seus sentimentos a conduzira até aquele momento de paz diante do mar. E seria essa mesma intensidade que a faria despertar todos os dias para viver ao lado daqueles que amava, após sonhos azuis nos quais as árvores sorriam.

Ela sabia que o legado verdadeiro que qualquer pessoa podia deixar à humanidade eram os sentimentos.

Nos sonhos ela sempre fora ela. Sem máscaras ou mentiras.

Agora, anos após o primeiro sonho que tivera, continuava a se libertar e a se conhecer mais a cada dia. Amava cada pedacinho daquelas terras livres de redomas.

A lua e o sol continuavam a se amar no mesmo céu. Eram como ela e CJ.

Aquele era mais um dia de muito trabalho em seus sonhos. O jardim infinito continuava a florescer.

Havia flores mortas e murchas entre as vivas e coloridas, como não poderia deixar de ser. As perdas e dores faziam parte do caminho, ao lado das conquistas e alegrias.

Seus pais, Junior, Lucy, Zildhe, Raina, Derby e tantos outros cujas faces desconhecia, mas que partiram em meio à luta. Todos eles tinham um lugar especial no seu céu.

Cada momento de dor era representado por uma flor morta. E, com orgulho, Vanessa optara por não as tirar do jardim. As cicatrizes deveriam ficar para que os sacrifícios tivessem tido algum propósito.

Enquanto regava as plantas, de mãos dadas com CJ, Vanessa viu uma criança se aproximar. Ela mudava de aparência a cada novo passo, e vinha de braços abertos cumprimentá-los pelo belo trabalho que estavam fazendo com o jardim.

A criança aproximou-se e tocou Vanessa.

Nenê abriu os olhos assustada. Sentiu a pele estremecer, como se mãos poderosas a tivessem tocado de verdade.

Havia sido um sonho lindo.

Olhou para o lado e viu que CJ continuava a dormir tranquilo. De certo, estaria sonhando com flores. Agradeceu em silêncio por tê-lo a seu lado, contrariando a expectativa de vida de sua classe social. O amor o mantinha vivo.

Ela se levantou e foi verificar as crianças. Todos dormiam.

Dominique era agora uma linda jovem.

Peter, um menino arteiro, que desenvolvera as próprias brincadeiras na ausência da luz. Ele tinha dois irmãos, filhos de Vanessa e CJ, que, embora pudessem brincar na claridade, preferiam acompanhá-lo em suas brincadeiras na escuridão. Era mais divertido.

Sorrindo em paz após espiar os filhos e a irmã, Vanessa fitou o céu alaranjado escurecido pela noite por uma fresta na janela.

Anos haviam se passado desde que Junior morrera, mas ela podia jurar que quando olhava para o céu com paixão, ouvia o som de sua risada.

Talvez não fosse o céu. Talvez ela carregasse aquela risada consigo.

Naquele instante, algo mágico aconteceu. Vanessa olhou para o alto e pôde jurar que viu um brilho ao longe. Parecia uma estrela.

Seria sonho ou realidade?

Havia nascido, após séculos, uma estrela no céu?

Ela não podia afirmar. Sabia, contudo, quem guardara as estrelas em um potinho e as libertaria no momento certo.

Sempre a sorrir. Sempre com os olhinhos a brilhar.

Caminhou novamente para a cama, sem saber se estava sonhando ou se, de fato, havia acordado por alguns instantes.

Quando se deu conta, estava novamente no jardim junto de CJ.

Beijou-o com suavidade e voltou a regar as flores.

Ela compreendia mais que nunca e aceitava a verdade daquele amor que sentia. Tudo – a vida – se resumia na primeira frase que CJ lhe dissera. Havia sido em um sonho, anos atrás.

Qualquer jardim regado a dois é mais florido.

E é mesmo.

AS ONDAS DO MAR iam e vinham sem pressa. Quando atingiam a praia, arrebentavam e, então, voltavam a se formar adiante e tudo recomeçava.

Feito um ciclo.

A vida era um ciclo. A vida era repleta de recomeços.

A dor que sentia a fez ir até o mar aquele dia, à procura de alento em suas ondas, em seu cheiro, em sua brisa mansa.

Caminhou sem pressa. E, quando se deu conta, estava muito longe. Distante de tudo.

Abaixou-se para refrescar as mãos. A água não era límpida como em outros tempos, mas, conforme ouvira, já havia sido pior.

Foi então que algo veio ao seu encontro e tocou-lhe a canela com força.

Era uma garrafa.

Ao agitá-la, percebeu que havia algo em seu interior.

A única certeza que teve foi que aquela garrafa, de aparência muito, muito velha, havia chegado ali por algum motivo. Talvez, carregada por mãos invisíveis que a impulsionaram pelos séculos. Talvez, sustentada pelos sonhos de pessoas que morreram muito tempo atrás, mas que a atiraram no mar, depositando nela seus desejos mais profundos.

E, talvez, aquela velha garrafa tivesse sido carregada pelo sentimento mais antigo do mundo, e resistido a todas as tempestades que o mar enfrentara em seu nome. O amor.

Sobre a autora

Fabiane Ribeiro é de São Paulo, e já viveu nos estados do Paraná e de Minas Gerais. Formada em Medicina Veterinária, nunca exerceu a profissão, pois teve seu primeiro romance, Jogando xadrez com os anjos, publicado quinze dias antes do baile de formatura na faculdade, também pela editora Universo dos Livros. Desde então, a escrita ditou um novo caminho para sua vida e para seus sonhos. Em 2014, foi viver no exterior para se dedicar aos estudos relacionados com a escrita, não apenas de livros, mas também de roteiros para cinema. Após um tempo nos Estados Unidos, vive hoje na Europa.

Para saber mais sobre seus livros já publicados, visite:

www.fabianeribeiro.com.br

TIPOGRAFIA	AltastGreeting e Bembo
PAPEL DE MIOLO	offset 70 g/m^2
PAPEL DE CAPA	couchê 250g/m^2
IMPRESSÃO	imprensa da fé